Werner Kehrer

Der Tote vom Seeburger Tal

Werner Kehrer
ist in Reutlingen geboren und lebt mit seiner Familie in Metzingen-Neuhausen. Der Hobbywengerter schreibt seit 2007 Schwabenkrimis mit Hauptkommissar Gerhard Meininger als leitendem Ermittler.

Werner Kehrer

Der Tote vom Seeburger Tal

Schwabenkrimi

Oertel+Spörer

Dieser Kriminalroman spielt an realen Schauplätzen. Alle Personen und Handlungen sind frei erfunden. Sollten sich dennoch Ähnlichkeiten mit lebenden oder verstorbenen Personen ergeben, so sind diese rein zufällig und nicht beabsichtigt.

2. Auflage 2020

Postfach 16 42 · 72706 Reutlingen

Titelbild: ©fotolia
Gestaltung: PMP Agentur für Kommunikation, Reutlingen
Lektorat: Bernd Weiler
Satz: Uhl+Massopust, Aalen
Druck und Bindung: CPI books GmbH, Leck
Printed in Germany
ISBN 978-3-88627-897-8

Es war wieder die Hölle los auf der A 8. Karl-Heinz Mutschler stand zwischen den Anschlussstellen Karlsbad und Pforzheim-West im Stau. Er kam mit seinem Lkw aus Hamburg, wo er verschiedene Waren geladen hatte, die nach München transportiert werden sollten. Er hätte auch die A 81 über Heilbronn fahren können, aber auch von dort wurde den ganzen Tag schon Stau gemeldet. Nach einer halben Stunde Stop-and-go lief es wieder einigermaßen. Dann kam die nächste Hiobsbotschaft: Zwischen Aichelberg und Ulm-West staute sich der Verkehr auf sechzehn Kilometern Länge. Mutschler beschloss, über die B 28 nach Ulm und dann wieder zurück auf die Autobahn zu fahren. Dabei wollte er die Gelegenheit zu einem Treffen mit seiner Nachbarin nutzen. Schon lange bemühte er sich um die Gunst dieser Frau. Sie war zwar verheiratet wie er, das störte ihn aber wenig. Mutschler war seit zehn Jahren verheiratet. Mehr und mehr aber lebte sich das Ehepaar auseinander und er war froh, auf der Straße zu sein und seine Freiheit auszuleben, trotz dem ganzen Terminstress. Zu Hause fühlte er sich eingeengt, weil ihn seine Frau nach seinem Empfinden bevormundete. Da war Roswita Rempfer, die Nachbarin, ganz anders. Sie hatte Humor und strahlte eine ansteckende Lebensfreude aus, die sich auf ihre Umgebung auswirkte. Ihr Ehemann Thorsten hingegen war eine Trantüte, ein richtiger Waschlappen. Bei einem gemeinsamen Grillabend mit den Nachbarn kamen sich Karl-Heinz Mutschler und Roswita Rempfer zu später Stunde unter Alkoholeinfluss näher. Er hatte sich neben sie auf eine Bank gesetzt, als ihr Mann schon längst betrunken im Bett lag. Zuerst hatte man sich über Belangloses unterhalten und dann fasste sie seine Hand und legte sie um ihre Hüfte. Mutschler begann, ihren Hintern zart zu streicheln. Dabei beobachtete er aufmerksam, ob seine Frau davon etwas mitbekam. Diese war aber damit beschäftigt, den anderen Anwesenden ihr Lebensleid zu klagen. Roswita Rempfer sah Karl-Heinz Mutschler vielsagend in die Augen und lächelte dabei. Dann stand er auf und tat so, als ob er zur Toilette gehen würde. Einige Augenblicke später folgte sie ihm und so trafen sie sich hinter einem Holzschuppen und knutschten leidenschaftlich. Gerade als Mutschler die Bluse von Rosi, wie er Roswita Rempfer nun nannte, öffnen wollte, ging im benachbarten Haus ein Licht an. Sie mussten ihr lustvolles Tun unterbrechen und zur Grillstelle zurückkehren. Niemand hatte ihr Verschwinden bemerkt. Beide setzten sich nun aber getrennt zu den anderen. Von nun an kommunizierten sie über WhatsApp und tauschten ihre Sorgen und Sehnsüchte aus.

Heute wollte er sich mit ihr treffen und dieses Mal ungestört sein. Mutschler hatte schon vor einer halben Stunde eine Nachricht verschickt, hatte aber bisher noch keine Antwort erhalten. Dann, kurz vor Metzingen, meldete sich sein Handy. Es war Rosi, die sich entschuldigte, weil ihre Schwiegermutter mal wieder zu Besuch war und sich einfach nicht verabschieden wollte. Sie hatte die Nachricht auf der Toilette abgeschickt, weil sie Angst hatte, die Schwiegermutter könnte etwas bemerken. Rosi wollte versuchen, in etwa einer halben Stunde von zu Hause loszukommen. Mutschler schlug als Treffpunkt den Parkplatz oberhalb von Seeburg an der B 465 Richtung Münsingen, kurz vor der Abzweigung nach Rietheim vor. Als Antwort kam nur ein kurzes »Okay«.

Mutschler fuhr nun mit einem Lächeln auf den Lippen weiter. Er konnte es kaum erwarten, den Parkplatz zu erreichen.

Thorsten Rempfer trommelte ungeduldig auf das Lenkrad seines Geschäftswagens. Er stand an einer Ampel in Münsingen und war auf dem Weg nach Hause. Ausnahmsweise hatte er heute ein neutrales Fahrzeug aus dem Fuhrpark seiner Firma mitgenommen. Sonst fuhr er immer einen Transporter mit buntem Aufdruck, der zeigen sollte, wo er als Außendienstler unterwegs war. Er war Gebietsvertreter für Industrieausrüstung bei einem großen Konzern. Sein Wirkungskreis erstreckte sich vom Landkreis Ulm bis an den Bodensee. Deshalb kam er oft spätabends oder erst am nächsten Tag von Kundenbesuchen nach Hause. Seine Frau Roswita hatte sich anfangs daran gestört, weil sie befürchtete, ihr Mann könnte sich nebenher eine Andere anlachen. Gewiss hatte er so manche Nacht in einem Hotel nicht alleine verbracht, aber das brauchte ja seine Frau nicht zu erfahren.

Nun aber war er auf dem Weg zu einem Parkplatz oberhalb von Seeburg, kurz vor der Abzweigung nach Rietheim. Er hegte schon seit einiger Zeit den Verdacht, dass seine Frau fremdging. Ein Bekannter hatte das Handy seiner Frau Roswita so manipuliert, dass er ihre WhatsApp-Nachrichten auch auf seinem Handy empfangen konnte. Vor ein paar Minuten hatte er gelesen, dass sich seine Frau mit seinem Nachbarn Mutschler treffen wollte. Deshalb fuhr er schleunigst zu dem Parkplatz, um die beiden bei ihrem schändlichen Tun überraschen zu können. Ausgerechnet der Mutschler, ein einfacher Lastwagenfahrer! Was sie wohl an diesem groben Klotz so toll fand? Wenn man mit ihm zusammensaß, faselte er von seinen Fahrten und jammerte über die Disponenten und deren Versagen. Immer die gleiche Leier. Mutschlers Frau hingegen müsste schon längst tot sein, so wie sie über ihre Krankheiten berichtete. Bei ihr war eine einfache Erkältung gleich eine Nasennebenhöhlenentzündung mit extrem fiebrigem Verlauf. Zwei Tage später war sie wieder wohlauf und quatschte den Nachbarn die Ohren voll. Sie war nicht sein Typ, sonst hätte er es bei ihr schon längst probiert.

Nun bog er auf den Parkplatz ein und verließ den Fahrersitz, um nach hinten in den Frachtraum zu klettern. Er hatte das Fahrzeug so geparkt, dass er den ganzen Parkplatz übersehen konnte. Durch eine kleine Scheibe konnte er nach vorne durch die Windschutzscheibe blicken. Er hatte zuvor ein Warndreieck im Fahrerraum aufgestellt, um eine Panne vorzutäuschen. Dann sah er den Kleinwagen seiner Frau auf den Parkplatz einbiegen. Sichtlich nervös schaute sie sich um. Als nach ein paar Minuten niemand kam, fuhr sie wieder weiter in Richtung Seeburg das Tal hinunter. Hatte ihr Liebhaber kalte Füße bekommen? Oder stand er im Stau? Dann hätte er schon längst eine Nachricht geschrieben! Langsam wurde es unbequem im Laderaum des Transporters. Er war nicht so hoch, dass man stehen konnte, deshalb musste Mutschler in gebeugter Haltung verharren, was ihm langsam Rückenschmerzen verursachte. Hinsetzen konnte er sich auch nicht, sonst sah er nicht, was sich draußen abspielte. Zur Sicherheit kramte er sein Handy hervor und sah nach, ob nicht etwa eine neue Nachricht von Mutschler verschickt worden war, in der ein anderer Treffpunkt vereinbart wurde. Das war aber nicht der Fall. Wieder verrannen die Minuten, ohne dass sich etwas tat. Dann klingelte auch noch das Handy. Es war seine Mutter, die hatte ihm gerade noch gefehlt. Er schaltete das Telefon auf lautlos und ließ es einfach vibrieren, ohne abzuheben. Dann tauchte plötzlich ein Lastwagen auf und bog direkt auf den Parkplatz ein. Wenige Augenblicke später fuhr auch seine Frau auf den Parkplatz und parkte direkt neben dem Führerhaus des Lastwagens. Hinter ihm folgte ein weiterer Lkw, der kurz anhielt, dann aber wieder weiterfuhr. Mutschler unterhielt sich durch die geöffnete Seitenscheibe mit Roswita Rempfer und beobachtete dabei aufmerksam das abgestellte Fahrzeug, in dem Rempfer saß. Dann stieg sie aus, ging um den Lastwagen herum und kletterte in das Fahrerhaus. Mutschler hob Roswita Rempfer in die Schlafkabine des Lkws und zog den Vorhang zu. Hin und wieder sah man den Fuß der Frau hervortreten und sich wippend bewegen. Torsten Rempfer stand der kalte Schweiß auf der Stirn. Im Augenblick hatte er keine Ahnung, wie er reagieren sollte. Da fasste er einen Entschluss.

Den ganzen Nachmittag war Joachim Dehner, genannt Jacky, dem Lastwagen gefolgt, der laut einem Informanten aus Hamburg eine lukrative Ladung transportierte. Sein Partner Bob, wie er kurz genannt wurde, saß gelangweilt neben ihm und zockte auf dem Handy.

»Sag mal, der muss doch irgendwann mal anhalten, sonst überschreitet der doch seine Fahrzeiten!«, schimpfte Bob.

»Ist doch egal, wir haben Zeit. Den kriegen wir schon«, beruhigte Jacky seinen Partner.

Die beiden gehörten einer Bande an, die sich auf Lkw-Diebstahl spezialisiert hatte. Ein Komplize arbeitete bei der Hamburger Hafen und Logistik AG kurz HHLA und hatte Einsicht in die Ladungen, die auf die jeweiligen Lkw verteilt wurden, nachdem sie aus Überseecontainern gelöscht worden waren. Solch eine Ladung war gerade auf dem Weg nach München. Es handelte sich dabei unter anderem um eine Palette der neusten Handys der Marke Apple, die am anderen Tag in München bei einer Exklusivparty der Weltöffentlichkeit präsentiert werden sollten. Osteuropäische Kunden zahlten horrende Preise für diese Apparate, daher lohnte sich ein Diebstahl. Außer den Handys hatte der Lkw aber auch noch Kunstgegenstände geladen, die zwar nicht übermäßig wertvoll waren, aber die ebenfalls im Osten Europas viele Liebhaber finden würden. Die Sache lief immer nach dem gleichen Schema ab: Der betroffene Fahrer musste irgendwann anhalten, um eine nach dem Gesetz verordnete Pause einzulegen. Die Diebe folgten dem Fahrer mit einem zweiten Lkw, der keinen Anhänger oder Sattelauflieger zog. Sobald der Fahrer anhielt, ging dieser meistens zuerst in einer Raststätte auf die Toilette.

Entweder brach dann einer der Diebe das Führerhaus auf und fuhr mit dem Lastwagen davon oder der Fahrer wurde auf der Toilette überwältigt und betäubt, sodass er mehrere Stunden aus dem Verkehr gezogen war. Eine weitere Variante war, dass wenn der Fahrer auf freiem Gelände anhielt, die Diebe sich zu zweit an den Lastwagen heranschlichen. Der eine verwickelte den Fahrer in ein Gespräch, während der andere sich von hinten anschlich und mit einem Hieb auf den Kopf den Fahrer betäubte. Dann wurde die Zugmaschine abgekoppelt und der Auflieger an den Lastwagen der Diebe angehängt. Wenn der Fahrer wieder zu sich kam, waren die Diebe längst über alle Berge. So sollte es heute wieder ablaufen. Es war ziemlich schwierig, dem Fahrer zu folgen, denn er befuhr eine Bundesstraße, die durch mehrere Ortschaften führte. Immer wieder musste er an Ampeln anhalten. Dann wurde es kompliziert, weil die Ganoven zum einen nicht zu dicht auffahren wollten, um nicht aufzufallen, aber auch nicht zu großen Abstand haben sollten, um ihr Opfer nicht aus den Augen zu verlieren. Sie folgten einfach dem Lastwagen so lange, bis sich die Gelegenheit zu einem Überfall ergab.

»Wo sind wir hier eigentlich?«, fragte Dehner ungeduldig.

»Kurz vor Bad Urach. Ich frag mich nur, warum der Idiot nicht auf der Autobahn geblieben ist. Jetzt stehen wir doch auch nur im Stau!«, schimpfte Bob.

Tatsächlich kam es jeden Tag in der Feierabendzeit zu einem kilometerlangen Stau vor Bad Urach. Das Verkehrsaufkommen war einfach zu groß für das Nadelöhr der Bundesstraße 28 am Eingang der Stadt. Nur sehr langsam kamen die beiden vorwärts. Kurz bevor die

Straße nach links abbog, verloren die beiden Gangster den Lastwagen aus den Augen.

»Scheiße, hoffentlich biegt der nicht irgendwo ab!«, fluchte Bob.

»Ich denke, der fährt den nächsten Weg zurück auf die Autobahn. Den holen wir schon wieder ein.«

Als die Ampel wieder grün zeigte, fuhr Jacky etwas schneller als erlaubt, um wieder aufzuholen. Zu beider Beruhigung sahen sie, dass der Lastwagen auch nicht wesentlich weiter vorangekommen war. Keine hundert Meter vor ihnen tauchte er wieder auf. Nun ging es geradeaus weiter eine ziemlich enge Steige hinauf. Der Lastwagen vor ihnen musste mehrere Gänge zurückschalten, was der Motor jedes Mal mit einer Rauchwolke aus dem Auspuff quittierte. Zwischen den Gangstern und ihrem Opfer befand sich nur noch ein japanischer Kleinwagen. Als sie am Ende der Steige angekommen waren, bog der Lkw plötzlich links auf einen Parkplatz ein. Der Kleinwagen folgte ihm.

»Scheiße!«, fluchte Bob.

»Dann fahren wir halt weiter und kommen nachher wieder. Wir sollten uns irgendwo postieren, von wo aus wir den Parkplatz einsehen können«, sagte Jacky, und bog bei der nächsten Möglichkeit rechts ab. Er steuerte den Lkw in die nächste Ortschaft mit dem Namen Rietheim. Etwa in der Ortsmitte, vor der Kirche, wendete er und fuhr wieder zurück in Richtung Münsingen. Kurz nach dem Ortsausgang von Rietheim sah man recht gut auf die Bundesstraße 465 hinunter. Die Sicht auf den Parkplatz allerdings war verdeckt. Dehner hielt den Lkw an und schaltete die Warnblinkanlage ein.

»Jetzt wollen wir hoffen, dass das andere Auto bald

wieder wegfährt. Sieht so aus, als trifft der Kerl da jemanden«, sagte Jacky, der den Parkplatz durch ein Fernglas beobachtete.

»Eine Romanze, wie?«, fragte Bob belustigt.

Nach einer halben Stunde war es dann so weit. Der Kleinwagen verließ den Parkplatz und kam die Straße nach Rietheim heraufgefahren. Kurze Zeit später fuhr auch ein grauer Lieferwagen vom Parkplatz.

Eine ganze halbe Stunde schon verbrachte Torsten Rempfer im Laderaum des Lieferwagens. Langsam schmerzten seine Beine, und er wusste bald nicht mehr, wie er sich noch verbiegen konnte, damit er zu dem kleinen Fenster nach vorne hinaussehen konnte. Dann endlich tat sich etwas im Lkw gegenüber. Die Beifahrertür wurde geöffnet und seine Frau stieg aus. Sie ging um den Lastwagen und winkte freundlich hinauf in das Führerhaus, dann stieg sie in ihr Auto ein und fuhr weg. Wenig später verließ Mutschler ebenfalls das Führerhaus und ging auf das Fahrzeug von Rempfer zu. Er sah kurz in das Fahrzeuginnere, schlug dann aber den Weg in den nahen Wald ein. Rempfer öffnete vorsichtig die seitliche Schiebetür und folgte seinem Nebenbuhler. Er hatte vorher einen Drehmomentschlüssel vom Werkzeugbrett genommen. Etwa zehn Meter vor ihm stand nun Mutschler und pinkelte an einen Baum. Offenbar bemerkte er nicht, dass Rempfer hinter ihm war, denn er pfiff ein Liedchen vor sich hin. Als Rempfer den Mann erreicht hatte, schlug er zweimal hart zu. Mutschler sank stöhnend zu Boden.

Rempfer schleppte den Bewusstlosen weiter in den kleinen Wald hinein und legte ihn hinter einem vermoderten Baumstamm ab. Ein Gefühl der Genugtuung und des Triumphes machte sich in ihm breit. Er hätte nicht geglaubt, dass er zu so etwas fähig wäre. Die Wut, die beim Anblick des Geschehenen in ihm aufgestiegen war, setzte offenbar ungeahnte Kräfte frei. Er stieg wieder in den Lieferwagen und fuhr in Richtung Ulm davon. Das Tatwerkzeug wollte er später irgendwo entsorgen.

Als er am Firmengelände ankam, waren schon alle Angestellten in den Feierabend gegangen. Somit konnte er unbemerkt den grauen Lieferwagen in der Garage wieder einparken. Er war in letzter Zeit fast immer der Letzte, der das Firmengelände verließ. Oft kam es auch vor, dass er einfach in seinem Büro übernachtete, was eigentlich nicht erlaubt war. So sparte er sich aber zwei Stunden An- und Abfahrt. Eigentlich war heute sein Bürotag, was bedeutete, dass er viele Kundengespräche am Telefon zu erledigen hatte. War dies der Fall, wollte er unter keinen Umständen von seinen Kollegen gestört werden. So war das auch heute gewesen, nur hatte er eben für ein paar Stunden unbemerkt das Firmengelände mit dem neutralen Lieferwagen verlassen. Er konnte, nach dem was er gesehen hatte und vor allem was geschehen war, heute Nacht nicht nach Hause gehen. Er war immer noch sehr aufgewühlt und so langsam wurde ihm klar, dass er seinen Nachbarn zumindest schwer verletzt hatte. Ob ihn schon jemand gefunden hatte? Sollte er zu Hause anrufen und die Lage checken? Er nahm den Telefonhörer ab und wählte die Nummer seines Anschlusses in Rietheim. Es dauerte eine Weile, dann wurde abgehoben.

»Rempfer!«, meldete sich eine weibliche Stimme.

»Ja, hier auch. Du, ich bleibe heute in Ulm, ich hab bis gerade mit Kunden telefoniert, und ich muss noch das Auto für morgen früh richten!«, log er.

»Sag mal, hast du eine andere? Das kommt in letzter Zeit immer öfter vor, dass du im Büro bleibst?«, fragte seine Frau misstrauisch.

»Blödsinn! Ich kann dir ja ein Bild schicken, dann siehst du, dass ich alleine bin!«

»Na dann, gute Nacht!«, sagte seine Frau und legte einfach auf.

Kopfschüttelnd legte er den Hörer wieder zurück. Ausgerecht sie musste das sagen, ausgerechnet! Am liebsten hätte er sie gefragt, was sie denn so am Nachmittag getrieben hatte. Aber das war nicht möglich, sonst verriet er sich womöglich noch. Aus ihrem Verhalten zog er den Schluss, dass Mutschler noch nicht gefunden worden war oder es sich noch nicht herumgesprochen hatte, dass er fehlte. Nun machte er sich in aller Ruhe seine Liege zurecht. Dann trank er noch eine Flasche Bier, damit er einschlafen konnte.

Dehner fuhr die Zugmaschine hinter den Auflieger von Mutschler. Dann verließen er und Bob das Fahrzeug und schlichen sich nach vorne zum Führerhaus. Bob sollte den Fahrer ablenken und Dehner würde den Mann dann mit einem starken Narkotikum betäuben. Doch dieses Mal war alles anders. Vom Fahrer keine Spur und das Fahrerhaus nicht abgeschlossen. Achselzuckend sahen sich die beiden Gangster an und begannen dann sofort, den Sattelauflieger vom Lastwagen abzukoppeln. Nach einer Viertelstunde fuhr Dehner mit der Zugmaschine von Mutschler davon, während Bob den Sattelauflieger an seine Zugmaschine anhängte und ebenfalls davonfuhr, aber in eine andere Richtung. Dehner hatte die Anweisung erhalten, weiter in Richtung München zu fahren, bis er Bescheid bekam, wo er den Lkw abstellen sollte. Danach sollte er dann mit einem Auto abgeholt und zurückgefahren werden. Er sah sich im Führerhaus um. Der Fahrer hatte alles, was wichtig war, im Fahrzeug gelassen. Das war nicht normal. Irgendetwas stimmte hier nicht. Langsam wurde ihm mulmig zumute, ob er wohl hereingelegt worden war? Es war sein erster Job bei der Bande, zuvor hatte er sich als Gelegenheitsarbeiter durchgeschlagen. Eines Tages fragte ihn ein Typ in einer Kneipe, ob er sich etwas dazuverdienen wolle. Da sagte er nicht Nein, klar! Geld konnte er immer gebrauchen. Zunächst wurde er nur als Helfer beim Entladen von Kleintransportern eingesetzt. Dabei handelte es sich um Hehlerware, die aus den Raubzügen auf Lastwägen stammten. Das Ganze fand aber immer im norddeutschen Raum statt. Nun war er hier im Süden unterwegs. Irgendwo hier musste sich der zentrale Umschlagplatz für das Diebesgut befinden. Den musste er unbedingt finden, denn er war auch noch V-Mann des BKA. Er war heute dicht dran, hatte aber zunächst keine Möglichkeit, seinem Komplizen zu folgen, um den Umladeplatz auszukundschaften. Für die Nachrichtenübermittlung zu seinem Kontaktmann beim BKA benutzte er ein separates Handy, das er in seine Jacke eingenäht hatte. Er hoffte, dass er am heutigen Abend eine erfolgreiche Nachricht übermitteln konnte, denn dann lockte eine dicke Belohnung. Als er sich etwa auf Höhe von Ulm auf der Autobahn befand, klingelte sein Handy. Der Anrufer teilte ihm mit, dass er bis zum Autohof Dasing fahren sollte, um dort den Lkw abzustellen. Ein Auto sollte ihn dort dann aufnehmen. Bis er dort ankommen würde, sollte noch eine gute Stunde ins Land gehen. Kurz, nachdem er Augsburg passiert hatte, bekam er eine Nachricht auf sein Handy. Er wurde angewiesen, im Autohof auf der rechten Seite ganz hinten den Lastwagen zu parken. Dort würde er dann abgeholt. Eine halbe Stunde später verließ er die A 8 und fuhr kurz danach in den Autohof hinein. Da er hier zum ersten Mal war, musste er sich erst einmal orientieren. Zum Glück hatte er keinen Sattelauflieger angehängt, denn es ging recht eng zu. Er fuhr in Schrittgeschwindigkeit etwa hundert Meter bis zum Ende des Parkplatzes. Dort angekommen, stellte er den Motor ab und wartete. Wenig später sah er, wie sich ein Kleintransporter ebenfalls langsam näherte und hinter dem Lkw hielt. Es dauerte eine Weile, bis der Fahrer ausstieg und auf den Lastwagen zuging. Offensichtlich wollte er Dehner etwas mitteilen. Also öffnete er die Seitenscheibe, um zu sehen, was der Typ von ihm wollte. Zu spät bemerkte er, wie die Beifahrerseite des Führerhauses geöffnet wurde. Das »Plopp« aus dem Schalldämpfer der Pistole bemerkte er nicht mehr.

Seit einer halben Stunde warteten Zoran Rajco und seine Kollegen auf die Ankunft des Lastwagens. Langsam wurden alle nervös, denn die Polen mit ihren Sprintern wollten so schnell wie möglich wieder zurückfahren. Auch der Boss, sonst die Ruhe selbst, trommelte nervös auf das Dach seiner Luxuslimousine. Rajco war seit einiger Zeit bei einer Firma beschäftigt, die Ware über Polen nach Russland lieferte, deren Herkunft keinen der Anwesenden zu interessieren hatte. Immer mal wieder bekam er einen Anruf, sich in einer abgelegenen Halle einzufinden, um dort in aller Eile Waren umzuladen. Heute war er wieder in so einer stillgelegten Fabrikhalle und wartete auf die Ankunft der Ladung. Zum ersten Mal war auch der Boss anwesend, offenbar ging es dieses Mal um besonders wertvolle Stücke. Die Helfer wurden schon vorab instruiert, wie sie beim Verpacken vorzugehen hatten. Nun standen sie also da und rauchten eine Zigarette nach der anderen. Keiner sprach ein Wort, alle starrten nur den Mann mit seinem edlen Anzug an. Keiner von ihnen kannte seinen Namen. Er war aber sicher ein Deutscher, denn er sprach Deutsch mit schwäbischem Akzent.

Er trug eine große dunkle Sonnenbrille wie Udo Lindenberg. Damit konnte er große Teile seines Gesichts verbergen. Plötzlich klingelte sein Handy. Er meldete sich mit einem kurzen: »Ja!«.

Dann hob er den Finger, was zu bedeuten hatte, dass es bald losging. Tatsächlich hörte man das Brummen eines Lastwagens. Wenige Augenblicke später rollte ein weißer Hängerzug rückwärts in den Hof. Der Fahrer hatte einige Mühe durchzukommen, denn er hatte links und rechts nur etwa einen halben Meter Platz. Nachdem er den Motor ausgeschaltet hatte, wurde sofort mit dem Entladen begonnen.

»Zuerst die Palette mit den Handys entladen und in jedem Karton nur die unterste Lage befüllen!«, befahl einer, der wohl die rechte Hand des Bosses war.

Einer der Arbeiter begann mit einem scharfen Messer die Verpackungsfolie um die Palette zu zerschneiden. Darunter kamen kleine, weiße Kartons zum Vorschein, in denen sich die begehrten Handys befanden. Sofort packte jeder ein paar der Päckchen und verstaute sie in den Kartons. Danach füllten sie diese wieder auf. Eine andere Kolonne war damit beschäftigt, die Kartons wieder mit dem originalen Klebeband zu verschließen. Es mussten Hunderte von Handys sein, dachte sich Zoran, da fiel es sicherlich nicht auf, wenn das eine oder andere fehlte. Er achtete immer drauf, wo sich der Aufseher gerade aufhielt. Als dieser nicht in seine Richtung blickte, ließ er eines der Päckchen in die Seitentasche seiner Cargohose gleiten. Auf diese Weise klaute er drei Stück. Die Handys würden ihm ein schönes Sümmchen einbringen. Da er bei dieser Arbeit sowieso wenig verdiente, kam ihm dieses Zubrot gerade recht. Nachdem die Handys versorgt worden waren, startete der Sprinter und verließ den Hof über einen Nebeneingang. Danach wurden die Porzellanwaren auf dieselbe Weise verpackt. Der Rest der Ladung war für die Bande unbrauchbar, er wurde deshalb auf dem Anhänger belassen. Nach etwa einer Stunde war der ganze Spuk vorüber und das Gelände wurde geräumt, nachdem jeder ausbezahlt worden war.

Die Ermittler der Reutlinger Kriminalpolizei saßen in einer Besprechung, in der es um eine Razzia gegen den Rauschgifthandel in Metzingen ging. Durch mehrere

Hinweise waren die Beamten auf einen Treffpunkt aufmerksam geworden, der offenbar als Umschlagplatz für Drogen diente. Man hatte schon mehrfach Beamte in Zivil dorthin beordert, um die Lage unauffällig zu sondieren. Der Parkplatz befand sich in der Nähe des Freibades, direkt an der Bahnlinie Tübingen-Stuttgart. Lastwagenfahrer parkten dort sehr oft und nutzten den Platz als Schlafstätte, da er zwar neben der Straße lag, aber durch einen Erdwall gegen den Lärm geschützt war. Dieser Erdwall verhinderte auch die freie Einsicht auf den Platz, was Rauschgiftdealer und deren Kunden offenbar ausnutzten. In der Bevölkerung wurde schon offen darüber diskutiert. Man erzählte sich, dass man nach Einbruch der Dunkelheit den Platz tunlichst meiden sollte. Nun wollte man diesem Treiben von Behördenseite ein Ende bereiten. Vorgesehen war die Aktion am kommenden Freitagabend, weil zu diesem Zeitpunkt nach Auskunft der Beobachter am meisten los war. Das bedeutete für die Beamten viele Überstunden, was wenig Begeisterung auslöste. Der ebenfalls anwesende Kriminalhauptkommissar Gerhard Meininger würde Ärger mit seiner Frau Renate bekommen, denn die beiden waren an diesem Tag zum Geburtstag der Schwiegertochter eingeladen. Dorthin ging er nicht so gerne, denn sein Gegenschwager gab bei solchen Gelegenheiten gerne total veraltete Beamtenwitze zum Besten. Und immer wenn Meininger zum verbalen Gegenschlag ausholen wollte, wurde er von seiner Frau mit einem Rippenstoß darauf hingewiesen, dies zu unterlassen. Also war es ihm ganz recht, wenn so eine immens wichtige Razzia bevorstand. Seine anderen Kollegen aber waren nicht begeistert. Sie quittierten die Bekanntgabe des Einsatzes mit einem deutlich hörbaren

Murren. Gerade als die Situation in regelrechten Streit auszuarten drohte, läutete das Telefon.

»Gerhard, Arbeit für dich!«, sagte ein Kollege zu Meininger.

Der nahm den Hörer in die Hand und antwortete nur: »Ja, wir kommen. Ja, sofort!«

»Was ist los?«, fragte sein langjähriger Kollege, Kriminalkommissar Christian Fromm.

»Ein Lastwagenfahrer hat beim Pinkeln auf einem Parkplatz an der B465, kurz nach Seeburg, eine Leiche gefunden. Die Kollegen aus Metzingen vermuten, dass es sich um ein Gewaltverbrechen handelt. Die Spurensicherung ist ebenfalls auf dem Weg. Also, gehen wir!«

Die beiden verließen die Besprechung, in der sowieso nur noch über Überstunden und deren Notwendigkeit diskutiert wurde.

»Wo ist denn das genau?«, fragte Fromm.

»So wie die Kollegen den Ort beschrieben haben, muss das gegenüber der Abzweigung nach Rietheim sein, also schon auf der Albhochfläche.«

Zu dieser Zeit, es war am frühen Abend, kam man von Reutlingen recht schnell nach Metzingen. Aber dann, kurz vor Dettingen, staute sich der Verkehr wegen einer Ampel am Ortsausgang. Meininger fuhr mit Sondersignal, sodass er an den wartenden Verkehrsteilnehmern vorbeifahren konnte. Trotzdem benötigte er etwa eine drei viertel Stunde, bis er den Parkplatz erreicht hatte. Die Spurensucher aus Stuttgart waren schon da, was ihn verwunderte, denn die hatten doch den weiteren Weg zum Tatort. Meininger parkte den Dienstwagen neben dem weißen Transporter der Kollegen. Der Fundort der Leiche war mit Scheinwerfern ausgeleuchtet worden, obwohl es eigentlich noch hell war. Meininger trat zu den am Boden arbeitenden Kollegen in ihren weißen Schutzanzügen. Zwei Beamte in Uniform standen in der Nähe und sprachen mit einem Mann. Es war der Lastwagenfahrer, der auf dem Parkplatz angehalten hatte, um seine Notdurft zu verrichten. Da zum gleichen Zeitpunkt auch ein Reisebus angehalten hatte, weil er wohl seinen Fahrgästen ebenfalls dieselbe Gelegenheit bieten wollte, ging der Lastwagenfahrer tiefer in den kleinen Wald hinein. Dort hatte er dann hinter einem umgestürzten Baum die Leiche gefunden. Kriminalhauptkommissar Gerhard Meininger trat zu den Kollegen aus Metzingen.

»Haben Sie die Leiche gefunden?«, fragte Meininger den Mann.

»Ja, ja!«, sagte er und nickte eifrig.

»Fahren Sie hier öfter lang?«

»Nein, ich bin eigentlich nur dem Stau auf der A 8 ausgewichen. Und dann zog sich das auch hier rauf, weil da unten ebenfalls Stau war. Na ja und dann konnte ich nicht mehr warten bis Ulm, wo ich meine Pause einlegen wollte. Eigentlich hab ich den Toten erst gar nicht gesehen, ich dachte zuerst, da hat jemand alte Klamotten entsorgt. Und beim genaueren Hinsehen hab ich dann eine Hand gesehen und sofort den Notruf gewählt.«

»Der Notarzt hat den Tod des Mannes festgestellt. Über die Todesursache kann man nur so viel sagen, dass der Tod durch Gewalteinwirkung auf den Schädel eingetreten ist. Der Todeszeitpunkt ist noch spekulativ«, berichtete einer der Metzinger Beamten.

»Weiß man schon, um wen es sich handelt?«

»Nein, wir haben keinerlei Papiere gefunden. Gar nichts. Wie der hier hergekommen ist, ist noch ein Rätsel.«

»Sieht nicht wie ein Wanderer aus oder?«

»Nein, den Schuhen nach eher wie ein Reisender oder so was. Aber wir haben kein herrenloses Auto gefunden. Weder hier noch in der Umgebung.«

»Kann man schon das ungefähre Alter des Opfers bestimmen?«

»Ja, die Kollegen vom Erkennungsdienst schätzen das Alter auf zwischen dreißig und vierzig.«

»Ist schon jemand von der Presse da?«

»Ich glaube kaum, sonst würde hier schon jemand rumschnüffeln.«

»Okay, dann sollten wir eine Meldung für die Medien vorbereiten. Ich denke, dass beim Regionalfernsehen schon Redaktionsschluss ist, aber bei der Presse könnten wir noch was erreichen.«

»Ja, das machen wir dann sofort«, sagte ein Beamter des Reviers in Metzingen.

Kriminalhauptkommissar Gerhard Meininger ging wieder hinüber zu den Beamten des Erkennungsdienstes. Zwei städtische Bedienstete verluden gerade die Leiche in einen Zinksarg, um sie mit einem Leichenwagen nach Tübingen ins Gerichtsmedizinische Institut zu bringen. Meiningers alter Freund Professor Haimerl würde sich dann um das Weitere kümmern.

»Also, ergänzend zu dem was wir vorher festgestellt haben, ist zu sagen, dass der Mann etwa hier von hinten niedergeschlagen wurde und dann da hinübergeschleift worden ist. Da der Platz geschottert ist, sind keine verwertbaren Reifenspuren festzustellen. Am Opfer selber sind ebenfalls keine Spuren sichtbar. Etwaige Haare oder Hautspuren können wir erst nach eingehender Untersuchung der Kleidung nachweisen. Das Opfer ist zwischen dreißig und vierzig Jahre alt. So wie wir das sehen, ist der Mann noch keine zwei Stunden tot«, berichtete der Kollege, und packte dabei seine Apparaturen zusammen.

»Okay, danke schön«, sagte Meininger, und tippte sich dabei mit dem Zeigefinger an die Stirn.

»Was machen wir jetzt?«, fragte sein Partner, Kriminalkommissar Christian Fromm.

»Eigentlich können wir hier nichts mehr tun. Ich denke, wir fahren zurück in die Dienststelle.«

Da Kapitalverbrechen über die neue zentrale Dienststelle in Esslingen abgewickelt wurden, fand auch dort eine Pressekonferenz zum Fund der Leiche von Rietheim statt. Meininger übermittelte die nötigen Daten den Kollegen und dem zuständigen Staatsanwalt. Der Kriminalhauptkommissar verabschiedete sich in den Feierabend und überlegte auf der Heimfahrt, wie er seiner Frau am besten die Sache mit der Razzia glaubhaft darstellen konnte. Natürlich war sie dann stinksauer, denn sie äußerte tatsächlich den Verdacht, dass ihr Mann das eingefädelt haben könnte.

Kriminalhauptkommissar Gerhard Meininger stattete am anderen Morgen seinem alten Freund Professor Haimerl im Gerichtsmedizinischen Institut in Tübingen einen Besuch ab. Haimerl hatte ihm noch spät am Abend angerufen und ihm mitgeteilt, dass er den unbekannten Toten vom Parkplatz bei Rietheim unter sein Skalpell nehmen wolle. Er könne ihn ja dann am anderen Morgen besuchen, bevor der Hauptkommissar seinen Dienst antrete. So geschah es dann auch. Gerhard Meininger schlenderte die Flure entlang und schnupperte, ob es nach Zigarrenrauch roch. Es war eine alte Marotte des Professors, bei jeder Sezierung einer Leiche eine Zigarre anzuzünden, damit die üblen Gerüche etwas minimiert wurden. Haimerls Kollegin, Dr. Annemarie Schweizer, versuchte immer wieder, dem Professor seinen Spleen abzugewöhnen, denn sie störte sich an dem Geruch des Tabaks. Heute aber roch es nicht danach, weshalb Meininger etwas orientierungslos wirkte. Er konnte ja nicht einfach eine der vielen Türen öffnen, um zu schauen, wo sich der Professor aufhielt. Oftmals fanden in den Räumen Vorlesungen statt. Aber dann wurde plötzlich eine Tür aufgerissen und der schwergewichtige Rechtsmediziner trat hinaus, um nach dem Kriminalhauptkommissar Ausschau zu halten.

»Da bin ich, mein Lieber!«, rief er den langen Flur hinunter.

Gerhard Meininger drehte sich um und ging sofort auf Haimerl zu. Sie schüttelten sich lange und schweigend die Hände.

»Lange nicht mehr gesehen, was?«, fragte Meininger.

»Ja, zu lange«, antwortete Haimerl. »Kommen Sie, ich zeige Ihnen was!«

Der Kriminalhauptkommissar folgte ihm in einen der Räume. Auf einer Bahre lag unter einer Decke die aufgebahrte Leiche vom Parkplatz.

»Also, die Todesursache war ein Bruch des Genicks. Das Opfer wurde von schräg hinten mit einem eckigen Gegenstand erschlagen. Der Täter hat zweimal zugeschlagen. Schon beim ersten Schlag war das Opfer tot. Als Täter kommt nur ein kräftiger Mann, der mindestens so groß ist wie ich, infrage. Eine Frau kann eine solche Wucht nicht entwickeln, außer sie ist Kugelstoßerin oder etwas Ähnliches. Die Leute von der Spurensuche haben Schmutz unter den Fingernägeln gefunden und sind gerade am Analysieren. Was uns besonders auffiel, war, dass der Mann unmittelbar vor seinem Tod Geschlechtsverkehr mit einer Frau hatte. Wir haben in seinem Schambereich weibliche Sekrete nachweisen können. Zu seiner Person wäre zu sagen, dass es sich mit ziemlicher Sicherheit um einen Lastwagenfahrer handelt. Bei dieser Berufsgruppe erleidet fast jeder einmal in seinem Berufsleben einen Bruch oder einen Bänderriss im Sprunggelenk. Das passiert, weil die Fahrer meistens kein geeignetes Schuhwerk tragen und beim Aussteigen aus der Fahrerkabine nicht die Stufen benutzen, sondern einfach auf die Straße springen. Unser Toter hier hat mehrere Vernarbungen an beiden Sprunggelenken. Außerdem hat er an beginnender Arthrose in den Hüftgelenken gelitten, was auf eine einseitige Ernährung hinweist. Seine Leber weist keine Anzeichen eines übermäßigen Alkoholgenusses auf, wohl aber eine zu hohe Fettkonzentration. Der Mann war etwa fünfunddreißig Jahre alt.«

»Merkwürdig, Sie sagen, der hatte was mit einer Frau? Wir haben weder ein Auto noch etwa einen Lkw in der Nähe gefunden. Gibt es vielleicht Hinweise, dass das Opfer nicht auf dem Parkplatz getötet worden ist?«

»Das müssen die Kollegen von der Spurensicherung herausfinden. Die haben die Kleidung zur Untersuchung mitgenommen. Am Körper selber wurden keinerlei Schürfwunden, die durch ein Schleifen hervorgerufen werden, gefunden. Meiner Meinung nach wurde der Mann an Ort und Stelle ermordet.«

»Und Sie sagen, dass nur ein Mann als Täter in Betracht kommt?«

»Ja, denn um einen solchen Schlag auszuführen, braucht man ganz schön Kraft. Ich würde sogar behaupten, dass der Täter eine gehörige Portion Wut gehabt haben muss.«

»Das ist alles sehr seltsam. Dann danke ich Ihnen für Ihre Arbeit, mein lieber Professor«, sagte Meininger, und verabschiedete sich von dem urigen Bayern.

Auf der Fahrt zur Dienststelle musste er über die Ausführungen des Professors nachdenken. Es musste also zumindest ein Lastwagen auf dem Parkplatz gestanden haben, oder aber der Mann wurde so behutsam transportiert, dass dabei keine typischen Verletzungen aufgetreten waren. In der Regel handelten die Täter bei solch einem Verbrechen in Zeitnot, sodass keinerlei Vorkehrungen zur Vermeidung von Spuren getroffen werden konnten. Die Gefahr des Gesehenwerdens war dazu viel zu groß. Und dann noch die Sache mit der Frau. Sollte der Mann tatsächlich Lastwagenfahrer gewesen sein, so bestand die Möglichkeit, dass er sich mit einer Prostituierten eingelassen hatte. Dem Kriminalhauptkommissar war aber nicht bekannt, dass auf dem Parkplatz auf der Alb diesem Gewerbe nachgegangen wurde. Im Büro angekommen, bearbeitete er zunächst die Mails, die in der Nacht hereingekommen waren. Früher, als die Kripo in Reutlingen noch eigenständig war, war alles besser gewesen. Er hätte schon längst eine Sitzung mit den Kollegen einberufen und man hätte über den aktuellen Fall diskutiert und sofort Maßnahmen eingeleitet. Nun aber musste er sich zuerst mit den Kollegen in Esslingen absprechen, dies führte zu unnötigen Zeitverzögerungen. In den örtlichen

Zeitungen wurde vom Fund der Leiche schon berichtet. Es waren aber bisher noch keine konkreten Hinweise eingegangen. Dies konnte bedeuten, dass der Ermordete nicht aus der nächsten Umgebung stammte.

Während der vergangenen Nacht meldete bei der Polizei in Reutlingen der Inhaber einer Spedition aus Reutlingen, dass eines seiner Fahrzeuge nach Auskunft des Navigationssenders an Bord auf einem Rastplatz bei Dasing in Bayern stehe. Dies sei außergewöhnlich, weil der Fahrer kurz zuvor seine gesetzlich vorgeschriebene Pause gemacht habe. Außerdem sei der Mann telefonisch nicht erreichbar. Diese Meldung erschien auf dem Monitor von Kriminalhauptkommissar Gerhard Meininger, als er am Morgen seine Mails abfragte. Der in der Nacht diensthabende Kommissar leitete den Anruf an die zuständige Dienststelle im bayrischen Friedberg, die auch für den Bereich Dasing zuständig war, weiter. Bis zum jetzigen Zeitpunkt, es war kurz vor zehn Uhr, meldete sich aber niemand aus Bayern.

Meininger unterrichtete seine Kollegen vom Obduktionsergebnis der Leiche vom Parkplatz an der Seeburger Steige. Der Leiter der Kripo Esslingen, Kriminaldirektor Richard Heinrich, bildete eine Sonderkommission aus Reutlinger und einigen Esslinger Kollegen. Am Nachmittag war eine erste Sitzung in Reutlingen anberaumt worden. Bis dahin versuchte Meininger mehr über den unbekannten Toten herauszufinden. In der Presse war nur eine Meldung, ohne ein Bild des Toten, abgedruckt worden.

Deshalb war es für die Leser wahrscheinlich schwierig, den Mann zu erkennen. Es war nicht die einzige Aufgabe, die der Kriminalhauptkommissar an diesem Tag zu bewältigen hatte. Die geplante Razzia gegen den Rauschgifthandel in Metzingen stand ebenfalls auf der Agenda. Die Einsatzkräfte mussten koordiniert werden, ohne dass es die meisten Beamten mitbekommen sollten, denn man wollte bei der Polizeiführung undichte Stellen vermeiden. Eigentlich hatte Meininger vor, am Nachmittag nach Metzingen zu fahren, um an der vom Parkplatz des Rauschgifthandels gegenüberliegenden Tankstelle zu tanken. So wollte er unauffällig die Umgebung beobachten. Nun kam ihm aber dieser Tote von gestern dazwischen. Er legte gerade ein Satellitenfoto von Metzingen auf die Seite, als sein Telefon läutete. Am Hörer war wieder der Inhaber der Spedition, ein gewisser Dieter Bayer, welcher in der Nacht schon einmal angerufen hatte. Ein Beamter der Dienststelle in Friedberg hatte dem Mann mitgeteilt, dass sein Fahrer erschossen in seinem Lastwagen aufgefunden worden war. Da die Ladung fehlte, ging man von einem Raubmord aus. Der Spediteur wollte nun wissen, wie er weiter verfahren sollte, denn er hatte in seiner Aufregung vergessen, die Telefonnummer des bayrischen Beamten zu notieren. Der Kriminalhauptkommissar versprach dem Mann, sich darum zu kümmern. Er suchte die Telefonnummer der Kollegen in Friedberg heraus und rief dort an. Es dauerte eine Weile, bis sich der zuständige Beamte meldete. Dieser gab die Auskunft, dass man bei dem Fall von einem Ladungsdiebstahl ausgehen musste, wie er in letzter Zeit häufiger auf den Autobahnen vorkam. Bisher aber sei noch nie ein Fahrer getötet worden. Der Beamte versprach, die Akte sofort nach Reutlingen zu schicken, damit man mit den Angehörigen des Opfers Kontakt aufnehmen konnte. Gerhard Meininger wies den Kollegen in Bayern darauf hin, dass dies eigentlich schon längst hätte geschehen sein sollen. Es gäbe personelle Engpässe in Bayern, wie sie sicherlich auch in Baden-Württemberg vorkämen, entschuldigte sich der Kollege. Meininger kannte das zu gut und zeigte ein gewisses Verständnis. Kurz, nachdem er das Telefonat beendet hatte, bekam er auch schon die Mail aus Bayern. Darin enthalten war das vorläufige Obduktionsergebnis des Opfers. Es handelte sich nach Auskunft des Spediteurs um einen gewissen Karl-Heinz Mutschler aus Rietheim bei Münsingen. Ein Foto zeigte das Gesicht des Toten. Es wurde, so gut es ging, rekonstruiert. Der Kriminalhauptkommissar suchte nun im Einwohnerregister der Stadt Münsingen nach der Adresse von Mutschler. Dort fand er einen Eintrag im Schlehenweg. Dann rief er den Spediteur an, und bat ihn, doch auf der Dienststelle vorbeizukommen, um sich das Foto des Opfers anzusehen und den Mann zu identifizieren. Anschließend sollten sich zwei Beamte auf den Weg in den Münsinger Teilort machen, um den Hinterbliebenen die traurige Nachricht zu überbringen. Meininger war ganz froh, dass dieser Kelch an ihm vorüberging, denn diese Aufgabe scheute er wie der Teufel das Weihwasser.

Der Spediteur versprach, sofort zur Dienststelle zu kommen. Der Kriminalhauptkommissar unterrichtete die Kollegen Carsten Dombrowski und Willi Früh über den Raubüberfall und nannte ihnen die Adresse der Angehörigen. Sofort machten sich die beiden auf den Weg nach Münsingen. Wenig später klopfte es an der Tür des Büros. Ein Mann stand davor und stellte sich als Dieter Bayer von, der Inhaber der Spedition.

»So, Herr Bayer, dann setzen Sie sich mal«, wies Meininger den Mann an und deutete auf einen der Besucherstühle.

»Zuerst einmal die Frage, was denn ihr Fahrer geladen hatte.«

»Das ist ja das Problem! Deshalb bin ich ja so aufgeregt. Wir mussten eine Palette Handys nach München liefern. Da sollte heute die Europapremiere in einem neu eröffneten Shoppingcenter sein. Das ist mein Ende, der Imageschaden ist immens. Wir sind nämlich spezialisiert auf wertvolle Terminfracht. Bisher hatten wir noch nie Probleme und der Kalli ist die Zuverlässigkeit in Person. Ich kann das gar nicht glauben, was passiert ist!«, jammerte der Mann und war den Tränen nahe.

»Die Kollegen aus Bayern teilten uns mit, dass nur noch die Zugmaschine gefunden wurde, vom Anhänger fehlt jede Spur. Sie sagten aus, dass der Fahrer extra ein Handy hatte, das Sie ihm zur Verfügung gestellt haben. Es wurde aber keines im Führerhaus gefunden, wir könnten versuchen, wenn Sie uns die Nummer mitteilen, eine Ortung zu veranlassen.«

»Das brauchen Sie nicht, das hab ich auch schon versucht. Unsere Handys sind alle so eingestellt, dass ich jeden Standpunkt von meinem Computer aus sehen kann. Das ist mit den Fahrern so abgesprochen. Ebenfalls hat jeder Lastwagen einen Sender an Bord, der mir ebenfalls immer den aktuellen Standort meldet. Deshalb bin ich gestern Abend stutzig geworden, als der Lastwagen in Dasing längere Zeit abgestellt war, obwohl der Kalli ja zwei Stunden zuvor schon seine Pause gemacht hatte.«

»War das die einzige Ladung, die an Bord war?«

»Nein, es waren auch noch Kunstgegenstände drauf,

aber eigentlich nichts besonders Wertvolles. Der Gesamtwert ist schon hoch, da es sich offenbar um eine Sammlung handelte.«

»Was für Gegenstände waren denn das?«

»Porzellan, vornehmlich aus Meißen. Die sollten von den USA aus nach München und dann in eine Villa an den Starnberger See gebracht werden. Ein betuchter amerikanischer Unternehmer hat sich dort ein Haus gekauft.«

»Wir haben hier ein Foto Ihres Fahrers nach der Tat. Das sieht nicht gerade schön aus, sind Sie in der Lage sich das anzuschauen?«

»Ich will es versuchen, aber ich sage Ihnen gleich, dass ich da kein Held bin!«

Kriminalhauptkommissar Gerhard Meininger drehte den Monitor seines Computers so, dass Dieter Bayer das Bild sehen konnte. Dieser sah auf den Bildschirm und stutzte.

»Das ist aber nicht Kalli!«, brummte er.

»Wie meinen Sie?«, fragte Meininger zurück.

»Der sieht nicht wie Kalli aus, das ist nicht Karl-Heinz Mutschler!«, behauptete er.

Meininger drehte den Monitor zurück und wischte dabei mit dem Ellbogen über den Schreibtisch.

Dadurch fiel die Akte des unbekannten Toten aus der Seeburger Steige auf den Boden. Meininger musste sich auf den Boden bücken und die herausgefallenen Seiten wieder einordnen. Dabei wurde das Bild des Toten vom Parkplatz frei sichtbar.

»Der da, das ist Kalli!«, sagte der Spediteur und deutete auf das Foto.

»Wie bitte? Jetzt verstehe ich gar nichts mehr!«, fragte Meininger den Mann völlig perplex.

»Wer ist dann der Mann, der im Führerhaus Ihres Lastwagens erschossen wurde?«, fragte Kriminalkommissar Christian Fromm, der jetzt hinzugetreten war.

»Keine Ahnung, ich kenne den nicht!«, sagte Bayer.

»Das könnte aber bedeuten, dass Mutschler von diesem Mann da erschlagen wurde. Dann hat man seinen Lkw geraubt und die Ladung gelöscht. Aber dann müsste doch irgendwo der Anhänger rumstehen«, murmelte der Kriminalhauptkommissar vor sich hin.

»Sie sagen, der Mutschler hat vorher Pause gemacht. Wissen Sie, wo genau?«, mischte sich Fromm ein.

»Ja, ganz in der Nähe von Bad Urach. Er hat sich ja zur Pause abgemeldet.«

»Wieso ist Mutschler überhaupt diese Route gefahren, er hätte doch auf der Autobahn bleiben können?«

»Gestern war auf der A8 zwischen dem Aichelberg und Ulm-West den ganzen Tag Stau. Da lief es auf der Bundesstraße besser.«

»Wir müssen gleich dem Früh und dem Dombrowski Bescheid geben, dass sie zurückkommen sollen«, sagte Gerhard Meininger zu einem Kollegen. Dieser begann sofort zu telefonieren.

»Wissen Sie, mit wem er sich während seiner Pause getroffen hat?«, fragte Meininger weiter.

»Ich denke mit niemand.«

»Ja, aber er machte doch Pause nicht weit von seinem Wohnort entfernt. Da bestand doch immerhin die Möglichkeit, dass er sich mit seiner Frau getroffen hat.«

»Die Möglichkeit besteht schon, aber soviel ich weiß, ist seine Frau Krankenschwester in der Ermstalklinik in Bad Urach. Die arbeitet da im Schichtdienst.«

»Das ist interessant. Kennen Sie die Frau Mutschler näher?«

»Nein, ich sehe die nur bei der Weihnachtsfeier und da redet sie nie viel.«

»Okay, Herr Bayer, das wär es dann für den Augenblick! Wir melden uns, wenn wir noch weitere Fragen haben«, sagte der Kriminalhauptkommissar und stand auf, um den Spediteur per Handschlag zu verabschieden.

»Jetzt haben wir eine völlig neue Situation«, meinte Kriminalkommissar Christian Fromm.

»Da hast du recht«, pflichtete ihm Gerhard Meininger bei. »Wir sollten dem Mutschler seine Frau besuchen oder noch besser, sie muss ja nach Tübingen zu Professor Haimerl und ihren Mann identifizieren. Da könnte sie doch anschließend bei uns vorbeischauen.«

»Wenn die danach überhaupt noch in der Lage ist«, bemerkte Fromm besorgt.

»Die Todesnachricht können auch die Kollegen aus Metzingen überbringen, das müssen wir nicht machen.«

Inzwischen waren Willi Früh und Carsten Dombrowski wieder in der Dienststelle zurück und wurden über den aktuellen Sachverhalt unterrichtet. Auch sie waren froh über die Entscheidung, dass keiner von ihnen nach Rietheim fahren musste, um der Ehefrau Mutschlers die Todesnachricht zu überbringen.

Am Nachmittag fand die Abschlussbesprechung wegen der Razzia in Metzingen statt. Man kam überein, dass man in einem Stromverteilerkasten, der sich am Rande des Parkplatzes befand, eine Infrarotminikamera installieren sollte. Diese konnte in Verbindung mit einem Richtmikrofon Bilder und Ton in ein spezielles Fahrzeug übertragen, in dem sich ein komplettes Überwachungsequipment befand. Solch ein Fahrzeug war schon öfter bei Überwachungen eingesetzt worden. Da zurzeit in der Nähe des Parkplatzes rege industrielle Bautätigkeit herrschte, sollte ein Fahrzeug mit dem Aufdruck eines Energiekonzerns nicht sonderlich auffallen.

Kriminalhauptkommissar Gerhard Meininger bestand darauf, in dem Fahrzeug seinen Dienst zu verrichten. Er hatte keine Lust mehr, sich mit Dealern und deren Kunden herumzuprügeln.

Kurz vor Feierabend kam dann die Witwe des getöteten Lastwagenfahrers Karl-Heinz Mutschler vorbei. Meininger bot ihr einen Platz im Büro am Besprechungstisch an.

»Frau Mutschler, es tut mir leid, was mit Ihrem Mann passiert ist!«, begann er. »Sagen Sie uns doch bitte, wann Sie ihren Mann zum letzten Mal gesehen haben?«

»Vor drei Tagen, als er wie immer nach Hamburg gefahren ist«, sagte sie mit belegter Stimme.

»Hat er sich bei Ihnen von unterwegs gemeldet?«

»Manchmal, wenn ihm langweilig war. Aber sonst eher selten.«

»Wo waren Sie vorgestern, so gegen Nachmittag?«

»Ich war bei der Arbeit, ich habe diese Woche Nachmittagsschicht. Warum fragen Sie das, glauben Sie etwa ich hätte …«

»Nein, Nein! Es ist nur so: Ich weiß nicht, wie ich es sagen soll… Ihr Mann hatte kurz vor seinem Tod Geschlechtsverkehr mit einer Frau.«

»Was? Wie kurz vor seinem Tod?«

»Na ja, unsere Spezialisten haben Spuren von Sekreten einer Frau bei Ihrem Mann gefunden, die unmittelbar vor seinem Tod auf eben einen solchen Vorgang hinweisen!«

»Ach so und jetzt wollten Sie wissen, ob ich das war?«

»Eigentlich ja, aber wenn Sie sagen, dass Sie bei der Arbeit waren ...«

»Das ist ja unglaublich! Und mit wem, ich meine wissen Sie, wer die Andere war?«

»Nein. Wir wissen aber, dass dieser Vorgang wohl auf dem Parkplatz, an dem wir die Leiche Ihres Mannes gefunden haben, stattgefunden haben muss.«

Angelika Mutschler schüttelte langsam den Kopf und schlug sich die Hände vors Gesicht. Dann begann sie hemmungslos zu weinen. Unter den Anwesenden machte sich Unbehagen breit, denn für diese Frau brach in diesem Augenblick eine Welt zusammen. Meininger stand auf und versuchte die Frau zu trösten. Dann beruhigte sie sich wieder.

»Glauben Sie, mein Mann hat eine Nutte kommen lassen?«, fragte sie.

»Wir wissen es nicht. Das Komische ist, dass das so nahe bei ihrer Wohnung geschehen ist. Bis jetzt haben wir keine Zeugen zu dem Vorfall. Es könnte aber durchaus sein, dass der bei Augsburg aufgefundene Tote ein Zuhälter sein könnte. Aber es macht keinen Sinn, warum der ausgerechnet mit dem Lastwagen seines Opfers flüchtet. Die Kollegen in Bayern haben bei der Durchsuchung des Führerhauses keinerlei persönliche Gegenstände, wie Geldbörse, Papiere oder ein Handy gefunden. Das alles deutet eigentlich auf einen Raubmord hin. Zudem fehlt von der Ladung jede Spur. Er könnte vielleicht tatsächlich mit einer Prostituierten hereingelegt worden sein, um an die Ladung zu kommen. Vielleicht hat er vor seinem Tod mit dieser Frau telefoniert. Wir könnten das nachprüfen, dazu bräuchten wir allerdings Ihr Einverständnis und die Handynummer Ihres Mannes.«

Angelika Mutschler schrieb die Handynummer ihres Mannes auf einen Zettel.

»Ja, dann wäre es das fürs Erste, Frau Mutschler. Soll einer unserer Kollegen Sie nach Hause begleiten?«

»Nein danke, ich muss damit schon selber klarkommen. Wer weiß von dem Seitensprung meines Mannes außer Ihnen?«

»Bisher nur die Kollegen, so etwas wird von uns nicht nach außen getragen.«

»Danke, es wäre mir lieb, wenn es auch so bliebe.«

Sie stand auf, gab jedem die Hand und verließ den Raum.

»Glaubst du, die hat einen Verdacht, wer die andere Frau sein könnte?«, fragte Christian Fromm.

»Könnte sein, ich bin mir da nicht sicher. Ich gehe jetzt nach Hause«, sagte Meininger und streckte sich gähnend.

Während der Nacht sammelten die Kollegen der Sonderkommission Daten über alle Beteiligten an diesem Fall. So hatten sie bei Recherchen über den Spediteur Dieter Bayer herausgefunden, dass seine Firma faktisch pleite war. Das war aber nicht das erste Mal, denn seine jetzige Firma war über seinen Sohn angemeldet worden. Sein Fahrer, der ermordete Kalli Mutschler hatte mehrere Einträge wegen Lenkzeitüberschreitung, Überladung und sogar wegen einer Körperverletzung. Diese trug sich interessanterweise in einem Bordell in Hamburg zu. Auch wurden die Verbindungsdaten vom Handy des Ermordeten ausgewertet. Es fanden zwar keine Anrufe unmittelbar vor der Tatzeit statt, wohl aber WhatsApp-Kommunikation, die aber nicht reproduzierbar war. Am anderen Morgen trafen sich die Ermittler zur Besprechung der Ermittlungsergebnisse. An einer Pinnwand wurden alle Erkenntnisse auf Zetteln angebracht.

»Wir sollten den Spediteur einmal fragen, wo er sich zur Tatzeit befand. In seiner jetzigen Situation kann ich mir ganz gut vorstellen, dass der sich die Ware selber unter den Nagel reißt, um seine Schulden zu begleichen. Außerdem hat der doch gewusst, was der Lkw geladen hatte. Vielleicht hat er sogar gemeinsame Sache mit seinem Fahrer gemacht und sie sind sich nicht einig über ihren Anteil geworden. Das wäre ja nicht das erste Mal, dass so etwas passiert«, begann Kriminalhauptkommissar Gerhard Meininger.

»Das ist richtig, aber wer ist dann der unbekannte Tote aus Dasing?«, fragte einer der Kollegen aus Esslingen.

»Vielleicht der Hehler. Eventuell gab es da ebenfalls Schwierigkeiten. Es ging immerhin um sehr viel Geld!«, fügte Kriminalkommissar Christian Fromm hinzu.

»Du meinst, der Spediteur hat alle Mitwisser ausgeschaltet? Warum hat er dann nicht beide erschossen?«, fragte der Kriminalhauptkommissar.

»Ja, stimmt. Liegt eigentlich schon der Laborbericht von der Tatwaffe vor?«

»Nein, noch nicht. Das dauert noch ein bisschen, in Bayern gehen die Uhren langsamer als bei uns!«, lästerte Meininger.

»Die Firma Apple hat uns mitgeteilt, dass die geklauten Handys geortet werden können, sobald sie in Betrieb gehen. Bis jetzt ist dies aber noch nicht geschehen«, ergänzte ein Kollege aus Esslingen.

»Der Fahrtenschreiber des Lkw wurde bereits ausgewertet. Demnach hat der Fahrer tatsächlich etwa zwei Stunden vor dem Ende der Fahrt eine einstündige Pause eingelegt. Die weitere Auswertung hat ergeben, dass der Fahrer die Lenkpausen nicht sonderlich eingehalten hat«, berichtete ein anderer.

»Also, dann fassen wir folgende Erkenntnisse zusammen: Der Lastwagenfahrer Karl-Heinz Mutschler befährt die Seeburger Steige in Richtung Münsingen. Er biegt auf den Parkplatz an der Abzweigung nach Rietheim ein. Dort hat er sich mit einer Frau verabredet und hat Sex mit ihr. Danach wird er mit einem harten Gegenstand im Wald erschlagen. Eine noch unbekannte Person steigt in seinen Lastwagen und fährt weiter nach Dasing, wo diese Person erschossen wird. Der angehängte Sattelauflieger wird mitsamt der Ladung gestohlen und ist nicht wieder aufgetaucht. Nun die Fragen dazu: Wer war die Frau? Hat Mutschler mit dieser Frau telefoniert? Handelt es sich bei der Frau um eine Prostituierte? Wer ist der unbekannte Tote? Wenn er der Zuhälter war, warum fährt er dann mit dem Lkw weiter?«, fragte Meininger, der an die Pinnwand getreten war.

Gerade wollte einer der Kollegen seine Eindrücke schildern, da wurde die Tür geöffnet. Herein trat Kriminaldirektor Richard Heinrich in Begleitung zweier finster dreinschauender Männer.

»Guten Tag, meine Herren! Entschuldigen Sie bitte die Unterbrechung, aber die Umstände zwingen uns dazu. Das sind die Herren Holbein und Winter vom BKA Wiesbaden. Das BKA und das LKA sind schon länger an einem Fall dran, der uns nun ebenfalls tangiert. Bitte!«, sagte er und setzte sich auf einen freien Stuhl.

»Ja, isch komm gleisch zur Sache«, sagte einer der beiden mit hessischem Akzent.

»Seit einigen Jahren verschwinden vermehrt wertvolle Ladungen von den Rastplätzen der Autobahnen oder von Autohöfen. Das Vorgehensmuster ist beinahe immer dasselbe. Der Fahrer legt seine gesetzliche Ruhepause ein, die er meist in einer Raststätte verbringt. Dann gibt es zwei Varianten, nämlich ist sein Lastwagen in seiner Sichtweite, wird er mit einem Narkotikum betäubt, das ihm ins Essen oder ins Getränk geschüttet wird. Dies geschieht meist durch eine Ablenkung. Die andere Möglichkeit ist, dass man ihn im Schlaf überrascht und betäubt. Der Täter fährt dann mit dem Fahrer an Bord einfach weiter, bis zu einer der nächsten Rastplätze, wo der Hänger umgesattelt wird. Bis der Fahrer aus seiner Betäubung erwacht, sind die Ganoven schon über alle Berge. So ist das bisher, wie gesagt, zumeist abgelaufen. Die entstandenen Schäden gehen in die Millionen. Wie die Täter herausfinden, was die Lastwagen geladen haben, ist uns noch ein Rätsel. Es muss eine sehr gut organisierte Dachorganisation dahinterstecken, die die Aufträge an örtliche Banden vergibt. Das funktioniert so in etwa wie ein Franchiseunternehmen. Wir haben schon mehrfach versucht, Informanten in die Organisation einzuschleusen, was uns aber nicht gelang. Oder aber nur auf den untersten Ebenen, die für uns strafrechtlich irrelevant sind. Und jetzt komme ich zum aktuellen Fall: Wieder einmal haben wir einen V-Mann angesetzt gehabt und dieses Mal waren wir im Glauben, an der richtigen Stelle zu sitzen«, beendete Holbein, wie der Hesse hieß, seinen Vortrag. Er machte eine Geste zu seinem Kollegen, damit dieser weiter ausführte.

»Unser V-Mann war also an einem Ableger der Bande

dran, die hinter der Ladung einer Spedition aus Reutlingen her war. Er und sein Komplize hatten den Auftrag, den Fahrer bei seiner Pause zu überfallen und aus dem Verkehr zu ziehen. Wir hatten über die Peilung seines Handys immer Kontakt zu ihm. Dann lief offenbar etwas schief. Denn die beiden wurden an ihrem Vorhaben gehindert, weil der Fahrer erstens eine andere Route einschlug und zweitens eine Pause mitten in der Pampa einlegte. Außerdem bekam unser V-Mann Order, weiter in Richtung München zu fahren, bis er weitere Anweisungen erhalten sollte. Und in Dasing wurde er dann erschossen. Wieder sind wir gescheitert. Das nagt natürlich an uns, deswegen möchten wir die Ermittlungen in diesem Fall übernehmen«, beendete der andere LKA-Mitarbeiter mit Namen Winter seinen Vortrag.

Kriminaldirektor Heinrich stand nun auf und übernahm das Wort.

»Sie haben den Sachverhalt gehört und werden verstehen, dass den Herren vom BKA an der Lösung des Falles sehr gelegen ist. Außerdem denke ich, dass Sie mit der Rauschgiftrazzia am Freitag sowieso ausgelastet genug sind. Ich würde aber trotzdem die Kollegen Dombrowski und Früh bitten, die Herren Winter und Holbein zu unterstützen. Die weiteren Sitzungen finden bei uns in Esslingen statt.«

Die Kriminalhauptmeister Früh und Dombrowski standen schulterzuckend auf und verließen mit Heinrich und den beiden BKA-Beamten den Raum. Dann herrschte zunächst Stille. Man konnte das Knistern der Spannung regelrecht hören.

»Glauben die eigentlich, dass wir zu blöd sind, unseren Job zu machen?«, polterte Meininger los.

»Für die in Esslingen sind wir nur die Provinzler, die den Scheiß machen können!«, ergänzte sein Kollege Christian Fromm.

Tatsächlich waren seit der großen Polizeireform die wenigen schweren Fälle von Kapitalverbrechen, die in Reutlingen geschahen, immer von den Kollegen in Esslingen bearbeitet worden. Das ärgerte natürlich die Reutlinger Beamten, weil sie sich dadurch zurückgesetzt fühlten. Diese Rauschgiftsache passte dem Kriminalhauptkommissar überhaupt nicht. Er hatte keine Lust, sich mit irgendwelchen Kleindealern auf diesem Parkplatz in Metzingen zu prügeln. Wenigstens bekam er Unterstützung in Form eines Überwachungswagens, den sein alter Freund Kriminaloberrat Stefan Hetterich besorgt hatte, der nun im Innenministerium tätig war. Die Techniker hatten am Schaltkasten auf dem Parkplatz in Metzingen mehrere Infrarotkameras angebracht, sodass man im Überwachungswagen jegliche Bewegung registrieren konnte.

Auf dem Pausenhof der Ferdinand-von-Steinbeis-Schule in Reutlingen versuchte Zoran Rajco vergeblich, die geklauten Handys an den Mann, beziehungsweise Frau zu bringen. Auch er hatte einmal die Schule hier besucht. Als Eingliederungshilfe hatte man ihn in eine Aufbauklasse gesteckt, was ihm aber nicht behagte, so flog er nach kurzer Zeit aus der Maßnahme. Zu einigen seiner ehemaligen Klassenkameraden hatte er über WhatsApp aber noch Verbindung. Diese wollte er heute eigentlich treffen, aber er sah noch keinen von ihnen. Während der großen Pause trafen sich mehrere Hundert Schüler im Hof der Gewerbeschule. Da wechselte so manche heiße Ware den Besitzer. Rajco ging zum Vesperverkauf und holte sich ein belegtes Brötchen, dabei vermied er es wohlweislich, einem der Lehrer zu begegnen. Da sah er plötzlich seinen alten Kumpel Arslan.

»Hey, Alter, was geht? Was machst du hier, bisch wieder an der Schule?«, fragte Arslan.

»Nein, ich bin hier, um was zu verticken. Ich brauch Kohle, verstehst du, Alter!«

Beide gingen etwas außerhalb der Hörweite der Umstehenden. Dann öffnete Rajco seine Tasche und zeigte eines der Handys.

»Die sind ganz heiß Alter, die kommen erst heute auf den Markt, Originalware!«, pries er das Handy an.

»Was willst du denn für eines, Mann?«

»Fünfhundert, das kostet im Laden mindestens Tausend.«

»Isch hab im Moment keine Kohle, Alter. Aber das wäre ein geiles Geschenk für meine Freundin, du kennst sie, die Rita! Die fährt voll auf das Handy ab.«

»Du kannst es mir ja auch abstottern, kein Problem. Sagen wir einen Hunni im Monat?«

»Okay, Alter«, sagte Arslan, und stocherte in seiner Tasche umher. Dann kramte er ein völlig zerknülltes Geldbündel hervor. Davon löste er zwei fünfzig Euroscheine und gab sie seinem Gegenüber. Der reichte ihm im Gegenzug eines der Päckchen.

»Siehst du? Original verpackt!«, sagte Zoran Rajco, und deutete auf die noch intakte Verpackungsfolie.

»Wenn du noch jemand weißt, wer so ein Teil brauchen kann, sagst du es mir okay?«

»Ja, Mann, ich hör mich mal um!«, sagte Arslan, und verschwand sogleich wieder in der Menschenmenge.

Zoran Rajco suchte währenddessen weiter nach potenziellen Kunden. Er konnte aber im Augenblick niemanden ausmachen, dem er ein Handy andrehen konnte. Na ja, wenigstens hatte er hundert Euro in der Tasche, damit konnte er den heutigen Abend locker gestalten. Also machte er sich auf den Weg in die Innenstadt. Er ging in eine Kneipe am Bahnhof. Da es noch einige Zeit vor Mittag war, befanden sich wenige Gäste in dem Lokal. Rajco bestellte sich ein Bier und einen Whisky. Dann setzte er sich so an die Bar, dass er die Straße gut beobachten konnte. Zunächst tat sich nichts Bemerkenswertes. Dann aber kam sein Kumpel Arslan mit einem Typen im Schlepptau in die Kneipe.

»Da bist du ja, Mann!«, sagte Arslan. »Das ist Doggy, er will auch so ein Telefon haben.«

Dieser Doggy war ein untersetzter dicklicher Junge mit einer Miesmacher-Visage. Er sagte zunächst kein Wort, sondern starrte Zoran nur an.

»Hast du überhaupt die Kohle für so ein Teil?«, fragte Zoran den Kerl.

Der griff in die Tasche und holte ein Bündel Geldscheine hervor. Dann zählte er zehn fünfzig Euroscheine ab und reichte sie wortlos an Zoltan. Der wiederum holte aus seiner Jackentasche eines der Päckchen hervor und gab es dem Kerl. Der packte das Telefon sofort aus und überprüfte die Grundfunktionen, dann verließ er sofort wieder die Kneipe. Zoltan rollte das Geld zusammen und nickte zufrieden. Er hatte heute offenbar eine Glückssträhne.

Als Gerhard Meininger am Abend zu Hause ankam, spürte er sofort, dass irgendetwas nicht stimmte. Alles war seltsam ruhig, als er die Haustüre aufschloss. Er ging sofort in die Küche, in der seine Frau werkelte. Nach dem üblichen Begrüßungskuss wollte er in das Wohnzimmer gehen.

»Bleib doch noch einen Augenblick da!«, forderte ihn seine Frau auf.

Also setzte er sich auf die Eckbank in der Küche.

»Ich muss dir etwas gestehen«, begann sie. »Es wird jemand bei uns einziehen!«

»Nein, nicht schon wieder! Haben sich die Kinder wieder gezofft? Das geht mir langsam aber sowas von über die Hutschnur!«, schimpfte er.

»Es ist nichts, was du schon wieder denkst. Nein! Es ist etwas Kleineres.«

»Wie? Werde ich wieder Opa, die nächste Kostenstelle?«

»Nein, schau mal im Wohnzimmer«, sagte sie und nahm ihn bei der Hand.

Dann öffnete sie die Tür und zeigte auf etwas, das da ausgerechnet auf seinem Schlafplatz lag. Ein kleiner Hund. Das hatte noch gefehlt!

»Was soll denn das? Wo hast du denn den her?«, fragte er entgeistert.

»Aus dem Tierheim. Ich war heute mit der Nachbarin dort und hab mich sofort in den Kleinen verliebt.«

»Na toll! Und wer kümmert sich um den? Du etwa?«

»Ja, tagsüber und abends kannst du ja mit ihm Gassi gehen. Der Doktor hat doch zu dir gesagt, dass du dich mehr bewegen solltest!«

»Du und dein Doktor! Ja glaubt ihr denn, ich sitze den

ganzen Tag auf dem Bürostuhl und schaue zum Fenster hinaus?«

»Zum Fenster raus nicht, aber auf den blöden Monitor!«

»Und warum liegt das Vieh ausgerechnet auf meinem Platz?«

»Da hat sie sich sofort wohlgefühlt, es ist ein Mädchen. Ich hab ihr den Namen Bärbel gegeben.«

»Bärbel? Das ist ja vielleicht mal ein origineller Name!«

»Ja, mir ist gerade kein anderer eingefallen. Ich find ihn gut!«

Nach der kurzen Unterhaltung gingen die beiden wieder in die Küche, wo Meininger sein Abendbrot einnahm. Seine Frau hatte ihm am Nachmittag extra beim Metzger sein Leibgericht, einen Ochsenmaulsalat, geholt, wahrscheinlich um ihn gnädig zu stimmen. Er trank dazu ein Weizenbier, welches ihn nach dem Essen müde machte. Also begab er sich wie gewohnt ins Wohnzimmer, hob den schlafenden Hund von seinem Platz und setzte ihn auf den Sessel seiner Frau. Schließlich war das ihr Hund, also hatte er auch dort zu schlafen. Schließlich legte er sich auf das Sofa und schlief wenig später tief und fest. Seit langer Zeit hatte er wieder einmal einen erotischen Traum. Er träumte davon, mit einer extrem jungen, schönen Frau an einem tollen Südseestrand zu liegen und sie leidenschaftlich zu küssen. Die Szene wollte einfach nicht enden – bis er aufwachte. Als er die Augen öffnete, sah er zuerst eine schwarze Schnauze und dann eine rote Zunge. Dann realisierte er, dass der kleine Hund auf seiner Brust saß und ihn ableckte. Er schreckte hoch und sah seine Frau, wie sie gerade ein Foto von ihnen machte.

»Aah! Bääh!«, rief er, »das Vieh leckt mich ab! Pfui kuckuck!«

»Nun stell dich nicht so an! Sie mag dich einfach!«, sagte seine Frau und nahm den kleinen Hund zu sich, um ihn zu streicheln.

Gerhard Meininger ging sofort ins Bad und wusch sich das Gesicht ab. Als er ins Wohnzimmer zurückkam, saß der Hund wieder auf seinem Platz und schaute ihn mit seinen schwarzen Knopfaugen treuherzig an. Dann fiepte er und wackelte freudig mit dem Schwanz, als sich Meininger zu ihm setzte. Sofort versuchte der kleine Hund Meininger wieder abzulecken. Eigentlich gefiel ihm das Tier, denn es war schon niedlich.

»Wie groß wird denn das Ding da, wenn es ausgewachsen ist?«

»Das Ding da wird etwa einen halben Meter hoch, nicht mehr. Du brauchst keine Angst zu haben, unsere Bärbel frisst dir nichts weg!«, antwortete seine Frau streng.

»Willst du den Hund dann zu deiner Schwiegertochter zu ihrem Geburtstag mitnehmen?«

»Ja, was sonst! Du hast ja mal wieder was anderes vor!«

»Ich habe nichts vor, sondern wir als Polizeibehörde haben die Aufgabe, den Rauschgifthandel in der Öffentlichkeit und auch anderswo zu unterbinden. Dafür werde ich nun mal bezahlt!«

»Ja, ja, ja! Nur seltsam, dass solche Aufgaben immer mit Geburtstagen und dergleichen zusammenfallen.«

»Ruf halt einfach den Herrn Heinrich an, der heckt sowas aus, nicht ich!«

»Jetzt streiten wir nicht wegen dieser Lappalie herum, was gibt es denn im Fernsehen?«

Gerhard Meininger antwortete gar nicht, denn er wusste, dass er nach spätestens zehn Minuten sowieso einschlief. Und so kam es dann auch. Als er spät in der Nacht erwachte, lag der Hund brav in seinem Körbchen. Er konnte nur schwer wieder einschlafen, denn ihn beschäftigten die Vorkommnisse des Tages.

Als Torsten Rempfer am Abend von der Arbeit nach Hause kam, war seine Frau nicht zu Hause und die Wohnung sah unaufgeräumt aus. Er ging in die Küche, um zu schauen, ob etwas Essbares auf dem Herd stand. Auch da Fehlanzeige. Als er ins Schlafzimmer ging, sah er durch das Fenster, dass seine Frau aus dem Nachbarhaus kam. Sie hielt ein Taschentuch vor den Mund gepresst, offenbar weinte sie heftig. Wenig später hörte er, wie die Haustüre aufgeschlossen wurde. Rempfer ging aus dem Schlafzimmer in die Diele.

»Was ist denn los? Warum ist hier nicht aufgeräumt?«, fragte er seine Frau.

»Der Karl-Heinz isch tot! Äbbr hot ihn überfalla und totgschlaga!«, sagte sie schluchzend.

»Überfalla? Den? Was isch denn bei dem zu holen?«

»Ja, überfalla! Wenn es dir auch nix ausmacht!«

»Wo ist das passiert? Weiß mr scho, wer des war?«

»Drunta auf dem Parkplatz, an der Steige! Die Polizei hat an Verdacht. Mr hat ihm offenbar seinen Lastwagen geraubt, dabei habet die Verbrecher ihn erschlaga!«

Rempfer dachte nach. Die Entwicklung lief eigentlich nur zu seinem Vorteil. Unter diesen Umständen würde ihm niemand auf die Schliche kommen.

»Und wo ist die Angelika jetzt?«

»Drüben, sie hat Bsuch vom Pfarrer. Ich war den ganzen Tag bei ihr, mr kann sie doch net alleine lassa, die tut sich noch was an!«

Wenn du wüsstest, was ich weiß! Erst mit dem Kerl ins Bett hüpfen und dann seine Witwe trösten, dachte Rempfer und sah dabei seine Frau abschätzig an. Eine unbändige Wut machte sich in ihm breit. Dieses Schauspiel, das seine Frau gerade abzog, ödete ihn an. Er war kurz davor, auch ihr etwas anzutun. Er musste wieder gehen, sonst verriet er sich noch.

»Wenn ich hier bei dir mal wieder nix zu essen krieg, dann geh i halt in die Wirtschaft«, sagte er bockig.

Er ließ seine Frau in ihrer Trauer einfach stehen und verließ das Haus, um nach Dottingen zu fahren. Dort ging er hin und wieder in das Gasthaus Hirsch, wo er am Stammtisch einen Platz hatte. Als er das Lokal betrat, sah er, dass nur zwei Gäste anwesend waren. Der Stammtisch war gänzlich leer. Er setzte sich und bestellte ein Bier.

»Was ist denn los? Kommt heute niemand von den anderen?«, fragte er die Wirtin. In der Wirtschaft redete er immer Hochdeutsch, um sich von den anderen ein wenig abzuheben.

»'S isch grad ruhig. D' Leit gangat nemme so aus em Haus! Wenn des so weiter goht, no machet mir au no zua!«, jammerte sie.

Tatsächlich fand auf der Alb, wie überall in den ländlichen Gebieten ein Gaststättensterben statt. Offenbar verspürten die Menschen keine Lust mehr, in ein Wirtshaus zu gehen. Rempfer nahm die Tageszeitung von der Theke und begann darin zu lesen.

»Was sagschd denn zo deim Nochber?«, fragte die Wirtin.

»Ich hab es eben gerade erst erfahren. Ich war auswärts die letzten Tage.«

»Was klaut ma denn vo so ma Laschdwaga?«

»Keine Ahnung! Aber man hört hin und wieder, dass ganze Ladungen geraubt werden.«

»Jo, aber doch ett quasi vor der Haustür!«

»Ich hab keine Ahnung!«

»D' Leit saget, dass der Mutschler nebanaus ganga isch. En dem seira Ehe hots et so gschdemmt!«

»Das weiß ich nicht, ich bin ja selten zu Hause. Und wenn wir mal zusammengesessen haben, fiel mir nichts auf.«

Das war natürlich gelogen, denn Rempfer wusste ja genau Bescheid.

Wenig später kamen noch weitere Stammtischbrüder hinzu und so wurde bis spät in die Nacht über den gewaltsamen Tod von Karl-Heinz Mutschler diskutiert. Als Rempfer zu Hause ins Schlafzimmer ging, legte er sich vorsichtig in sein Bett. Seine Frau schlief bereits selig.

Der nächste Überfall war auf der Raststätte Sindelfinger Wald geplant. Bob wartete schon eine Weile auf dem Rastplatz. Neben ihm saß sein neuer Partner Toni. Sein vorheriger Beifahrer war vom Chef nach Bayern abberufen worden. Toni spielte ein nerviges Spiel auf dem Handy, denn bei jedem Treffer dudelte eine ziemlich eintönige Melodie. Ihr heutiger Auftrag war ein Lastwagen mit einer Ladung I-Pads. Diese waren für Russland bestimmt. Eigentlich sollte er schon längst eingetroffen sein.

Die Informationsquelle aus Hamburg hatte berichtet, dass der Fahrer immer in der Raststätte Sindelfinger Wald seine staatlich verordnete Ruhepause einlegte und zu Abend aß. Vielleicht hatte er es sich an diesem Abend anders überlegt, aber dann wäre den beiden der Lastwagen aufgefallen, denn er hatte eine ziemlich auffällige Farbgebung. Nachfragen konnten sie nicht, denn sie hatten keine Telefonnummer ihres Auftraggebers. Dieser rief immer nur kurz an und gab einen Befehl durch. Die angezeigte Handynummer gehörte zu einem sogenannten Prepaidhandy, konnte also nicht zurückverfolgt werden. Dann, nach etwa einer halben Stunde, kam der erwartete Lastwagen in die Raststätte eingefahren. Bob startete den Motor und fuhr langsam hinterher. Es dauerte eine Weile, bis ein geeigneter Parkplatz gefunden wurde. Bob fuhr am Lkw vorbei und parkte in der Nähe. Da er nur eine Zugmaschine fuhr, fand er leichter einen Parkplatz. Er vergewisserte sich, dass die in der unmittelbaren Nachbarschaft abgestellten Fahrzeuge nicht besetzt waren. Dann beobachtete er, wie der Fahrer sein Fahrzeug verließ und das Führerhaus abschloss. In gebührendem Abstand folgten die beiden Gangster dem Mann. Dieser steuerte gewohnheitsgemäß zuerst die Duschräume an. Als er sich in einer Kabine seiner Kleider entledigt hatte, schlugen die beiden zu. Sie warteten, bis die Tür wieder geöffnet wurde. Dann stellte sich Bob dem Mann in den Weg. Dieser schöpfte zunächst keinen Verdacht. Doch dann kam Toni von hinten und presste ihm ein Tuch mit Betäubungsmittel vor das Gesicht. Bob sicherte derweil den Gang ab, damit es keine Zeugen gab. Als der Widerstand des Mannes gebrochen war, schleiften die beiden ihn in seine Kabine und nahmen den Fahrzeugschlüssel an sich. Dann musste alles schnell gehen. Sie gingen langsam über den Hof, um nicht aufzufallen. Dann beobachteten sie die Umgebung und begannen die Zugmaschine vom Sattelauflieger abzukoppeln. Bob hatte schon den anderen Lkw gestartet und stand bereit. Toni fuhr nun mit der Zugmaschine des Opfers wieder zurück auf die Autobahn. Auch er hatte Order bekommen, Richtung München zu fahren. Nachdem der Sattelauflieger an die Zugmaschine angekoppelt war, fuhr auch Bob weiter, aber zum Abladeziel der letzten beiden Male. Wieder einmal war alles glatt gelaufen.

Es war Freitagnachmittag und die Vorbereitungen auf die am Abend stattfindende Razzia gegen den Rauschgifthandel in Metzingen befanden sich auf dem Höhepunkt. Kriminalhauptkommissar Gerhard Meininger und sein Kollege Christian Fromm richteten sich häuslich im Überwachungswagen ein, der als Zentrale vor Ort diente. Sie wurden später von einem Techniker aus Stuttgart unterstützt. Es handelte sich bei dem Fahrzeug um einen Dreieinhalbtonner, der als Baustellenfahrzeug eines Energieversorgers getarnt worden war. Der Innenraum war ziemlich geräumig und komfortabel eingerichtet. Sogar an eine Toilette war gedacht worden. Der Einsatzplan für alle Fahrzeuge und Mannschaften stand nun fest. Alle Einfallstraßen nach Metzingen wurden überwacht. Mehrere zivile Fahrzeuge sollten sich in der Nähe des Parkplatzes, der als Übergabepunkt für die Drogen benutzt wurde, aufhalten. Die Kameras waren an verschiedenen Stellen getarnt aufgebaut worden.

Als auch der Techniker aus Stuttgart eintraf, setzten sich mehrere Fahrzeuge nach Metzingen in Bewegung. Kurz vor der Ausfahrt nach Metzingen trennten sich die Fahrzeuge und fuhren ihren jeweiligen Standort an. Der Überwachungswagen wurde von einem Zivilbeamten gefahren. Nachdem er das Fahrzeug abgestellt hatte, sollte er von einem Kollegen abgeholt werden, sodass eventuelle Beobachter glauben würden, der Mann lasse das Fahrzeug dort über das Wochenende stehen. Dies passierte in der Gegend um die Tankstelle am Südrand von Metzingen öfter, da dort eine rege Bautätigkeit herrschte. Der Fahrer hatte Glück, denn er fand genau gegenüber der Ausfahrt der Tankstelle einen Parkplatz. Dann stellte er den Motor ab und verließ das Fahrzeug. Die drei Insassen verhielten sich zunächst ruhig, um zu erkunden, ob sich an der Lage des Fahrzeugs vielleicht doch noch was änderte. Nach etwa fünf Minuten gab der Fahrer aber das Okay und die drei konnten sich an das Hochfahren der Überwachungssysteme machen. Nach und nach meldeten sich über Funk die eingesetzten Fahrzeuge an ihren Standorten einsatzbereit. Nun galt es zu warten.

Meininger und Fromm machten sich mit der vielen Technik an Bord vertraut. Unter einem Aufbau auf dem Fahrzeugdach befanden sich drei unabhängig voneinander arbeitende, nach allen Seiten schwenkbare Kameras. So hatte also jeder der Anwesenden eine der Kameras für sich. Zusätzlich wurden die Bilder der auf dem Parkplatz installierten Kameras auf separate Monitore übertragen. Ebenso wurde ein sogenannter Hotspot eingerichtet, der alle in der unmittelbaren Nähe betriebenen Handys registrierte, damit sie überwacht werden konnten. Nun mussten die Beamten bis zum Einbruch der Nacht warten. Während Kriminalkommissar Christian Fromm mit seinem Handy spielte, dösten Meininger und der Techniker vor sich hin.

»Verdächtiges Fahrzeug mit drei Personen an Bord auf dem Weg zum TP«, meldete eine Stimme im Polizeifunk. Wobei mit TP der Parkplatz als Treffpunkt bezeichnet wurde.

Alle drei Beobachter im Überwachungsfahrzeug waren sofort hellwach und starrten angestrengt auf ihre Monitore.

»Es handelt sich um einen BMW der Dreier-Baureihe, älteres Baujahr, Farbe schwarz, französisches Kennzeichen. Fahndung negativ!«, führte die Stimme am Funk weiter aus.

Die Besatzung, die diesen Funkspruch absetzte, hatte an einer großen Tankstelle am Ortseingang von Metzingen, von Reutlingen her, Stellung bezogen. Es konnte also noch einen Moment dauern, bis das Fahrzeug auftauchte. Wenige Augenblicke später bog der genannte BMW in die Tankstelle ein. Langsam fuhr er an den Zapfsäulen vorbei und verließ sofort wieder das Gelände, um in Richtung Innenstadt davonzufahren. Anscheinend hatte der Fahrer nur die Lage sondieren wollen.

»Verdächtiges Fahrzeug fährt in die Innenstadt!«, meldete der Kriminalhauptkommissar an alle.

»Fährt jetzt hoch zum Hauptbahnhof!«, ergänzte ein anderer.

Es kehrte wieder Ruhe ein. Dann bog ein Sattelzug in die Straße zur Tankstelle ein. Direkt vor dem Überwachungsfahrzeug blieb der Lastwagen stehen und blockierte so die Sicht auf die Zufahrt zur Bundesstraße. Dann meldete die Streife, die auf dem Parkplatz der ehemaligen Firma Henning postiert war, eine verdächtige Wahrnehmung.

»Drei Kleintransporter haben soeben auf dem Parkplatz vor dem Haupteingang angehalten und fahren nun rückwärts in das Firmengelände ein. Die haben es wohl recht eilig, weil es ziemlich eng zugeht und die mit vollem Karacho rückwärts die Einfahrt hineinfahren.«

»Verstanden!«, meldete sich Meininger, und versuchte, den Hof des Werksgeländes der ehemaligen Firma Henning einzusehen. Von seinem Standort sah er aber nichts Verdächtiges. Dann startete wieder der Lastwagen. Der Fahrer setzte das Fahrzeug zurück und begann in den Hof des Werksgeländes einzufahren. Dazu wurde von ein paar Männern ein Schiebetor geöffnet.

»Verdächtiges Fahrzeug fährt auf den TP ein. Achtung! Fahrzeug hat gefälschtes Kennzeichen«, meldete einer der Kollegen.

Sofort wurden die Bilder der Kameras vom Parkplatz auf den Monitoren vergrößert. Man sah dort, wie ein ziemlich betagter Renault mit französischer Zulassung langsam in den Parkplatz einfuhr. Ganz am Ende des Platzes stoppte das Auto. Der Fahrer stellte den Motor ab und wartete offensichtlich auf jemanden. Meininger interessierte sich nicht für die ganze Szenerie, er beschäftigte sich mit den langsam auf das Werksgelände rollenden Lkw. Sein Gefühl sagte ihm, dass hier etwas nicht stimmte. Nach etwa fünfzig Metern kam der Lastwagen zum Stillstand. Sofort wurden die Türen des Aufliegers geöffnet. Da die Einfahrt sehr eng war, konnte er nur einen kleinen Teil des Treibens dort sehen. Er zoomte mit der Kamera, so nahe es ging, heran. Deutlich sah er, wie weiße Kartons mit aufgedrucktem Emblem der

Firma Apple, in denen offenbar Tablet-Computer verpackt waren, ausgeladen wurden. Der Kriminalkommissar notierte sich das Kennzeichen des Lastwagens auf einen Zettel. Dann tippte er die Nummer in die Fahndungsliste ein. Wenig später kam das Ergebnis: Negativ. Vielleicht hatte er sich auch getäuscht. Trotzdem nahm er eine Videosequenz auf. Währenddessen tauchten weitere Fahrzeuge auf dem Parkplatz auf. Über die Außenmikrofone konnte die Unterhaltung der Anwesenden mitgehört werden, bisher wurde aber nur über Belangloses geredet. Offenbar fehlte noch der Vermittler des Rauschgiftgeschäftes, denn es wurde immer wieder nach einer bestimmten Person gefragt.

»Einer der verdächtigen Transporter verlässt nun wieder das Firmengelände! Kennzeichen in der Fahndung negativ!«, meldete die Streife auf dem Parkplatz.

Nach und nach verließen offenbar alle Transporter die Ladestelle und wenig später folgte auch der Lastwagen. Meininger notierte sich auch das Kennzeichen des Anhängers. Gegenüber auf dem Parkplatz tat sich nichts. Die verdächtigen Fahrzeuge standen sich mit geöffneten Türen gegenüber. Die Fahrer saßen in ihren Fahrzeugen und unterhielten sich.

»So wie das aussieht, wird das heute nichts mehr da drüben. Es sieht so aus, als hätten die Lunte gerochen!«, sagte Meininger zu den anderen beiden.

»Es ist noch nicht mal zehn, willst du schon nach Hause?«, fragte Fromm.

»Ne, ne! Vielleicht fehlt mir die Geduld, die ich früher einmal hatte.«

»Verdächtiges Fahrzeug aus Fahrtrichtung Reutlingen. Kennzeichen passt nicht zum Fahrzeug. Es handelt sich um einen Nissan Sportwagen, Farbe silbergrau!«, meldete eine Streife.

»Aha, wird's doch noch interessant!«, murmelte Meininger.

Wenig später bog der Sportwagen in die Tankstelle ein und blieb direkt vor dem Kassenraum stehen. Niemand stieg aus. Durch die dunklen Scheiben konnte man unter normalen Umständen nicht erkennen, wer in dem Fahrzeug saß. Durch die moderne Technik des Überwachungsfahrzeuges aber war es möglich, zumindest den Fahrer deutlich sichtbar zu machen. Als das Bild aufgenommen worden war, wurde es zur Gesichtserkennung in die Fahndungsdatei eingegeben.

»Treffer!«, sagte Kriminalkommissar Christian Fromm, »Jean-Luc Gouthier, aus Selestad im Elsass. Mehrfach vorbestraft wegen Rauschgifthandel, Körperverletzung und Einbruchdiebstahl. Wird per Haftbefehl gesucht. Sollen wir uns den gleich schnappen?«

»Warten wir doch erst mal, was der vorhat!«, sagte Meininger halblaut, »den kriegen wir auch noch, wenn er wieder abhauen will!«

»Wer soll den verfolgen? Unsere alten VW-Passat vielleicht?«, fragte Fromm skeptisch.

»Ich denke, wir sollten vorsichtshalber einen Helikopter von der Flugbereitschaft anfordern. Der könnte dann in etwa zwanzig Minuten da sein.«

Kriminalhauptkommissar Gerhard Meininger nahm sofort Kontakt mit der Flugbereitschaft der Polizei am Stuttgarter Flughafen auf. Der diensthabende Beamte erteilte der Flugstaffel Starterlaubnis. Der Helikopter sollte in etwa fünfzehn Minuten vor Ort sein. Währenddessen startete der verdächtige Franzose den

Sportwagen und fuhr langsam von der Tankstelle hinüber auf den Parkplatz. Dort wartete er, abermals ohne auszusteigen.

»Die sind schon skrupellos, oder?«, fragte der Techniker.

»Wie meinst du?«, fragte Fromm zurück.

»Na ja, da vorne an der Straßenkreuzung ist doch das Polizeirevier von Metzingen. Der Parkplatz da ist doch keine dreihundert Meter entfernt und die tätigen da in aller Seelenruhe ihre Geschäfte.«

»Die Kollegen können sich nicht um jeden Parkplatz in der Nähe kümmern, vor allem um diese Zeit. Da sind die ganz dünn besetzt und die zu betreuende Reviergröße ist immens. Da ist ständig eine Streife auf der Alb unterwegs«, erklärte der Kriminalkommissar.

Auf einem der Monitore war zu erkennen, wie der Franzose die Seitenscheibe des Sportwagens herunterließ. Einer der Wartenden ging zu dem Fahrzeug und beugte sich zu dem Franzosen hinunter. Dann wurde gestritten und der am Fahrzeug stehende Mann langte in das Fahrzeuginnere. Dann fiel plötzlich ein Schuss. Der Mann kippte nach hinten weg und fiel auf den Boden. Sofort startete der Franzose den Motor und fuhr eiligst rückwärts aus dem Parkplatz hinaus.

»Alarm an alle eingesetzten Einheiten! Schusswaffengebrauch durch flüchtenden Täter mit dem Fahrzeug Nissan Typ 350 Z, Farbe: silbergrau. Fluchtrichtung zunächst Reutlingen!«, gab Meininger durch. Von seinem Platz aus konnte er nur erkennen, dass der Flüchtende nicht in Richtung Bad Urach gefahren war, also blieb nur in Richtung Reutlingen übrig.

»Wir sind hinten dran, können aber nicht folgen, da

der Täter zu schnell fährt. Biegt jetzt ab auf die B312 in Richtung Stuttgart!«, meldete eine Streife.

»Habicht 100 an Einsatzleiter!«, meldete sich der Hubschrauber.

»Hier Einsatzleiter, kommen!«, sagte Meininger in das Mikrofon.

»Wir sind jetzt auf Höhe des Einkaufscenters Adler in Bempflingen. Wo befindet sich der Flüchtende genau?«

»Der müsste ihnen auf der B312 entgegenkommen. Silbergrauer Nissan 350 Z.«

»Verstanden!«

Kriminalhauptkommissar Gerhard Meininger verständigte währenddessen den Rettungsdienst und dirigierte ihn an den Tatort. Inzwischen waren auch mehrere Polizeibeamte vor Ort und überprüften die Personalien der Anwesenden. Das Opfer hatte einen Lungendurchschuss erlitten und war bei Bewusstsein.

»Einsatzleiter für Habicht!«

»Hört!«, antwortete Meininger.

»Das gesuchte Fahrzeug ist nicht sichtbar. Fliegen jetzt mal in Richtung Rommelsbach und wollen schauen, ob er sich in diese Richtung abgesetzt hat!«

»Verstanden!«

»Ich mach mal eine Handyortung, vielleicht hat der Kerl hier in der Nähe telefoniert«, sagte Kriminalkommissar Christian Fromm.

»Ja, okay! Ich hoffe, der entkommt uns nicht!«, brummte Meininger.

Drüben auf dem Parkplatz war inzwischen der Rettungsdienst eingetroffen und kümmerte sich um den Verletzten.

»Ich glaube, ich hab ihn!«, rief Fromm euphorisch.

»Wo ist er?«

»So wie es aussieht, ist der in das Parkhaus vom Kaufland gefahren!«

»An alle eingesetzten Kräfte! Der gesuchte Täter ist in das Parkhaus vom Kaufland in Metzingen, Stuttgarter Straße, eingefahren. Achtung, der Täter macht von der Schusswaffe Gebrauch, auf Eigensicherung achten!«, gab Meininger durch.

»Jetzt kommt auch noch ein Feueralarm rein! Ebenfalls im Kaufland. Im Parkhaus brennt ein Auto!«, meldete Fromm.

»Der hat das Fluchtfahrzeug angezündet! Hast du ihn noch auf dem Schirm?«

»Ja, das Handy bewegt sich jetzt wieder vom Supermarkt weg. Sieht so aus, als hätte er das Fluchtfahrzeug gewechselt.«

»Welche Richtung fährt er?«

»Jetzt Ortsausgang Metzingen, biegt auf die B 312 nach Reutlingen ab!«

»Habicht, haben Sie mitgehört?«

»Ja, mitgehört! Aber es ist zu dunkel, um das Fahrzeug eindeutig erkennen zu können!«

»Biegt jetzt auf die B 28 ein!«, rief Fromm dazwischen.

»Jetzt hab ich ihn erkannt! Renault Clio, ein älteres Baujahr! Französische Zulassung!«, antwortete der Hubschrauberpilot.

»Okay. Drei Einsatzfahrzeuge hängen sich hinter das Fluchtfahrzeug! Nicht zu dicht aufschließen, ohne Sondersignal! Wir errichten kurz vor dem Ortseingang Reutlingen eine Straßensperre! Sobald das Fluchtfahrzeug die Kuppe vor Reutlingen passiert hat, sperren Sie die gesamte Fahrspur, damit eine Flucht in Gegenrichtung nicht möglich ist!«

»Verstanden!«, antworteten die Besatzungen der drei Verfolgerfahrzeuge.

»Fluchtfahrzeug passiert die Brücke zur Achalm!«, meldete der Helikopterpilot.

»Fahrbahn sperren!«

»Fahrspur blockiert, fahren langsam weiter!«

Wenige Augenblicke später meldete sich der leitende Beamte der Straßensperre.

»Verdächtige Personen festgenommen, keine Gegenwehr!«

Dem Kriminalhauptkommissar fiel ein Stein vom Herzen. Er mochte sich nicht das Szenario einer Geiselnahme in einem Supermarkt vorstellen! Nachdem alle Verdächtigen identifiziert worden waren, beendete Meininger den Einsatz. Noch in der Nacht begannen die Vernehmungen. Dabei stellte sich heraus, dass einer der »Kunden« des Dealers versucht hatte, mit Falschgeld zu bezahlen. Als der Dealer bemerkte, dass er hereingelegt werden sollte, beleidigte er sein Gegenüber. Der wiederum wurde handgreiflich, weshalb der Dealer sich mit der Waffe verteidigte. Um Spuren zu verwischen, zündete er den Nissan Sportwagen im Parkhaus des Kauflandes an. Dann telefonierte er mit seiner Freundin, die sich im Hintergrund für alle Fälle bereitgehalten hatte. So konnte er die Flucht in Richtung Frankreich fortsetzen, was ihm aber dann nicht gelang. Der Sportwagen war im Übrigen in Straßburg als gestohlen gemeldet worden.

Doggy saß alleine zu Hause, eigentlich wie immer. Er sah hinunter zur Straße, wo die Leute geschäftig entlanggingen. Zum Fernsehgucken hatte er keine Lust, denn zu dieser Zeit, es war am Nachmittag, kam eh nur Schrott, Sturm der Liebe, Barbara Salesch und anderes Zeug. Seine Eltern waren arbeiten, der Vater schichtete im Kontischichtbetrieb bei Bosch und seine Mutter bediente in einer Kneipe in der Innenstadt von Reutlingen. Beide hatten nie Zeit für ihn und speisten ihn schon als Kind immer wieder mit Geschenken ab, um ihn ruhig zu stellen. Zunächst hatte er nächtelang am PC gezockt, das machte ihm inzwischen keinen Spaß mehr. Außerdem verlor er den Anschluss in der Schule, seine Noten waren nicht die besten. Er sollte sich schon längst auf eine Lehrstelle bewerben, doch er wusste gar nicht, was er einmal werden wollte. Der Berufsberater von der Agentur für Arbeit riet ihm, in die Kfz-Branche oder als Koch in ein Restaurant zu gehen. Das mit den Autos konnte er sich schon vorstellen, aber er als Koch, so ein Blödsinn! Schon mehrfach hatte er versucht, eine Bewerbung zu schreiben, aber jedes Mal verließ ihn nach kurzer Zeit der Mut. Er hatte auch niemanden, der ihm dabei helfen konnte. In der Schule wurde so etwas schon mal geübt, aber da war er krank gewesen. Seine Zukunft war ihm eigentlich egal. Er würde schon irgendwie durchkommen. Auf dem Tisch lag das Handy, das er von diesem windigen Typen gekauft hatte. Es war bestimmt gestohlen. Doggy hatte es noch nicht in Betrieb genommen, weil es eine andere SIM-Karte benötigte. Er musste erst zu einem Handyladen gehen und eine andere Karte holen. Das Geld für das Handy hatte er aus dem Schlafzimmerschrank seiner Eltern geklaut. Er hatte mal seine Mutter beobachtet, wie sie dort in einer Schachtel Geldscheine zählte. Später hatte er im Schrank nachgesehen und das Geld gefunden. Offenbar war es eine Geheimkasse seiner Mutter. Es war ihm eigentlich egal, ob sie den Diebstahl bemerkte oder nicht. Eigentlich war ihm alles egal. Er ging nach unten auf die Straße. Da er keine Freunde hatte, ging er ziellos in der Innenstadt umher. Hin und wieder blieb er vor einem Schaufenster stehen und betrachtete sein Spiegelbild in der Scheibe. Er war einfach zu dick. So wie er aussah, würde er nie eine Freundin finden. Alle anderen Alterskameraden hatte schon ein Mädchen gehabt. Das Leben war einfach scheiße!

Also ging er weiter die Wilhelmstraße hinauf. Gelangweilt bog er in die Hofstattstraße ab. Nach ein paar Metern bemerkte er, dass er verfolgt wurde. Ein bärtiger Typ musterte ihn und blieb stehen, wenn auch er stehen blieb. Dann ging er schneller weiter. Am Ende der Straße kam ihm ein anderer Typ entgegen, der ihn aber anlächelte.

»Kann ich dir helfen?«, fragte der Kerl.

»Ähm nein! Warum?«

»Du siehst einsam aus, mein Freund! Ich glaube, du bist auf der Suche nach einem Ziel!«

»Ich verstehe nicht, was Sie meinen!«, antwortete Doggy unsicher.

Nun war auch der andere Kerl hinzugetreten.

»Warum schleichst du alleine durch die Stadt? Hast du denn keine Freunde?«, fragte der andere.

»Doch schon, aber …«, log Doggy.

»Du lügst! Warum lügst du? Wir beobachten dich schon eine ganze Weile. Du bist ein einsamer Mensch, dem geholfen werden muss! Komm zu uns, wir sind wie eine Familie. Hier hast du einen Zettel mit der Adresse. Du kannst jederzeit zu uns kommen, wir hören dir zu. Behalte den Zettel aber bitte bei dir, sag niemanden etwas davon! Mach es gut, wir freuen uns auf dich!«, sagte der Bärtige und klopfte ihm dabei auf die Schulter. Dann verschwanden die beiden wieder.

Doggy sah den Zettel an, den er in die Hand gedrückt bekommen hatte. »Brudergemeinde des wahren Islam« stand auf dem Zettel. Darunter die Adresse, eine Straße in Betzingen, unweit vom Arbeitsplatz seines Vaters. Doggy steckte den Zettel ein und ging wieder nach Hause. Er beschloss, sich über die Brudergemeinde im Internet zu informieren.

Am Abend ging er wieder in die Stadt, um sich einen Hamburger zu gönnen. Im Fast-Food-Laden saßen ein paar Bekannte aus der Schule. Als er sich zu ihnen setzen wollte, machten sie sich breit. Also zog er es vor, an einen anderen Tisch zu gehen. Er holte sich einen großen Cheeseburger und eine Portion Pommes, dazu eine große Cola. Es setzte sich so hin, dass ihn die anderen sehen konnten. Er kramte sein neues Handy hervor und tat so, als würde er jemandem eine Nachricht schreiben. Dann legte er es neben sich und aß genussvoll. Es dauerte nicht lange, bis die anderen das Handy entdeckt hatten und sofort an seinen Tisch kamen.

»Hey Alder, wo hasch du das neue Apple her, das ist doch noch gar nischt im Laden!«, fragte ein Mädchen mit gepiercter Nase.

Doggy antwortete ihr gar nicht, er sah sie nur abwertend an. Er packte das Gerät weg und räumte sein Tablett auf einen dafür vorgesehenen Wagen. Dann verließ er den Burgerladen und ging weiter hinüber zur Wilhelmstraße.

Eigentlich war es ihm zu wenig, was er da verkonsumiert hatte. Deshalb beschloss er, zum Türken zu gehen und noch einen Kebab einzuwerfen. Geld hatte er ja noch übrig, er hatte nicht alles für das Handy ausgegeben. Er ging also zum Kebab-Stand hinein und orderte eine Portion mit allem. Er stellte sich an die Wand und beobachtete die Straße. Da sah er die Bekannten von vorhin wieder. Sie gingen am Kebab-Stand vorbei und sahen im Vorübergehen hinein. Das Mädchen, das ihn angesprochen hatte, entdeckte ihn und machte ihren Begleiter auf ihn aufmerksam. Doggy wurde unwohl, er hatte wohl beim Angeben etwas übertrieben. Wie sollte er jetzt nach Hause kommen, ohne dass er mit denen da draußen aneinandergeriet? Seinen Vater anrufen war unmöglich, der arbeitete noch. Nach Hause rennen kam auch nicht in Frage, denn nach wenigen Metern ging ihm die Puste aus. Also blieb ihm nichts anderes übrig, als beim Türken zu bleiben und zu hoffen, dass denen da draußen die Geduld ausging. Nach einer halben Stunde schien die Luft rein zu sein. Er trank seine Cola leer und verließ das Lokal. Als er wieder auf der Straße war, sah er sich um. Niemand war in der Nähe, den er kannte. Also machte er sich auf den Heimweg. Als er Unter den Linden den Mediamarkt passierte, bemerkte er, dass ihm jemand folgte. Also ging er in den Markt hinein und über einen Seitenausgang sofort wieder hinaus. Er ging wieder um den Markt herum und sah, wie die Clique vor dem Eingang auf ihn wartete. Einer von ihnen war wohl in den Markt gegangen, um nach ihm zu sehen. Der folgte ihm nun und so kam es, wie es kommen musste, er war von ihnen eingekreist worden.

»Was wollt ihr von mir?«, fragte er. Auf seiner Stirn hatte sich Schweiß gebildet.

»Wir wollen wissen, wo du das Handy herhast?«, fragte einer der Typen mit zusammengepressten Lippen.

»Das geht euch gar nichts an! Lasst mich in Ruhe, verstanden?«, rief Doggy laut, um auf sich aufmerksam zu machen. Die Passanten, die vorübergingen interessierten sich nicht für ihn.

»Gib uns sofort das Handy, Dicker, sonst schneide ich dir den Speck aus den Rippen!«, sagte ein anderer und zog ein Messer.

»Hilfe!«, rief Doggy, und dann schlug ihm auch schon einer mit der Faust ins Gesicht.

Taumelnd ging er zu Boden, während er dabei mit Tritten traktiert wurde. Selbst die Mädchen traten mit ihren spitzen Schuhen zu. Er dachte noch, dass jetzt sein letztes Stündlein geschlagen hätte, da lag plötzlich der Kerl mit dem Messer neben ihm auf dem Boden und blutete aus dem Mund. Doggy hatte mit seinen Händen seinen Kopf geschützt, deshalb konnte er zunächst nicht sehen, was um ihn herum vor sich ging. Er hörte die Mädchen kreischen und davonrennen. Dann war es einen Augenblick still. Er sah erst wieder auf, als ihn eine Hand an der Schulter berührte.

»Steh auf, es ist vorbei!«, sagte eine Stimme.

Doggy stand auf und sah den Bärtigen vom Nachmittag vor sich. Er und ein paar andere Männer standen im Kreis um ihn herum und musterten ihn.

»Den Ungläubigen haben wir gezeigt, was ihnen blüht, wenn sie sich an einem von uns vergreifen. Komm zu uns, und dir wird niemand mehr wehtun!«, sagte der Bärtige und legte den Arm um seine Schulter.

Er ging einfach mit, obwohl er eigentlich nicht wollte. Aber aus Dankbarkeit für seine Rettung folgte er den

Männern. Sie gingen eine ganze Weile die Tübinger Straße entlang, ohne dass ein Wort gesprochen wurde. Dann plötzlich, nach dem Werksgelände der Firma Bosch, bogen sie in eine Seitenstraße ein und blieben nach etwa fünfzig Metern vor einem Haus stehen. Einer der Männer trat in den Vorgarten und öffnete die Haustüre. Dann gingen die Männer nach und nach in das Haus, zogen aber zuvor die Schuhe aus. Doggy machte es ihnen nach und sah dabei, dass er ein Loch in der Socke hatte. Offenbar interessierte das aber keinen der Anwesenden. Die Männer setzten sich in einem Kreis und begannen sich nach vorne zu beugen, um zu beten. Dann stand einer auf und holte eine große Glaskanne mit Tee.

»Hör zu, mein Junge«, begann der Bärtige.

»Du lebst in einer Welt der Wertelosigkeit. Wie du gesehen hast, wollten dich diese ungläubigen Bastarde ausrauben. Wir haben andere Werte, bei uns steht der Mensch im Mittelpunkt und natürlich unser Gott. Er steht über allem und sieht alles. Wir entsagen uns total dem Konsumwahn dieser Gottlosen da draußen. Komm zu uns, und du wirst ein zufriedenes Leben haben. Möchtest du ein Glas Tee haben?«

»Ja, ja, danke!«, antwortete Doggy unsicher.

Der Mann klatschte in die Hände. Ein Mädchen mit verschleiertem Gesicht kam herein und brachte eine Tasse aus Glas, die mit heißem Tee gefüllt war. Sie gab die Tasse an Doggy und sah ihm mit ihren mandelbraunen Augen an. Wie elektrisiert starrte er in ihre Augen. So etwas war ihm noch nie passiert. Eigentlich interessierte er sich nicht für das weibliche Geschlecht, denn in seiner Bekanntschaft und näheren Umgebung gab es nur dumme Zicken. Aber diesen liebevollen Blick, den hatte er noch nie gesehen. Als sie das Zimmer wieder verließ, sah er, dass sie auch nicht gerade schlank war. Er nippte an dem Tee und verbrannte sich dabei sofort den Mund.

»Du musst langsam trinken, das ist nicht dieses braune Teufelszeug aus Amerika. Wir haben gesehen, wie du in dieses Lokal gegangen bist, wo es nur unreines Essen gibt. Weißt du, wie schädlich das für den Geist und deinen Körper ist?«, fragte der Bärtige.

Eigentlich hörte Doggy dem Mann gar nicht zu, weil er hoffte, dass das Mädchen wieder erscheinen würde. Aber er wurde enttäuscht, denn nachdem er den Tee leer getrunken hatte, wurde nicht nachgeschenkt. Die Männer um ihn herum redeten eine Sprache, die er nicht verstand. Er sah auf seine Uhr und sagte dem Bärtigen, dass er nun nach Hause müsse, sonst mache sich seine Mutter Sorgen um ihn. Der Bärtige lächelte nur und nickte. Dann machte er eine Geste, die bedeuten sollte, dass er jetzt gehen könne. Also stand er auf und nickte allen am Boden sitzenden Männern zu. Die murmelten nur etwas vor sich hin. Er verließ den Raum und ging in die Diele, wo seine Schuhe standen. Diese zog er schleunigst an und öffnete die Haustür. Dann wurde plötzlich eine Tür geöffnet und das Mädchen von vorhin streckte den Kopf heraus und winkte ihm lächelnd zu. Er winkte zurück und zog die Haustüre zu. Als er wieder auf der Tübinger Straße ging, sah er sich um, ob ihm jemand folgte. Dieses Mal war er alleine unterwegs. In dieser Nacht konnte er nicht schlafen, das Mädchen ging ihm nicht aus dem Kopf. Er war zum ersten Mal in seinem Leben verliebt!

Am frühen Samstagmorgen musste Gerhard Meininger zum ersten Mal mit dem Hund Gassi gehen. Seine Frau ging derweil zum Bäcker und auf den Markt zum Einkaufen. Das war eine völlig neue Situation für ihn, denn bisher war er eher ein Hundegegner gewesen. Regelmäßig musste er nämlich deren Haufen auf seiner Rasenfläche vor dem Haus wegräumen. Eigentlich konnten die Tiere ja nichts dafür. Schuld waren die Hundebesitzer, die sich nicht um die Hinterlassenschaften ihrer Tiere kümmerten. Nun also spazierte er mit dem kleinen Hund die Straße entlang und schaute verstohlen links und rechts, ob ihn die Nachbarn sahen. Es war aber noch zu früh, um im Garten zu arbeiten. Seine Frau hatte ihn mit allem Nötigen ausgestattet, Teleskopleine, Handschuh und Hundebeutel. Der Hund japste aufgeregt und schnüffelte überall herum. Meininger konnte dem kleinen Kerl kaum folgen. Als ein Radfahrer vorüberfuhr, hatte er alle Mühe den Hund im Zaum zu halten. Nach ein paar Hundert Metern kam ihm eine Frau entgegen. Meininger sah, dass ihr offenbar der Hund sehr gefiel.

»Das ist aber ein süßer kleiner Kerl, wie heißt er denn?«

»Bärbel.«

»Wie? Das ist doch ein Mädchenname!«

»Er ist ja auch ein Mädchen!«

»Ach so ja, ha, ha, ha! Darf ich sie mal streicheln?«

»Von mir aus!«

Nun bückte sich die Frau nach unten. Dabei quoll ihr immenser Busen beinahe aus ihrem T-Shirt. Der Hund ergriff bei ihrem Anblick die Flucht und versteckte sich hinter Meiningers Beinen. Die Frau hob den Hund hoch und drückte ihn. Meininger befürchtete, dass das Tier zwischen ihrem Busen verschwand und möglicherweise zerquetscht wurde. Dementsprechend japste das Tier ängstlich. Dann endlich setzte die Frau das Tier wieder auf dem Boden ab. Der Hund ergriff sofort die Flucht.

»Ich gehe hier jeden Tag um die gleiche Zeit spazieren. Vielleicht sehen wir uns ab und an! Ach ja, ich bin die Christine!«

»Sehr erfreut, Gerhard«, sagte Meininger stotternd.

Sie nahm seine Hand und drückte sie kräftig. Dabei sah sie ihm in die Augen. Dann ging sie weiter und winkte ihm lächelnd hinterher.

»Das kann ja heiter werden!«, brummte der Kriminalhauptkommissar und ging weiter.

Nach etwa einer halben Stunde wurde der Hund immer langsamer und blieb dann letztendlich stehen. Er blickte zu Meininger hinauf und winselte.

»Was ist los? Hast du keine Lust mehr?«

Der Hund legte sich ermattet hin. Meininger hob das Tier auf und nahm es auf den Arm. Der Hund legte seinen Kopf auf die Schulter und so trat Meininger den Rückweg an. Als er zu Hause ankam, erzählte er seiner Frau von seiner Begegnung mit der Hundefreundin. Insgeheim hoffte er, dass er dadurch von der Pflicht des Gassigehens befreit werden würde.

Am Morgen des folgenden Montags trafen sich die Beamten des Kriminalkommissariats Reutlingen zu einer Besprechung. Zunächst wurde der Einsatz in Metzingen analysiert und bewertet. Man kam übereinstimmend zur Ansicht, dass die Aktion erfolgreich verlaufen war.

Der angeschossene Junkie lag mit einem Lungendurchschuss im Krankenhaus und war außer Lebensgefahr. Bei ihm wurde Falschgeld im Wert von mehreren Tausend Euro gefunden. Allerdings waren die Blüten von sehr schlechter Qualität. Die anderen Anwesenden wurden auf Drogen untersucht und getestet. Das Ergebnis war durchweg positiv, sodass einige Führerscheine einbehalten werden konnten. Der festgenommene Franzose kam in Untersuchungshaft und wurde wegen schwerer Körperverletzung, Besitz von Rauschgift und gefährlichen Eingriff in den Straßenverkehr angeklagt. Kriminalhauptmeister Carsten Dombrowski und sein Kollege Willi Früh berichteten über die Fortschritte im Mordfall Mutschler, obwohl man nicht direkt von Fortschritten reden konnte. Noch immer war der Umschlagplatz des Diebesgutes nicht gefunden. Der Spediteur, dessen Fahrer bei dem Überfall ums Leben gekommen war, wurde noch einmal befragt, und zwar auch wegen seiner prekären finanziellen Lage. Er versicherte den Beamten, dass dies nur ein momentaner Zustand sei. Ihm konnte eine Beihilfe zum Überfall bisher nicht nachgewiesen werden. Die Firma Apple hatte von den USA aus Anzeige wegen des Diebstahls der Handys gestellt und das FBI eingeschaltet. Es war also mit dem Besuch eines Vertreters der amerikanischen Bundespolizei zu rechnen. Der hatte allerdings überhaupt keine Ermittlungsbefugnisse auf dem Boden der Bundesrepublik Deutschland. Die Firma Apple stellte die bisherigen Ortungsergebnisse der verschwundenen Handys den Ermittlungsbehörden zur Verfügung. Mit diesen Daten konnte allerdings niemand etwas anfangen, denn alle in Betrieb gegangenen Handys befanden sich auf russischem und ukrainischem Boden.

Die Fahndung nach dem mutmaßlichen Mörder von Karl-Heinz Mutschler war bisher ergebnislos geblieben.

Am späten Freitagabend wurde ein weiterer Lkw-Diebstahl gemeldet, und zwar auf der Autobahnraststätte Sindelfinger Wald. Das Vorgehensschema war dasselbe wie zuvor. Der Fahrer wurde beim Toilettenbesuch überwältigt und betäubt. Er hatte wiederum eine Palette der neusten Apple-Tablets geladen. Kriminalhauptkommissar Gerhard Meininger saß neben dem Bericht erstattenden Carsten Dombrowski und hörte aufmerksam zu. Dabei spielte er mit seinen vor ihm liegenden Zetteln, auf denen er verschiedene Notizen gemacht hatte. Dombrowski machte eine kurze Pause und sah dabei zufällig auf einen der vor Meininger liegenden Zettel.

»Sag mal, woher hast du das Kennzeichen da?«, fragte Dombrowski.

Meininger sah Dombrowski verdutzt an und sortierte seine Zettel wieder.

»Welche Nummer meinst du?«, fragte er zurück.

Er hatte während der Fahndung nach dem flüchtigen Pistolenschützen mehrere Kennzeichen auf verschiedene Zettel notiert.

»Du hast gerade einen Zettel in der Hand gehabt, auf dem eine Münchner Autonummer notiert war.«

Wieder kramte der Kriminalhauptkommissar in seiner Zettelwirtschaft, bis er endlich den betreffenden Zettel fand.

»Das war das Kennzeichen eines Lastwagens.«

»Die Nummer stimmt mit der an dem als gestohlen gemeldeten Sattelauflieger vom Freitagabend überein.«

»Das ist aber mal interessant! Ich habe mir das Kennzeichen notiert, weil mir der Lkw suspekt vorkam. Als ich eine Fahndungsanfrage gemacht habe, war die zu dem Zeitpunkt negativ.«

»Wann war das ungefähr?«

»Keine Ahnung, der Lastwagen fuhr kurz vor unserem Einsatz aus dem Gelände weg. Also kurz vor neun Uhr!«

»Die Diebstahlanzeige kam um halb zwölf herein. Was hast du in Bezug auf den Lastwagen beobachtet?«

»Ich habe gesehen, wie er entladen wurde. Zur Vorsicht habe ich ein paar Videosequenzen gespeichert. Ich muss nur im Laptop nach ihnen suchen.«

Meininger klappte den Computer auf und schaltete ihn ein. Dann durchsuchte er die ganze Festplatte nach der Videosequenz. Nach ein paar Sekunden konnten alle Anwesenden ein kurzes Video anschauen, auf dem das Entladen des Lastwagens zu sehen war. Deutlich erkannte man, dass es sich bei den Kartons um die Verpackung von Tablet-Computern handelte.

»Wo fand das Ganze statt?«, fragte Dombrowski erstaunt.

»Auf dem Gelände der ehemaligen Schmiedefabrik Henning in Metzingen.«

»Ich muss sofort mit den Kollegen in Esslingen telefonieren! Danke für den Hinweis!«

Meininger lehnte sich zufrieden zurück, manchmal half Kommissar Zufall eben auch mal einem Hauptkommissar.

Kriminalhauptmeister Christian Dombrowski telefonierte mit dem Leiter der Soko »Parkplatz« und teilte ihm die Beobachtung Meiningers mit. Der nahm die Meldung zur Kenntnis und beorderte sofort eine Sitzung der Soko ein. Auf seinen ausdrücklichen Wunsch sollte auch Gerhard Meininger daran teilnehmen. Also setzten sich

Meininger, Dombrowski und Früh in ein Auto und fuhren nach Esslingen. Nach über einer Stunde Fahrt für diese paar Kilometer, saßen die drei Beamten mit ihren Kollegen zusammen in einem Konferenzraum im Polizeipräsidium und Kriminalhauptkommissar Gerhard Meininger berichtete nun ausgiebig von seinen Beobachtungen am vergangenen Freitagabend. Nun wurde beratschlagt, wie man möglichst unauffällig das Gelände observieren konnte. Des Weiteren wurde der derzeitige Besitzer des Areals ermittelt. Wie es sich herausstellte, hatten sich auf dem Gelände mehrere Kleinfirmen und Privatpersonen eingemietet. Da das Objekt aus mehreren Gebäuden bestand, war es schwer herauszubekommen, welche Firma oder Person wo untergebracht war. Nach langer Diskussion kam Kriminalhauptkommissar Gerhard Meininger eine Idee.

»Ich gebe mich als Spaziergänger aus und filme dabei heimlich das Gelände«, schlug er vor.

»Und du glaubst, du fällst da nicht auf, was?«, fragte Kriminalhauptmeister Christian Dombrowski.

»Klar, ich geh da mit meinem Hund Gassi. Das tun dort mit Sicherheit viele Leute.«

»Wie, mit deinem Hund?«

»Meine Frau hat sich einen Hund aus dem Tierheim geholt. Mit dem muss ich jetzt auch mal Gassi gehen.«

»Jetzt haut's mich aber um! Du hast einen Hund? Du warst doch immer der Hundehasser!«

»Tja, man wird halt älter, da ändert man auch mal seine Ansichten.«

»Die Idee finde ich gar nicht schlecht!«, mischte sich der Leiter der Soko ein, »wir statten dich mit einer Bodykamera aus und du schnüffelst auf dem Gelände herum.

Wir könnten eigentlich gleich damit beginnen. Oder besser heute Nachmittag.«

Der Leiter der Soko, der Klaus Vöhringer hieß, telefonierte mit der Technikabteilung und orderte eine Minikamera mit Aufzeichnungssystem, das unauffällig am Körper getragen werden konnte. Wenig später war Kriminalhauptkommissar Gerhard Meininger im wahrsten Sinne des Wortes modern eingekleidet. In seiner Hosentasche befand sich eine mobile Festplatte und in der oberen Hemdtasche eine Bodycam. Die Aufzeichnung ließ sich über einen Druckknopf in der Hosentasche starten und stoppen. Dann fuhr er mit seinen Kollegen zurück nach Reutlingen. Er war sichtlich zufrieden mit dem Umstand, wieder in die Ermittlungen im Mordfall Mutschler eingebunden zu sein. In der Dienststelle angekommen, machte sich Meininger sofort auf den Heimweg. Seine Frau staunte nicht schlecht, als er so früh nach Hause kam. Als er dann noch den Hund schnappte und sofort wieder das Haus verließ, verstand sie die Welt nicht mehr. Der Kriminalhauptkommissar platzierte den kleinen Hund auf dem Beifahrersitz des Autos. Zuvor hatte er eine Decke aus dem Keller geholt und auf den Sitz gelegt, für alle Fälle. Auch der Hund wusste nicht, wie ihm geschah, machte es sich aber auf dem Sitz bequem und beobachtete interessiert, was Meininger so während des Fahrens machte. Hin und wieder streichelte er das Tier am Kopf.

»Wir beide gehen jetzt miteinander ermitteln, gell?«, sagte Meininger zu Bärbel.

Nach einer guten halben Stunde bog er in den Parkplatz der ehemaligen Firma Henning ein, der nun von den Besuchern des angrenzenden Freibades genutzt wurde. Da sich das Wetter an diesem Tag nicht gerade von seiner schönsten Seite zeigte, gab es genügend freie Parkplätze. Der Kriminalhauptkommissar öffnete die Beifahrertür und leinte den Hund an. Der wedelte sehr erfreut mit dem Schwanz, als er wieder festen Boden unter den Pfoten hatte. Dann schlenderten Herrchen und Hund entlang der Erms in Richtung des Freibades. Meininger hatte den Aufnahmeknopf der Kamera gedrückt, die sich am Rand der Brusttasche seines Hemdes befand. Der Weg führte an einer hohen Halle vorbei, in der einmal die großen Gesenkschmieden standen. Um brauchbare Aufnahmen zu machen, musste sich Meininger immer wieder zu der Halle hindrehen. Deshalb blieb er immer wieder stehen und betrachtete das Gebäude interessiert. Nach etwa fünfzig Metern kam eine Freifläche, die mit Verschlägen bebaut war. Dann kam wieder eine niederere Halle. Danach endete das Betriebsgelände und das Freibad schloss sich an. Da es keinen Durchgang entlang des Betriebsgeländes gab, musste Meininger um das ganze Freibad herumlaufen. Nach einiger Zeit kam er wieder an der Tankstelle heraus, wo er und seine Kollegen den Rauschgifthandel auf dem Parkplatz gegenüber überwacht hatten. Wieder stand er vor einem Tor und schaute interessiert auf das Firmengelände. Nichts rührte sich dort. Es parkten zwar einige Autos vor und im Gelände, aber Personen sah man keine. Meininger ging auf das Schiebetor zu und untersuchte, ob es geschlossen war. Er betätigte einen Riegel und das Tor ließ sich, wenn auch schwer, öffnen. Das beflügelte natürlich seine Neugier! Aber mit dem Hund konnte er unmöglich auf dem Werksgelände umherstreifen. Also ging er weiter und folgte nun der stark befahrenen Bundesstraße 313 wieder zurück zu seinem Fahrzeug. Zuvor filmte er aber das ehemalige Rohmateriallager und den dahinter befindlichen Hof. Dort mussten sich die Transportfahrzeuge befunden haben, die mit der Hehlerware beladen worden waren. Er hatte die Hände hinter dem Rücken verschränkt, als er wieder die große Halle betrachtete.

»Wirklich schad om dui guda Firma!«, hörte er plötzlich eine Stimme hinter sich.

Er drehte sich erschrocken um und sah hinter sich einen Mann stehen, der mit dem Fahrrad unterwegs war.

»Ja, ja! Wirklich schade, Sie sagen es!«, antwortete Meininger.

»Hent sia dui Firma kennt?«, fragte der Mann weiter.

»Ja, wie man's nimmt also …«

»Ha narr, do han i feifadreißg Johr gschaffat. En der Werkzeigmacherei! Bis es aus gwea ischd.«

Nun sah Meininger den Mann genauer an. Er war hager, trug eine blaue Latzhose und rollte das r, wie es die alten Leute früher immer getan hatten.

»Kommt man in das Werksgelände hinein?«, fragte Meininger den Mann.

»Vornarom ett, aber hennarom! I wois mo!«, sagte der Mann, und blinzelte listig mit den Augen.

Dann schob er sein Fahrrad in Richtung des Freibades. Am Ende der großen Halle befand sich ein Tor, das nach innen geschwenkt werden konnte. Es war auf den ersten Eindruck abgeschlossen. Der Mann fand aber einen Trick, wie sich das Schloss öffnen ließ.

»Dees hot schau vor zeah Johr fonktioniert, dees duad heit no!«, verkündete der Mann stolz.

»Interessant! Danke!«, sagte Meininger und wollte zurück zu seinem Auto gehen, um den Hund dort abzuladen.

Der Mann folgte ihm mit seinem Fahrrad und erzählte weiter.

»Ond no, no be ne zom Gmelin noch Reitlinge ganga, kennat Sia da Gmelin no?«

»Eigentlich nicht, nein!«

»Ja send Sia ett vo hia?«

»Nein ich komme aus Tübingen. Ich bin eigentlich bloß zufällig hier.«

»Ach so, aha! I ko ihne aber no a Gschichte erzehla, 's mog anna Siebanafuffzg gwä sei …«

Meininger stieg in sein Auto und lächelte dem Mann nett zu. Dann startete er den Motor und fuhr vom Parkplatz hinaus. Er beobachtete im Rückspiegel, wie der Mann auf sein Fahrrad stieg und in Richtung Neuhausen davonfuhr. Dann wendete er und fuhr wieder zurück. Er parkte das Auto erneut und stieg aus. Dieses Mal ließ er den Hund im Auto. Er öffnete das Fenster der Beifahrertür ein wenig, damit Luft in das Innere kam. Da es nicht sonderlich warm war, hatte Meininger keine Bedenken, dass es dem Hund im Auto zu warm werden würde. Dann ging er hinüber zu dem Tor, das sich mit einem Trick öffnen ließ. Meininger brauchte ein paar Versuche, bis es klappte. Dann sah er sich um, ob ihn niemand bei seinem Treiben beobachtete. Alles war ruhig, niemand zu sehen. Dann schlich er sich eine Einfahrt hinauf an ehemaligen Kohlebunkern vorbei zu einem Seiteneingang der großen Halle. Eine Stahltür verwehrte den Zugang. Der Kriminalhauptkommissar rüttelte am Schloss, das aber nicht nachgab. Dann schlich er um das Gebäude herum, wo sich ein großes Tor befand. Er überzeugte sich zuerst, dass ihn niemand sah, dann machte er sich auch dort am Schloss zu schaffen. Nach einigem Rütteln gab die Tür nach. Vorsichtig öffnete Meininger die Tür und schlich sofort ins Innere. In der Halle war es stockdunkel und das am helllichten Tag. Er brauchte eine Weile, bis sich die Augen an die Dunkelheit gewöhnt hatten. Nur schemenhaft sah er nun, wie groß und vor allem hoch die Halle war. In der Mitte stand noch eine riesige Maschine. Das war wohl eine der letzten Schmiedemaschinen. Rechts von der Tür waren Kartons gestapelt. Er ging hinüber, um zu sehen, was darin verpackt war. Irgendetwas hakte plötzlich an seinem Bein ein. Geistesgegenwärtig zog er sein Bein weg. Dann fiel der Stapel Kartons plötzlich um und begrub Meininger unter sich. Es waren wohl nicht nur Kartons dort gestapelt, denn etwas Hartes traf ihn am Kopf, sodass er bewusstlos liegen blieb.

Die Beerdigung von Karl-Heinz Mutschler war für den Nachmittag um dreizehn Uhr angesetzt. Sie sollte auf dem Friedhof in Rietheim stattfinden. Torsten Rempfer war früh aufgestanden, denn er hatte noch etwas vor. Er ging sehr früh ins Bad, sammelte Haare von den Kindern ein und verstaute sie in kleinen Plastiktüten. Er hatte viel Zeit zum Nachdenken gehabt und es kamen Zweifel in ihm auf, ob er der leibliche Vater seiner Kinder war. Er hatte über Beziehungen Kontakt mit einem Anwalt in Ulm aufgenommen, der ihn in Sachen Vaterschaft beraten hatte. Als die Kinder geboren wurden, war Mutschler noch als Service-Monteur bei Burkhard und Weber in Reutlingen beschäftigt. Bei dieser Firma war er oft monatelang im In- und Ausland auf Montage. Zu jener Zeit hatte er keine Zweifel an der Treue seiner Ehefrau. Nun, nach den Vorkommnissen von neulich, glaubte er nicht mehr daran. Vor allem, wenn er vom Geburtstag seiner Tochter neun Monate zurückrechnete und auf einen Termin kam, an dem er sich im Ausland aufgehalten hatte. Er stopfte die kleinen Beutel in seine Hose und verließ das Bad. Als er beim Frühstück neben seiner Frau saß, sprach er kein Wort. Sie hatte sich extra für die Beerdigung ein neues Kleid gekauft, das auf einem Kleiderbügel an der Tür hing. Eigentlich wollte er sich vor der Beerdigung drücken, aber das wäre dann doch zu auffällig gewesen. Die Kinder waren schon längst in der Schule in Münsingen. Noch immer nagte an ihm, was er gesehen hatte. Am liebsten hätte er seiner Frau die Wahrheit ins Gesicht gesagt, aber er brachte es nicht fertig, noch nicht. Dann klingelte es an der Tür. Angelika Mutschler war es, sie wollte sich von Roswita Rempfer etwas ausleihen. Beide Frauen sprachen draußen leise, sodass Torsten Rempfer nicht verstehen konnte, um was es bei der Unterhaltung ging. Dann hörte er, wie beide schluchzten. Am liebsten wäre er aufgestanden und hätte ihnen reinen Wein eingeschenkt. So las er einfach weiter in der Zeitung und kümmerte sich nicht mehr um die Frauen. Später kamen die beiden Kinder von der Schule nach Hause. Es gab nur eine schnelle Suppe zum Mittagessen, was Torsten Rempfers Unmut hervorrief. Nach dem Essen zog er seinen schwarzen Anzug an und knüpfte die schwarze Krawatte, wie er es bei der Bundeswehr gelernt hatte. Seine Frau sah in ihrem schwarzen Kleid recht adrett aus, wenn sie der Mutschler so gesehen hätte! Der sah aber nichts mehr, denn der lag nun im Sarg. Immer noch hatte Rempfer kein schlechtes Gewissen wegen seiner Tat. Die

Wut und Enttäuschung überwiegten immer noch. Kurz nach halb eins machte sich Familie Rempfer auf den Weg in die Kirche. In der Kirche setzte er sich in die letzte Reihe, was seiner Frau doch sehr missfiel. Er mochte es nicht, von allen Leuten angeglotzt zu werden. Nach der Kirche folgte die Gemeinde dem Sarg auf den Friedhof, der etwas außerhalb der Ortschaft lag. Verschiedene Sprecher von Vereinen, in denen Karl-Heinz Mutschler Mitglied gewesen war, gedachten des Toten. Als einer der Vorstände sagte, dass er wünsche, dass dem Mörder des lieben Verstorbenen seine gerechte Strafe zukommen solle, überlief Torsten Rempfer ein kalter Schauer. Zum Grab ging er nicht, um einen letzten Blick auf den Sarg zu werfen. Seine Frau tat dies. Sie weinte bitterlich, sodass es eigentlich jedem auffallen musste, dass dies ein wenig übertrieben war. Rempfer drängte auf ein schnelles Verabschieden von der Trauergemeinde, denn er wollte heute noch zurück nach Ulm fahren. Seiner Frau erzählte er, dass er am Abend ein Geschäftsessen mit einem seiner wichtigsten Kunden habe. Er hatte den Eindruck, dass sie darüber nicht unglücklich war. In Wahrheit traf er diesen Anwalt wieder, der eine DNA-Untersuchung der Haare seiner Kinder veranlassen wollte.

Auf der Dienststelle im Kriminalkommissariat Reutlingen berieten die anwesenden Beamten über das weitere Vorgehen im Fall des ermordeten Karl-Heinz Mutschler.

»Heute war ja die Beerdigung von Mutschler, war da jemand von uns oben?«, fragte Christian Fromm.

»Ich glaube nicht, nein, wozu auch? Glaubst du etwa, dass der Mörder dort anwesend war?«, fragte Carsten Dombrowski.

»Kann ja sein. Das gab es immer mal hin und wieder«, antwortete Christian Fromm.

»Wo ist eigentlich unser schnüffelnder Hundeliebhaber? Sollte der nicht schon längst wieder zurück sein?«

»Wie lange braucht man, um ein Grundstück von der Größe in Metzingen zu umrunden?«

»Keine halbe Stunde. Vielleicht ist er zu Hause und hat den Hund abgeliefert.«

»Dann wird seine Frau erstmal ihren Liebling nach Zecken absuchen.«

»Wie? Woher soll der Gerhard Zecken bekommen?«

»Ich meine den Hund mit Liebling!«

»Ha! Ha! Ha! Das erzähl ihm mal, wenn er zurück ist!«

Die Unterredung wurde vom Klingeln des Telefons unterbrochen. Kriminalkommissar Fromm hob ab und antwortete nur mehrmals mit »Ja«. Dann legte er auf.

»Eines der geklauten Handys wurde in Reutlingen benutzt. Es hat sich in der Nähe des ehemaligen Fernmeldeamts eingewählt. Ist jetzt aber wieder ausgeloggt. Meldet soeben ein Typ von Apple. Die zugeordnete Nummer gehört zu einer Prepaidkarte. Er hat uns die IMEI-Nummer des Handys übermittelt, damit wir den selber orten können«, berichtete er.

»Sag mal, sollen wir den Gerhard nicht mal anrufen?«, fragte Dombrowski besorgt.

»Ja, ruf ihn halt auf dem Handy an.«

Kriminalhauptmeister Carsten Dombrowski wählte die Nummer des Diensthandys von Kriminalhauptkommissar

Gerhard Meininger. Nah einigen Sekunden unterbrach er den Anruf.

»Der geht nicht ran! Das ist jetzt aber schon komisch!«

»Hoffentlich hat er das Telefon nicht schon wieder im Auto liegen lassen.«

»Ruf doch mal bei ihm zu Hause an, vielleicht ist er tatsächlich noch dort.«

Dieses Mal wählte Dombrowski die Privatnummer des Kriminalhauptkommissars. Nach wenigen Sekunden wurde auf der anderen Seite abgehoben. Es meldete sich Meiningers Frau Renate. Sie war ebenso besorgt, denn der Hund hätte schon längst sein Futter bekommen sollen. Als Nächstes beriet sich Dombrowski mit dem Einsatzleiter Vöhringer in Esslingen. Dieser riet ihm, die Kollegen vom Revier in Metzingen anzurufen, damit sie die paar Meter zum Henning-Areal gehen und die Lage vor Ort sondieren sollten. Dies tat er umgehend. Nach etwa fünfzehn Minuten kam die Rückmeldung, dass der Dienstwagen, den Kriminalhauptkommissar Meininger benutzte, auf dem Parkplatz stehe und ein Hund sich darin befinde. Von Meininger hingegen sei keine Spur zu entdecken. Kriminalhauptmeister Carsten Dombrowski startete das Ortungsprogramm für Handys an seinem Computer. Dann gab er den Namen des Diensthandys vom Meininger ein. Nach wenigen Augenblicken zeigte der Monitor die Position des Handys an. Es befand sich eindeutig auf dem großen Gelände der ehemaligen Firma Henning. Dombrowski gab dies den Kollegen durch und startete gleichzeitig mit Christian Fromm in Richtung Metzingen. Da die beiden Beamten mit Sondersignal fuhren, waren sie zehn Minuten später vor Ort.

Dombrowski parkte direkt neben dem Dienstwagen von Gerhard Meininger. Auf dem Beifahrersitz saß ein kleiner Hund und bellte aufgeregt. Christian Fromm schloss das Auto mit einem Zweitschlüssel auf und wollte den kleinen Kerl zu sich nehmen. Der aber stürmte sofort über den Weg hinüber zu einem Schiebetor. Die Kriminalbeamten folgten dem Hund, hatten aber Mühe, weil sie über das Tor klettern mussten. Unterwegs trafen sie auf die Metzinger Kollegen, die sich bereits umgesehen hatten, aber den Vermissten nicht finden konnten. Der kleine Hund kratzte mit seinen Vorderbeinen aufrecht stehend an einer großen Stahltür, die in eine Halle führte. Kriminalkommissar Christian Fromm versuchte die Tür zu öffnen, hatte aber keinen Erfolg. Dann stand plötzlich ein Mann hinter den Beamten.

»Suachat Sie was Bestimmtes?«

»Wer sind Sie? Können Sie die Tür öffnen?«, fragte Fromm zurück.

»Ich ben der Hausmeischter, sozusagen. Und ja, ich kann diese Tür effnen. Es stellt sich mir allerdings die Frage, warum ich dees tun sollte«, fragte der Mann, der einen grauen Arbeitsmantel trug und betont näselnd redete.

Christian Fromm kramte seinen Dienstausweis hervor und hielt ihm dem Mann unter die Nase.

»Wir sind von der Kripo und diese Kollegen da in Uniform sehen nicht gerade aus, als wären sie von der Heilsarmee. Wenn Sie keinen Ärger haben wollen, dann schließen Sie jetzt sofort diese Tür auf, verstanden?«

Widerwillig und vor sich hin brummelnd führte er einen Schlüssel in das Schloss der Tür ein und öffnete diese. Die Beamten traten in die dunkle Halle ein und sahen zunächst nichts. Der kleine Hund hingegen war längst hineingerannt und japste irgendwo im Dunkeln.

»Kann man hier drin kein Licht machen?«, fragte Fromm

»Gerhard bist du da?«, rief Dombrowski.

»Hier! Hier hinten! Ich kann mich nicht bewegen, ich bin eingeklemmt!«, hörte man eine Stimme.

Der Hausmeister hatte inzwischen die Deckenbeleuchtung eingeschaltet, die aber kaum Helligkeit in den Raum brachte, da die Lampen stark verschmutzt waren. Trotzdem erkannte man etwa zehn Meter gegenüber einen Stapel weißer Kartons, der umgestürzt war. Dort saß der kleine Hund und leckte aufgeregt das Gesicht Meiningers ab, der unter den Kartons begraben war. Als die Beamten näher kamen, brummte der Kriminalhauptkommissar nur: »Nehmt das Vieh weg, sonst werde ich noch verrückt!«

Einer der Metzinger Beamten hatte selber einen Hund und nahm sich des Kleinen an.

»Du solltest dem Hundchen dankbar sein, sonst hätten wir dich womöglich gar nicht gefunden!«, sagte Fromm vorwurfsvoll.

»Ich bin eingeklemmt, ich kann mich nicht bewegen«, sagte Meininger ächzend.

»Mann, hast du ein Glück gehabt, ein paar Zentimeter daneben und das Regal hätte dich erschlagen!«, stellte Dombrowski fest.

Tatsächlich lag nur wenige Zentimeter neben Meiningers Kopf eine schwere Strebe eines Stahlregals, das in sich zusammengestürzt war. Die Strebe von Hand anzuheben war unmöglich, da sie zu schwer war. Der Hausmeister holte einen Portalkran, den er zuvor wieder in

Betrieb nehmen musste. Mit einem Höllenlärm rumpelte der Kran durch die Halle. Dabei fiel immer wieder der Dreck herunter, der sich auf der Kranbahn angesammelt hatte. Der Hausmeister befestigte am oberen Ende des Regals eine Seilschlinge und legte sie in den Kranhaken ein. Dann zog er es vorsichtig nach oben. Das Regal hob sich nun an und die Beamten zogen die Kartons von Gerhard Meininger weg. So lange, bis er sich von selbst befreien konnte. Er hatte nur eine Blessur am Hinterkopf davongetragen, sonst nichts. Er richtete sich auf und ordnete erst einmal seine Kleider.

»Wem gehören diese Kartons?«, fragte er sofort den Hausmeister.

»Des weiß i doch nicht! Das geht mich au nix an!«, stand dieser abwehrend da.

»Sieht so aus, als wäre das Verbandsmaterial«, stellte Dombrowski fest.

»Wie bist du überhaupt hier hereingekommen?«, fragte Christian Fromm.

»Ein ehemaliger Arbeiter hat mir einen Tipp gegeben, wie man die Schlösser knacken kann. Und da ich ja das Entladen des Lastwagens beobachtet habe, dachte ich mir, ich schaue mal in diese Halle rein. Da es aber so dunkel war, konnte ich nicht richtig erkennen, was da alles so rumliegt. Ich bin dann wohl an dem Regal gestolpert und habe es zum Einsturz gebracht«, erklärte Meininger.

»Das war net richtig zusammagebaut, deswega ischs eingeschtürzt! Da habbet se aber Glick ghabt, gell?«, mischte sich der Hausmeister ein.

»Wer verwaltet die Immobilie eigentlich?«, fragte Christian Dombrowski den Mann.

»Der Herr Weiblen, gell, der isch der Verwalter, gell?«

»Und wie erreichen wir den?«

»Per Telefon, net war!«

»Das denke ich mir, Brieftauben wird der keine haben!«

»Des weiß i net, könnt aber vielleicht sein, mr weiß ja nie!«

Der Hausmeister brachte Christian Fromm beinahe zur Weißglut.

»Ja, haben Sie vielleicht eine Telefonnummer oder was?«

»Ach so, Sie wollet a Kärtle, Moment!«

Dann kramte er in seiner Tasche und zog eine Visitenkarte hervor. Der Kriminalkommissar nahm sie zu sich und nickte nur. Der Metzinger Beamte hatte inzwischen Meiningers Hund wieder auf den Boden gesetzt. Dieser strich nun um die Füße seines Herrchens und japste aufgeregt.

»Wie heißt denn der Kleine?«, fragte Christian Fromm.

»Bärbel«, nuschelte Meininger.

»Wie?«, fragte Dombrowski nach.

»B-ä-r-b-e-l!«, buchstabierte Meininger.

Nun lachten alle plötzlich lauthals los, außer dem Hausmeister.

»Des isch an schöner Name für a Hundle. I kenn a Frau aus Metzingen, deren Hund hat au so gheißa!«

»Warum hast du ihn nicht Hans-Georg oder Horst geheißen?«, fragte Fromm, der Tränen in den Augen vom Lachen hatte.

»Weil es ein Mädchen ist, du Vollhorst!«, antwortete Meininger verärgert.

Inzwischen war auch ein Krankenwagen eingetroffen. Die Sanitäter kümmerten sich um den Kriminalhauptkommissar. Das war ihm gar nicht recht. Als der hinzugezogene Arzt eine Gehirnerschütterung diagnostizierte und auch noch verfügte, dass Meininger zur Beobachtung über Nacht ins Krankernhaus gebracht werden sollte, wehrte sich dieser mit Händen und Füßen.

»Was soll ich bei euch?«, fragte er aufgebracht, »mir fehlt doch nichts! Wer bringt dann meinen Hund nach Hause?«

»Das erledige ich!«, sagte sein Kollege Christian Fromm.

»Verräter!«, brummte Meininger, und fügte sich den Anordnungen des Arztes. Zudem war eine hübsche Rettungsassistentin anwesend, die ihn bei der Hand nahm und sanft in den Rettungswagen schob. Kriminalkommissar Christian Fromm telefonierte währenddessen mit dem Verwalter der Immobilie, einem gewissen Herbert Weiblen. Dieser gab ihm zur Auskunft, dass die Halle zum Teil an einen Verein mit dem Namen Deutsch-Ukrainischer Hilfsverein vermietet war. Er wisse nur, so sagte der Mann, dass dieser Verein Hilfsgüter wie Nahrungsmittel und Medikamente sammele, um sie über Polen in die Ukraine zu schicken. Christian Fromm ging daraufhin wieder in die Halle zurück und untersuchte die Pakete, die in der Ecke lagen. Tatsächlich handelte es sich zumeist um Kartons mit Verbandsmaterial. Auch nach intensiver Untersuchung konnte er nichts Verdächtiges feststellen. Dann verließ er wieder die Halle und trat zu seinem Kollegen Dombrowski.

»Also ich kann nichts Verdächtiges feststellen. In den Kartons sind nur Mullbinden und Pflaster. Ich weiß nicht, was unser Kollege da gesehen hat. Bringst du den Hund zu seinem Frauchen oder soll ich das machen?«

»Das machst besser du, du kennst die Frau Meininger ja besser, ich nicht so!«

Also schnappte Fromm den kleinen Hund, der an ein Geländer angeleint war und unaufhörlich heulte.

»Komm, mein Kleiner, jetzt geht's zu Mutti!«

Er nahm den Hund auf den Arm, worauf ihn dieser sofort ableckte.

»Lass das!«, schimpfte Fromm und wischte sich die Wange ab, nachdem er das Tier ins Auto verbracht hatte. Er winkte seinem Kollegen noch einmal zu und machte sich dann auf den Weg nach Tübingen.

Dort wurde der Hund schon sehnlichst erwartet. Wohlgemerkt, nur der Hund. Nach dem aufwendigen Empfangsprozedere durch Frau Meininger und die anschließende Fütterung des Lieblings kam die überraschende Frage: »Wo ist eigentlich mein Mann?«

»Der hatte einen kleinen Unfall. Er wurde unter Kartons begraben und konnte sich nicht mehr befreien. Der Hund hat ihn gefunden. Jetzt ist er im Krankenhaus, weil er den Kopf angeschlagen hat. Ist aber nur ein Verdacht auf Gehirnerschütterung. Er muss aber über Nacht zur Beobachtung dort bleiben.

»Na, Gott sei Dank ist ihm nichts passiert!«, sagte Renate Meininger.

»Wen meinst du, den Hund oder deinen Mann?«

»Na dem Kleinen natürlich, meinem Mann passiert schon nichts, der hat einen Schädel aus Stahl.«

Christian Fromm musste grinsen, denn diese Aussage von Meiningers Frau gab wieder eine Steilvorlage für Lästereien unter den Kollegen.

Den Fast-Food-Laden ließ Doggy heute links liegen. Er hatte einfach keinen Appetit mehr, seit er das Mädchen mit den Mandelaugen gesehen hatte. Ein paar Mal war er um das Haus in der Kaybachstraße geschlichen, ohne dass er ein Lebenszeichen von ihr entdeckt hatte. Heute Abend wollte er allen Mut zusammennehmen und an der Haustür klingeln. Vielleicht öffnete sie dann zufällig die Tür, das hoffte er zumindest. Doch wie sollte er mit ihr in Kontakt kommen? Ihr seine Handynummer geben? Er wusste ja gar nicht, wie sie hieß und ob sie überhaupt in dem Haus lebte. Das waren schon seltsame Zeitgenossen, auch wenn sie ihn aus einer heiklen Situation gerettet hatten. Er hatte eigentlich nichts mit Religion am Hut, vor allem nicht mit Extremisten, wie sie des Öfteren im Fernsehen gezeigt wurden. Und er vermutete stark, dass es sich bei diesen Leuten um Extremisten handelte. Sonst würde an der Haustüre oder am Gartentor ein Schild mit dem Namen der Vereinigung angebracht sein. Er machte sich also, nachdem es dunkel geworden war, auf den Weg nach Betzingen. Immer wieder sah er sich um, weil er das Gefühl hatte, verfolgt zu werden. Seit dem Überfall, den er mithilfe der islamischen Glaubensbrüder heil überstanden hatte, litt er unter Verfolgungswahn. Einmal wechselte er sogar die Straßenseite, konnte aber nichts Verdächtiges feststellen. Kurz vor dem Ziel hielt er inne. Er beobachtete den Eingang zu dem Haus eine Weile, um zu sehen, ob jemand hineinging. Alles war ruhig, verdächtig ruhig, wie er glaubte. Nach einigen Minuten überquerte er die Straße und klingelte am Gartentor. Eine krächzende Stimme sagte etwas in einer Sprache, die er nicht verstand.

»Hallo, hier ist Doggy, ich war schon mal bei Ihnen, wissen Sie noch?«

Nach einer Weile surrte plötzlich der Türöffner, und Doggy trat in den Garten. Dann wurde die Haustür geöffnet. Der ihm bekannte Mann stand in der Tür und schob Doggy in das Innere. Nachdem er seine Schuhe ausgezogen hatte, ging er in den Gebetsraum. Dort saßen wieder ein paar Männer zusammen und redeten miteinander. In der Mitte befand sich ein niederer Tisch, der mit verschiedenen Gerichten beladen war.

»Setz dich zu uns und nimm dir was zu essen. Du siehst nicht zufrieden aus, hast du ein Problem?«, fragte ihn sein Gastgeber.

»Nein, nein! Eigentlich nicht«, antwortete Doggy.

»Wie heißt du eigentlich?«, wollte der Mann nun wissen.

»Meine Freunde nennen mich Doggy, weil ich so dick bin. Eigentlich heiße ich Robert«, antwortete er etwas unsicher.

»So ein dummer Name, Doggy. Es ist der Name eines Hundes. Du bist es nicht wert, das man dir den Namen eines Hundes gibt. In unserer Gemeinschaft trägt man die Namen von Heiligen. Wir nennen dich ab sofort Mohammed. Das ist eine große Ehre für dich. Du siehst also, wie wir dich als Menschen schätzen. Nicht so, wie diese Ungläubigen da draußen, für die ein Mensch nur eine Nummer im System ist. Für die es Würde und Ehre nicht gibt oder nur mit Geld gekauft werden kann!«, ereiferte sich der Mann.

Er selber und die anderen Anwesenden stellten sich nicht mit ihrem Namen vor. Doggy dachte bei sich, dass die sowieso alle den gleichen Namen hatten. Er aß ein paar Bissen von einem köstlichen mit Käse gefüllten Paprika. Und dazu eine Scheibe frischgebackenes Fladenbrot.

Auch dies schmeckte ihm vorzüglich. Da klatschte der Mann in die Hände. Und dann kam sie wieder, mit ihren braunen Knopfaugen. Sie schenkte Doggy heißen Tee in ein Glas ein und sah ihm dabei tief in die Augen. Sein Herz pochte dabei dermaßen, dass er das Gefühl hatte, es springe gleich aus seiner Brust.

Die Männer sprachen derweil miteinander, sodass sie von dem nichts mitbekamen. Doggy nippte an dem Tee und verbrannte sich dabei die Zunge.

»Du musst dich beim Teetrinken ein wenig gedulden. Es ist wie im wirklichen Leben. Alles, was man zu schnell haben möchte, erweist sich später als ein Reinfall«, sagte der Bärtige.

Der Mann hatte nicht Unrecht. Doggy war nicht gerade ein Muster an Geduld. Wenn er etwas im Internet entdeckte, das seine Neugier weckte, musste er es sofort haben, so wie das I-Phone, das er über diesen Arslan gekauft hatte. Doggy hegte den Verdacht, dass dieser Arslan hinter dem Überfall auf ihn steckte. Wie auch immer. Er saß jetzt bei diesen komischen Islambrüdern und ließ es sich gut gehen. Plötzlich drückte ihm sein Gastgeber ein Buch in die Hand, das kunstvoll verziert war. Es war der Koran. Zu seinem Erstaunen bemerkte er, dass das Buch in Deutsch verfasst war. Nun begannen die Männer, sich nach vorne zu beugen und zu singen. Um nicht aufzufallen, machte es Doggy ihnen nach. Die Männer hatten während des Gebets ihre Augen geschlossen. Während er sich vorbeugte, bemerkte er, wie eine Tür vorsichtig geöffnet wurde. Im Augenwinkel sah er die Schuhe des Mädchens und blickte vorsichtig auf. Sie vergewisserte sich, dass keiner der Männer sie bemerkte, und gab Doggy ein Zeichen. Sie küsste zwei ihrer Finger und streckte sie ihm entgegen. Dann verschwand sie wieder hinter der Tür. Was hatte das zu bedeuten? In seinem Kopf rasten die Gedanken wild durcheinander. Nach einer gefühlten Ewigkeit beendeten die Männer die Zeremonie und standen auf, um sich zu verabschieden. Doggy folge ihnen, sah aber immer wieder verstohlen auf die Tür, aus der das Mädchen gekommen war. Er sah sie aber nicht und das schmerzte ihn. Als er im Flur seine Schuhe wieder anzog, bemerkte er, dass sich etwas darin befand. Er ließ sich aber nichts anmerken und schnürte die Schuhe fest. Dann verabschiedete er sich von seinem Gastgeber, der ihm fest die Hand drückte und ihm dabei streng in die Augen schaute. Doggy hielt seinem Blick stand, denn das hatte sein Vater schon früher immer getan, wenn er etwas angestellt hatte. Doch im Gegensatz zu jetzt, folgten früher darauf immer Prügel. Er musste sich anstrengen, einigermaßen normal zu laufen, denn der Schuh mit dem geheimnisvollen Inhalt drückte zusehends. Als er glaubte, außer Reichweite zu sein, zog er seinen Schuh aus. Es kam ein Zettel zutage, den er auseinanderfaltete. Im Dunkeln konnte er nur ein paar Zahlen und einen Namen entziffern. Aleyna, stand da, ein wenig unbeholfen gekritzelt. Das konnte nur der Namen des Mädchens sein. Doggy sah sich wieder um und beschleunigte seine Schritte in Richtung Heimat. Schon im Treppenhaus hörte er, wie seine Eltern sich stritten, wieder mal, wie so oft in letzter Zeit. Er schaltete das Treppenhauslicht nicht an und horchte an der Haustüre. Es ging wieder einmal ums Geld. Seine Mutter hatte wohl Doggys Diebstahl bemerkt und verdächtigte seinen Vater. Der konnte natürlich nichts davon wissen, er war ja unschuldig. Um nicht zwischen die Fronten zu geraten, schlich er sich die Teppen wieder hinunter und verließ das Haus. Er wollte unbedingt lesen, was auf dem Zettel stand, den er zugesteckt bekommen hatte. Also lief er, so schnell er konnte, hinauf zum Bahnhof. Dort fühlte er sich sicher, warum auch immer. Er setzte sich in eine Ecke nahe dem Buchladen und faltete den Zettel auseinander. Darauf konnte er ein paar Zahlenreihen erkennen und den Namen Aleyna. Da er ein erfahrender Internetzocker war, erkannte er sofort, dass es sich dabei um den Anmeldecode zu einem Ballerspiel namens »Call of Duty« auf der Playstation PS 4 handelte. Das verwunderte ihn aber, denn das passte so gar nicht zu der Welt, die ihm da in dem Haus der Islambrüder vorgespielt worden war. Er steckte den Zettel wieder weg und ging nach Hause.

Inzwischen war wieder Ruhe eingekehrt, denn sein Vater war zur Arbeit gegangen. Er öffnete die Haustür und ging sofort in sein Zimmer. Im Spiegel, der im Flur an der Garderobe hing, erkannte er, dass seine Mutter auf dem Sofa lag und Fernsehen schaute. Auf dem Tisch stand eine Flasche billigen Rotweins und eine riesige Tüte Chips. Der Fernseher war so laut, dass sie gar nicht bemerkte, wie ihr Sohn nach Hause kam. Er verschwand sofort in seinem Zimmer und schaltete seinen Computer und die Playstation ein. Auf dem Rechner suchte er in Facebook nach dem Namen Aleyna in Reutlingen. Er konnte zwar einige Mädchen mit diesem Namen finden, aber keine entsprach dem Mädchen der Glaubensgemeinschaft von Betzingen. Es wäre auch zu einfach gewesen, dachte sich Doggy. Dann lud er das Ballerspiel in seine Playstation und gab den Code ein. Sofort bekam er die Antwort, dass sein Gegenspieler zurzeit nicht online war. Also speicherte er die IP-Adresse unter »Al« ab und schaltete die Playstation wieder aus. Dann suchte er in Facebook, ob es eine Seite der islamischen Glaubensgemeinschaft gab. Dort konnte man dann eventuell nach Bildern schauen, auf denen das Mädchen abgebildet sein könnte. Auch das war nicht von Erfolg gekrönt. Plötzlich wurde an seine Tür geklopft.

»Ja?«, fragte er.

Seine Mutter öffnete vorsichtig die Tür. An ihren Augen erkannte er, dass sie wieder angetrunken war. Wie er sie in diesem Zustand hasste! Unter normalen Umständen ignorierte sie ihren Sohn und seine Probleme. Nur wenn sie unter Alkoholeinfluss stand, erwachte bei ihr so etwas wie ein Rest Mutterliebe.

»Was ist los?«, fragte er barsch.

»Sei nicht so unfreundlich zu deiner Mutter!«, lallte sie.

Sie hatte größte Mühe, sich deutlich zu artikulieren.

»Ja, also was ist?«

»Dein Vater und ich lassen uns scheiden! Er hat mir mein gespartes Geld geklaut und bei den Nutten verprasst, das verdammte Schwein!«

»Bist du sicher? Zähl noch mal nach. Vielleicht hast du dich verzählt«, sagte Doggy, und schob seine Mutter wieder aus dem Zimmer.

Nachdem sie sich wieder auf dem Sofa niedergelassen und ein weiteres Glas Wein eingeschenkt hatte, schloss er die Tür.

»Auch das noch!«, schimpfte er und zockte zum Ausgleich fast die ganze Nacht.

Schon am frühen Morgen verließ Kriminalhauptkommissar Gerhard Meininger die Klinik am Steinenberg in Reutlingen, nachdem bei ihm keine schwerwiegende Verletzung des Gehirns festgestellt werden konnte. Seine Frau hatte kurz mit ihm telefoniert, um sich nach seinem Zustand zu erkundigen. Sie konnte ihren Mann nicht besuchen, da Tiere im Krankenhaus nicht erlaubt waren und sie ihren Hund nicht alleine zu Hause lassen wollte. So war er jetzt auf dem Weg nach Hause, um zu frühstücken, denn im Krankenhaus hatte er keine Lust dazu. Ein wenig verstimmt war er schon, denn der Hund hatte eindeutig die Vormachtstellung im Hause Meininger erobert. Nur böse konnte er der kleinen Bärbel nicht sein, denn sie schaute ihn treuherzig mit ihren schwarzen Augen an. Außerdem hatte er es ihr zu verdanken, dass er so schnell gefunden worden war. Nach etwa einer Stunde befand sich der Kriminalhauptkommissar auf der Dienststelle und wurde von den Kollegen mit der üblichen Häme auf äußere Schäden begutachtet.

»Sag mal, kann es sein, dass du gestern einen kleinen Mittagsschlaf unter den Kartons gemacht hast?«, fragte Kriminalhauptmeister Willi Früh, nachdem er den Schädel Meiningers begutachtet hatte.

»Er wurde einmal wieder Opfer seiner Neugier!«, meinte Kriminalkommissar Christian Fromm.

»Und setzte sich über alle Vorschriften hinweg!«, ergänzte Früh.

»Ja, ja, ja! Hinterher ist man immer gescheiter, auch ihr, meine lieben Kollegen!«, verteidigte sich Gerhard Meininger.

»Ach übrigens, bei deinen Beobachtungen handelt es sich um einen Irrtum. In der Halle werden Hilfsgüter für die Ukraine zwischengelagert. Ist also alles harmlos. Komisch an der Sache ist allerdings, dass zum Transport ein geklauter Lastwagen verwendet wurde. Was natürlich auch voraussetzt, dass du das Kennzeichen richtig abgelesen hast!«, berichtete Christian Fromm.

Zur Abwechslung klingelte wieder einmal das Telefon. Der Kriminalhauptkommissar hob ab.

»Wo soll das sein? Karlstraße, Ecke Silberburgstraße! Hm, das müsste doch die Ferdinand-von-Steinbeis-Schule sein! Okay, danke für den Hinweis, wir kümmern uns sofort darum! Also Männer, Schluss jetzt mit dem Rumscherzen! Eines der geklauten Handys wurde im Gewerbeschulzentrum geortet. Wir sollten uns da mal umsehen!«, sagte Meininger und stand auf.

»Nehmen wir das I-Pad mit?«, fragte Fromm.

»Ja klar, oder wie willst du den Kerl sonst finden?«, antwortete der Kriminalhauptkommissar.

»Na hoffentlich sitzt der in einem Klassenzimmer, sonst wird's extrem schwierig«, bemerkte Willi Früh.

Wenig später erreichten sie die Schule über die Silberburgstraße. Meininger parkte das Dienstfahrzeug auf einem der Lehrerparkplätze direkt vor dem Hauptgebäude. Dann betraten die Beamten das Gebäude durch den Haupteingang. Sofort sahen sie, dass zurzeit große Pause war, denn im Gang zum Pausenhof wuselte es nur von jungen Menschen. Genauso war die Situation auf dem Hof. Eine unüberschaubare Menge von Schülern befand sich auf der Fläche. Wie sollte da ausgerechnet der unberechtigte Besitzer des geraubten Handys ausfindig gemacht werden?

»Ich schlage vor, wir verteilen uns und schauen einfach, ob jemand das Gerät gerade benutzt!«, sagte Meininger.

»Wie sieht das Ding überhaupt aus?«, fragte Christian Fromm nach.

»Das müsste eigentlich auffallen, denn es hat einen goldenen Rahmen. Es sieht also ganz exklusiv aus!«, erklärte der Kriminalhauptkommissar seinen Kollegen.

Er hatte ein Foto vor dem Gerät auf den Tablet-Computer geladen. Von einigen umstehenden wurden die Beamten neugierig beäugt, denn sie sahen alles andere als in der Schule beschäftigte Lehrer aus. Die Beamten verteilten sich und hielten auf dem Schulhof nach einem auffälligen Handy Ausschau. Dabei erkannten sie den ein oder anderen »Kunden« früherer Straftaten. Auch die bemerkten die Anwesenheit von Kripobeamten auf dem Schulhof und gaben ihre Beobachtung schnell an ihre Umgebung weiter. Es war unmöglich, in der Masse der Menschen denjenigen herauszufinden, der gerade mit dem gestohlenen Handy telefonierte oder eine Nachricht schrieb. Plötzlich ertönte das Pausensignal und die meisten der Anwesenden strömten wieder in das Gebäude. Meininger beobachtete die Anzeige auf dem Tablet. Noch regte sich das angepeilte Handy nicht vom Fleck. Doch dann befand es sich plötzlich auf dem Weg zur Innenstadt. Der aktuelle Standort war im Bereich der Kreuzung Karl- und Bismarckstraße. Sofort eilten die Beamten aus dem Schulgebäude. Bis zur Kreuzung waren es etwa dreihundert Meter. Der Vorteil war, dass man bis dorthin ohne Hindernisse sehen konnte. Zwischendurch beobachtete Meininger immer wieder das Display, um zu sehen, in welche Richtung sich der Handybesitzer bewegte. Er hatte die Straßenseite gewechselt und befand sich nun auf Höhe eines türkischen Supermarktes. Kriminalhauptmeister Willi Früh war auf etwa der gleichen Höhe, aber auf der anderen Straßenseite. Er signalisierte, dass er die Person erkannt hatte und ihr beim Fußgängerübergang Kaiserstraße folgen wollte. Kriminalhauptkommissar Gerhard Meininger packte den Tablet-Computer weg und rannte den Kollegen hinterher. Da die Fußgängerampel an der Ecke des Kaufhauses Galleria Kaufhof Rot zeigte, konnte Meininger zu seinen Kollegen aufschließen.

»Der da drüben ist es! Mit der schwarzen Jacke und der weißen Basecape!«, berichtete Früh, der leicht außer Atem war.

»Gut, dann folgen wir ihm und du rennst rechts am Omnibusbahnhof entlang, um dann von vorne zu kommen, wenn wir ihn kontrollieren.«

Also rannte Kriminalhauptmeister Willi Früh am Burger King entlang hinunter bis zum Taxistand. Meininger und Fromm hatten sich an die Fersen des vor ihnen gehenden Mannes geheftet. Dieser überquerte nun den Busbahnhof, um wahrscheinlich zum Bahnhof zu gelangen. Als Kriminalhauptmeister Willi Früh ihm entgegenkam, stutzte er. Dann drehte er um und rannte direkt in die Arme der beiden Kriminalbeamten hinter ihm.

»He! Was ist los? Was wollen Sie von mir?«, brüllte der Mann.

Der Kriminalhauptkommissar hatte inzwischen seinen Dienstausweis gezückt und dem Mann unter die Nase gehalten.

»Kriminalpolizei! Zeigen Sie uns doch bitte mal Ihr Handy!«, sagte Meininger zu dem Mann.

»Was geht Sie mein Handy an? Einen Scheiß werde ich tun!«

»Weisen Sie sich bitte aus! Wie heißen Sie?«

Unsicher kramte der Mann in seiner Tasche und zog

eine Geldbörse hervor. Christian Fromm hatte die Hand an der Dienstwaffe, denn man wusste ja nie, mit wem man es zu tun hatte.

»Zoran Rajco. Wohnhaft Humboldtstraße, Reutlingen«, gab der Kriminalhauptkommissar in sein Sprechfunkgerät ein.

Wenig später kam die Auskunft von der Datenstation.

»Rajco, Zoran, vorbestraft wegen fortgesetzter Hehlerei, Einbruchsdiebstahl, Körperverletzung«, schnarrte es aus dem Lautsprecher.

»Na, das ist ja ein Glücksfall!«, sagte Meininger grinsend.

»Ich hab nichts gemacht! Ich schwör es! Sie müssen mich wieder gehen lassen!«, brüllte der Mann weiter.

»Ich nehme Sie fest, wegen Beihilfe zum Mord, damit Sie es wissen!«, brüllte Meininger zurück.

»Mord? Ich? Ja spinnen Sie?«, keifte der Mann weiter.

»Das werden wir dann sehen, wer von uns beiden spinnt!«, antwortete Meininger ruhig.

Inzwischen war ein auch herbeigerufener Streifenwagen eingetroffen und nahm den Gefangenen mit. Kriminalkommissar Christian Fromm hatte dem Mann zuvor Handschellen angelegt und seine Taschen durchsucht. Dabei kam dann das gesuchte I-Phone zutage. Auf der Dienststelle wurde Rajco sofort ins Verhörzimmer geführt und eine Weile schmoren gelassen. Inzwischen wurde der Leiter der Soko »LKW« Klaus Vöhringer über die Ereignisse in Reutlingen informiert. Er verzichtete aber zunächst, bei der Vernehmung zugegen zu sein. Der Verdächtige Rajco verlangte einen Rechtsbeistand, konnte sich aber für keinen der Pflichtanwälte entscheiden. Offenbar spielte er auf Zeit, was aber keinen Sinn ergab. Also begannen Kriminalhauptkommissar Gerhard Meininger und Kriminalkommissar Christian Fromm die Vernehmung ohne Rechtsbeistand.

»Woher haben Sie das Handy?«, begann er zu fragen.

»Gekauft halt, was sonst?«, antwortete Rajco trotzig.

»Das gibt es aber noch gar nicht zu kaufen!«, mischte sich Meininger ein.

»Na klar! Gehen Sie doch in den Apple Shop!«

»Ach, und da haben Sie das Handy gekauft?«

»Ja klar! Was sonst?«

»Okay, dann rufen wir da mal an, und fragen ob Sie dort waren!«, sagte Meininger und griff zum Telefon.

»Ich hab das Teil von einem Freund!«

»Wie heißt der Freund?«

»Arslan.«

»Und wie weiter?«

»Weiß ich nicht. Ich kenn ihn nur als Arslan!«

Kriminalkommissar Christian Fromm hatte das Handy, das er bei Rajco gefunden hatte, in der Hand und durchsuchte die Kontakte. Nach kurzer Zeit fand er einen Eintrag mit demselben Namen und drückte auf Verbinden. Es dauerte eine Weile, bis auf der anderen Seite abgehoben wurde.

»Ja«, klang es am anderen Ende.

»Hallo, Zoran hier. Isch brauch noch mal so 'n Handy von dir, Mann!«, sagte Fromm mit verstellter Stimme.

»Sag mal, bisch du blöd? Isch hab das Teil doch von dir! Außerdem will isch meine Kohle wieder! Die Bullen haben Wind von der Sache bekommen, so 'n Scheiß!«, brüllte der Mann in das Telefon.

Fromm unterbrach die Verbindung und grinste Rajco an.

»Sie sind einer von der ganz cleveren Sorte, gell? Also, woher haben Sie das Gerät?«

Rajco sagte kein Wort. Man sah ihm an, wie er überlegte.

»Wenn wir Sie wieder laufen lassen, was ich nach Lage der Dinge nicht glaube, erwartet Sie eine Menge Ärger mit Ihrer Kundschaft!«, sagte Gerhard Meininger und beugte sich zu Rajco vor.

Zoran Rajco sah den Kriminalhauptkommissar zornig an.

»Hören Sie! Wir wissen, dass dieses Handy von einer Lieferung stammt, die für ein Event in München geliefert werden sollte. Dieses Handy ist offiziell noch nicht im Handel und wurde aus dieser Ladung gestohlen! Die Firma Apple hat uns die Daten aller Handys übermittelt, sodass wir alle Geräte, die ans Netz gehen, sofort orten können. So sind wir auf Sie gekommen, interessant gell? So werden wir jeden, dem Sie ein solches Gerät angedreht haben, kriegen!«, ergänzte Christian Fromm.

»Und noch was: Bei der Aktion wurde der Fahrer des Lastwagens ermordet. Und wissen Sie was, wir glauben, das waren Sie!«, fügte Meininger hinzu und übertrieb dabei mächtig.

Mit weit aufgerissenen Augen schrie ihn Rajco nun an.

»Ich hab damit nichts zu tun, Mann! Ich hab doch nur…«, dann stockte er, denn er bemerkte, dass er zu viel gesagt hatte.

»Sie haben was nur? Los, raus mit der Sprache!«

»Ich hab nur beim Ausladen geholfen, sonst nichts! Da sind ein paar von den Schachteln herumgelegen. Die hab ich eingesteckt.«

»Aha, jetzt kommen wir der Sache näher. Wo war das?«

»Weiß ich nicht mehr!«, antwortete Rajco bockig.

»Sie werden doch noch wissen, wo Sie die Handys geklaut haben!«

»In einer Halle, irgendwo in Metzingen.«

»In Metzingen? Ist da etwa eine große Tankstelle in der Nähe?«, fragte Meininger nun aufgeregt.

»Ja, ich glaube. Ich weiß es nicht mehr so genau!«

»Von wem haben Sie den Auftrag gehabt, die Teile zu verladen und vor allem, wie wurden die weitertransportiert?«

»Ich hab den Job von einem Kumpel. Ich weiß nicht, wer da der Boss ist. Wir mussten die Handys in Kartons hineinlegen, wo nachher Pflaster und so Zeugs dazu reinkam.«

»Also doch!«

Der Kriminalhauptkommissar gab seinem Kollegen ein Zeichen, dass er ihm nach draußen folgen sollte. Sie unterbrachen die Vernehmung und besprachen sich mit den Kollegen.

»Deine Hilfslieferungen in die Ukraine sind wohl doch nicht so humanitär, wie du gedacht hast, was?«, begann Meininger.

»Der Kerl da draußen ist Mitglied der Bande. Also weiß er mehr, als er uns sagen will!«

»Ich gebe den Kollegen in Esslingen über den Stand der Ermittlungen Bescheid«, sagte Gerhard Meininger und rief in Esslingen an.

Kriminalrat Klaus Vöhringer war sehr erfreut vom Fortschritt. Er ordnete an, dass weitere Kollegen an dem Verhör teilnehmen sollten, um sich abzulösen, falls es sich in die Länge ziehen sollte. Derweil sollten Meininger und die anwesenden Beamten weitermachen.

»Nehmen wir an, der Rajco ist nur ein kleines Lichtlein in der Organisation, wie kommen wir dann an die Hintermänner heran?«, brummte Meininger sinnierend vor sich hin.

»Wir müssen den Rajco so unter Druck setzen, dass er für uns arbeitet«, schlug Kriminalhauptmeister Willi Früh vor.

»Ich glaube, das wird der nie tun. Das Risiko ist für den doch viel zu groß«, bemerkte Christian Fromm zweifelnd.

»Egal, probieren wir es!«, sagte Meininger und stand auf.

Sie machten sich wieder auf den Weg in den Vernehmungsraum. Rajco saß wie ein Häuflein Elend auf seinem Stuhl.

»Herr Rajco, waren Sie am letzten Freitagabend auch in Metzingen dabei?«, begann Meininger.

»Freitag? Ja, warum?«

»Was wurde denn da verladen?«

»Zigaretten und I-Pads. Da hab ich aber nichts mitgenommen!«

»Wer sind Ihre Auftraggeber, woher wissen Sie, wann Sie abladen müssen?«

»Weiß ich nicht, die rufen immer kurz vorher an!«

»Und woher wissen Sie, dass der Anruf kein Fake ist?«

»Da gibt es ein Codewort.«

»Noch mal: Wem haben Sie und wie viele dieser Handys verkauft?«

»Nur zwei. Dem Arslan und einem anderen. Den kenne ich aber nicht!«

»Wurde der Diebstahl bemerkt?«

»Nein, ich glaub nicht. Das ging ja alles so schnell, da konnte keiner überwachen, ob was danebengeht!«

»Wann ist der nächste Deal geplant?«

»Ich hab keine Ahnung, Mann! Die rufen mich mittags an und dann muss ich irgendwo hinkommen. So läuft das!«

»War das bis jetzt immer in Metzingen?«

»Nein, manchmal auch in Stuttgart.«

»Kennen Sie die anderen Leute, die da arbeiten?«

»Nein, die wechseln immer, das sind meist Leute aus Polen.«

Kriminalhauptkommissar Gerhard Meininger überlegte kurz, dann kam ihm eine Idee.

»Was wäre, wenn Sie einen Kumpel mitbringen würden, der auch etwas dazuverdienen möchte?«

Zoran Rajco sah den Kriminalhauptkommissar verwundert an. Auch Christian Fromm stutzte.

»Ich weiß nicht. Keine Ahnung!«

»Sie sind doch genauso über einen Bekannten zu dem Job gekommen, oder nicht?«

»Ja schon aber ...«

»Hören Sie zu. Wenn Sie mit uns kooperieren, erwartet Sie eine geringere Strafe. Sie haben mit gestohlenen Waren gehandelt und dies zum wiederholten Mal. Und Sie sind in einen Mordfall verwickelt. Vergessen Sie das nicht!«, bläute Meininger dem Mann ein.

Derart eingeschüchtert nickte Rajco langsam mit dem Kopf.

»Was soll ich also tun?«

»Wenn Ihr Boss Sie noch mal anruft, geben Sie uns Bescheid, nichts anderes.«

»Okay.«

»Wenn Sie allerdings Ihren Boss warnen oder abhauen, sind Sie dran. Sie können uns nicht entkommen, wir finden Sie, egal wo!«

Meininger lehnte sich zurück und sah seinen Kollegen Fromm an, der langsam begriffen hatte, was für ein Gedanke im Hirn des Kriminalhauptkommissars reifte. Zoran Rajco wurde mit der Auflage wieder freigelassen, sich drei Mal am Tag zu einer bestimmten Zeit bei der Polizei zu melden. Inzwischen waren die Kollegen von Esslingen eingetroffen und wurden vom aktuellen Stand der Ermittlungen unterrichtet. Dass Zoran Rajco wieder auf freien Fuß gesetzt wurde, passte den Kollegen nicht. Nun versuchte der Kriminalhauptkommissar seinen Plan zu unterbreiten, und die Zustimmung dazu zu gewinnen.

»Wenn wir über diesen Rajco einen Spitzel einschleusen könnten, wären wir zumindest wieder an der Organisation dran.«

»Und wen willst du einschleusen?«, fragte Christian Fromm.

»Unseren Kollegen Dombrowski. Der ist für diese Aufgabe prädestiniert, weil seine Großeltern aus Polen stammen und dort wieder wohnen. Er hat seine Jugend bei ihnen verbracht und fließend Polnisch gelernt. Wenn bei den Umladeaktionen tatsächlich fast nur Polen eingesetzt werden, kann er zumindest einiges mithören, was für uns interessant sein dürfte«, erklärte Meininger.

»Den müssen wir aber erst mal fragen, ob er sich dafür bereit erklärt. Zeit hätte er ja, seitdem er wieder solo ist«, fügte Christian Fromm hinzu.

Tatsächlich war Carsten Dombrowskis Frau Jenny im letzten Monat aus der gemeinsamen Wohnung ausgezogen. Sie hatte auf einem Klassentreffen ihren ersten Freund getroffen und sich sofort wieder in ihn verliebt. Nach einigen erfolglosen Versuchen, die Ehe doch noch zu retten, packte sie dann ihre Siebensachen und verließ den gehörnten Ehemann in Richtung Karlsruhe, wo ihre neue Liebe wohnte. Die Kollegen mussten den Kriminalhauptmeister moralisch schwer unterstützen, damit er nicht auf dumme Gedanken kam. Meininger sah die Sache weniger tragisch, denn er konnte Jenny Dombrowski nicht besonders leiden. Er bezeichnete sie mit einem schwäbischen Ausdruck als »Bähmulle«, was übersetzt etwa Jammerlappen bedeutet. Diese Frau brachte es fertig, eine lustige Unterhaltung unter den Kollegen mit ihrer Misslaune schlagartig zu zerstören. Deshalb hatte sie Carsten Dombrowski auch nicht mehr zu Grillfesten und Ähnlichem, bei denen die Kollegen zugegen waren, mitgenommen. Nun war er also wieder Single und gewöhnte sich so langsam an diesen Umstand. Seit einiger Zeit übernahm er vermehrt freiwillig den Spät- und Nachtdienst, sehr zur Freude seiner Kollegen. So war es auch heute.

»Dann müssen wir den Kollegen aber umgehend mit falschen Papieren ausstatten. Das dauert natürlich eine Weile, deshalb sollten wir schnell Gewissheit haben, ob er bereit ist, den Job zu übernehmen. Ich denke, wir sollten ihn anrufen, auch wenn er eventuell noch schläft«, schlug der Esslinger Kollege vor.

»Der ist schon längst wach. Seit dem seine Frau davongelaufen ist, geht er wieder ins Fitnessstudio. Und da ist er jetzt, denke ich«, sagte Christian Fromm.

Inzwischen nahm Kriminalhauptkommissar Gerhard Meininger das Telefon in die Hand und wählte die Handynummer Dombrowskis. Der ging aber nicht ans Telefon, was bedeuten konnte, dass er im Augenblick eventuell in der Sauna saß. Deshalb erörterten die Anwesenden das weitere Vorgehen im Fall des ermordeten

Karl-Heinz Mutschler. Nach zehn Minuten klingelte das Telefon Meiningers. Auf dem Display sah er Dombrowskis Nummer. Der Kriminalhauptkommissar erläuterte ihm den Auftrag. Carsten Dombrowski willigte nach einigem Zögern in das riskante Unternehmen ein. Der Esslinger Kollege telefonierte daraufhin mit dem Leiter der Soko »LKW« Klaus Vöhringer und unterrichte ihn von dem Vorhaben. Dieser wiederum setzte das LKA und das BKA in Kenntnis mit der Bitte, polnische Papiere auf den Namen Andrej Dombrowski auszustellen. Sie sollten sofort nach der Fertigstellung mit Kurier nach Reutlingen gebracht werden. Ferner wurden alle Ermittler, die an dem Fall des Ladungsdiebstahls in Deutschland arbeiteten, vom Stand der Ermittlungen unterrichtet. Damit sollte vermieden werden, dass man sich bei der Strafverfolgung in die Quere kam. Um sich auf seine neue Rolle möglichst optimal vorzubereiten, erklärte sich Carsten Dombrowski bereit, sofort zur Dienststelle zu kommen. Er besaß zwar einen Lkw-Führerschein, hatte aber seit der Fahrprüfung nicht mehr in einem Führerhaus gesessen. Deshalb wurde für den späten Nachmittag ein Fahrtraining im Alten Lager in Münsingen anberaumt. Dort war ausreichend Gelegenheit, sich mit der Technik eines modernen Lastwagens vertraut zu machen, ohne dass es in der Öffentlichkeit groß auffiel. Dazu wurde eigens ein Fahrlehrer der Bereitschaftspolizei aus Göppingen herbeordert. Es war Eile geboten, denn jederzeit musste mit einem erneuten Überfall gerechnet werden.

Ein paar Tage später saßen Bob und Toni wieder in einer geklauten Lkw-Sattelzugmaschine und verfolgten ein mögliches Opfer. Der Informant aus Hamburg hatte eine fette Ladung Zigaretten und hochwertiges

Werkzeug versprochen. Geirrt hatte sich der Mann bisher nie. Wiederum war die Raststätte Sindelfinger Wald für den Überfall vorgesehen. Dort sollte der Fahrer, der vor ihnen fuhr, seine Pause einlegen. Da das Opfer nicht besonders schwer geladen hatte, erklomm sein Lastwagen die Steigung nach dem Autobahnkreuz Karlsruhe recht zügig. Aber es kam, wie es immer auf dieser Strecke kommen musste: zwischen den Anschlussstellen Karlsbad und Pforzheim West gab es einen Stau. Langsam quälte sich eine Blechlawine in Richtung Stuttgart. Bob hatte inzwischen mit seinem Boss in Reutlingen telefoniert und ihn darauf vorbereitet, dass es noch eine Weile dauern könnte, bis er mit der Ware erscheinen würde. Nach etwa einer halben Stunde lief der Verkehr wieder flüssiger. Kurz vor der Raststätte Pforzheim Nord verlangsamte der Fahrer des Lastwagens die Fahrt und setzte den Blinker.

»Was soll das denn?«, fragte Bob seinen Beifahrer.

Der zuckte nur mit der Schulter und zockte auf seinem Handy weiter. Bob folgte seinem Opfer, der sich auf dem Parkplatz neben anderen Lastwagen einreihte. Der Platz war nicht besonders groß, sodass Bob ebenfalls in unmittelbarer Nähe parkte. Er konnte sehen, wie der andere Fahrer seine Papiere ordnete und telefonierte. Wahrscheinlich gab er seinem Arbeitgeber seinen Standort durch. Dann verließ er das Führerhaus mit einem Waschbeutel unter dem Arm. Der Tag war heute warm gewesen und so wollte sich der Fahrer bestimmt zuerst frisch machen, bevor er etwas zu sich nahm. Wieder folgten die beiden Gangster dem Mann nach demselben Prinzip, wie sie immer schon vorgegangen waren. Doch dieses Mal gab es ein Problem. Die Duschen waren alle belegt und so war es nicht möglich, den Mann zu überwältigen, ohne dass es den anderen Anwesenden auffiel. Also musste der Essenstrick her. Bob hielt nach freien Plätzen im Restaurant Ausschau. Zu dieser Zeit, es war kurz vor achtzehn Uhr, war das Lokal gut besucht, vor allem von Fernfahrern. Die beiden Gangster mussten eine halbe Stunde warten, bis der Lastwagenfahrer wieder aus der Dusche zurückkam. Zu ihrem Pech folgte ein weiterer Fahrer, der sich zum Opfer an den Tisch setzte. Nun wurde es schwierig. Bob und Toni setzten sich an einen Nebentisch und beobachteten ihr Opfer genau. Es gab bisher keine Gelegenheit die K.-o.-Tropfen in das Essen zu schmuggeln. Die beiden Fahrer tauschten ihre Erfahrungen in ihrem Berufsleben aus, wobei Disponenten, Wareneingangsangestellte, Staplerfahrer und Lademeister nicht besonders gut wegkamen. Dann plötzlich ergab sich die Gelegenheit! Das Opfer stand auf und holte sich am Kiosk eine Zeitung. Sein Gesprächspartner unterhielt sich derweil mit einem anderen Fahrer an einem Nebentisch, sodass er nicht sehen konnte, wie Toni in das Getränk des Opfers das Narkosemittel einschüttete. Dann ging alles seinen gewohnten Gang. Der Fahrer nippte an seinem Getränk und stutzte zunächst. Er konnte aber unmöglich das Betäubungsmittel bemerkt haben, denn es schmeckte leicht nach Zitrone und der Mann trank ein Spezi, in dem eine Zitrone schwamm. Nun verließen Bob und Toni die Raststätte und gingen zu ihrem Fahrzeug. Wenig später folgte der Fahrer und zeigte schon deutliche Zeichen der Erschöpfung. Er schaffte es gerade noch in sein Fahrerhaus, dann kippte er vornüber auf das Lenkrad. Toni öffnete die Beifahrertür des Lastwagens und zerrte den Mann in die Schlafkabine, während Bob die Umgebung beobachtete. Dann startete Toni den Motor und fuhr von dem Parkplatz der Raststätte herunter. Bob folgte ihm mit der leeren Sattelzugmaschine. Sie überquerten die Autobahn und Toni hielt an einem sofort danach folgenden Parkplatz an, der im Winter zum Verladen von Streusalz für den Winterdienst benutzt wurde. Am rechten Rand standen zu dem Zweck zwei riesige Silos. Bob parkte vor Toni und sofort begannen beide, den Anhänger abzukoppeln. Nach einer ganzen Weile fuhren beide mit dem Diebesgut wieder auf der Autobahn, nachdem sie den anderen Lkw mit dem betäubten Fahrer an Bord zurückgelassen hatten. Toni gab dem Boss Bescheid, dass sie etwa in einer Stunde zum Abladen erscheinen wollten. Kurz nach der Autobahnabfahrt Heimsheim bemerkte Bob, dass etwas am Lastwagen nicht stimmte. Das Getriebe ließ sich nicht mehr einwandfrei schalten. Er fuhr zwar im schnellsten Gang, es war aber nicht möglich, in die unteren Gänge zurückzuschalten. Das spielte zwar auf der Autobahn keine Rolle, aber sobald er auf einer normalen Straße fuhr, konnte es Probleme geben. Nach etwa zwei Kilometern kam ein großer Parkplatz. Dort steuerte Bob den defekten Lkw hinein. Zuvor hatte Toni mit dem Boss telefoniert und ihn von der Panne unterrichtet.

Das Fahrtraining für Carsten Dombrowski verlief sehr erfolgreich, weil er sichtlich Spaß daran hatte, ein so großes Fahrzeug bewegen zu können. Die polnischen Papiere waren inzwischen ebenfalls eingetroffen. Nun warteten alle auf den Undercover-Einsatz. Zoran Rajco hatte sich verabredungsgemäß jeden Tag gemeldet, konnte aber keine Auskunft über den nächsten Einsatz geben. Aufseiten der Kriminalpolizei befürchtete man deshalb, dass Rajco möglicherweise aufgeflogen war. Diese Ansicht änderte sich aber ganz schnell, denn Rajco meldete sich außerhalb des geforderten Zeitfensters und gab an, dass es heute Abend so weit sein sollte. In aller Eile wurde Kriminalhauptmeister Carsten Dombrowski auf seinen Einsatz vorbereitet. Man stattete ihn mit einem speziellen Handy aus, das im Notfall nur mit einer Taste bedient werden konnte. Des Weiteren bekam er ein Hörgerät verpasst, das als Peilsender dienen sollte. Er selber hatte sich die letzten Tage nicht rasiert, sodass er einen ziemlich heruntergekommenen Eindruck machte. Als alles Notwendige veranlasst worden war, setzte man ihn in ein Zivilfahrzeug und fuhr ihn nach Metzingen zum Henning-Areal. Die letzten Meter zum Treffpunkt legte Dombrowski zu Fuß zurück, sodass ein eventueller Beobachter annehmen musste, er komme gerade vom Bahnhof. Er ging am Polizeirevier in Metzingen vorbei zum Eingang des Fabrikgeländes. Dort war niemand zu sehen. Nach einer Weile ging er hinüber zum Eingang Richtung Tankstelle, aber auch dort war keiner. Also folgte er dem Weg zwischen Freibad und dem Firmengelände zur Erms hinunter. Als er am hinteren Eingang angekommen war, sah er durch den Hof hindurch, wie plötzlich ein weißer Transporter anhielt. Er beeilte sich, dorthin zu kommen. Dann sah er auch Zoran Rajco, der sichtlich nervös wirkte. Einige Männer stiegen aus dem Transporter aus. Darunter auch einer, der wie ein Capo wirkte.

»Wenn du ein Handy hast, schmeiß es weg, sonst gibt's Ärger!«, zischte Rajco Dombrowski ins Ohr.

Kriminalhauptmeister Carsten Dombrowski kramte das Spezialhandy aus der Tasche und legte es auf einen Mauersims an einem Nebengebäude. Der Capo kam mit einer Art Fernsehantenne und tastete damit jeden ab.

»Bist du neu hier?«, fragte der Kerl den Kriminalhauptmeister.

»Nei?«, fragte der auf Polnisch nach.

»Der versteht kein Deutsch oder nur ganz wenig! Der ist mit mir da«, sprang Rajco ein.

»Frag ihn, ob er ein Handy dabei hat!«, befahl der Capo einem anderen.

Der Mann fragte nun Dombrowski auf Polnisch nach einem Handy.

»Nei!«, sagte dieser und schüttelte dabei den Kopf.

»Und was ist das da in deinem Ohr?«, fragte der Mann aggressiv.

»Das sieht man doch, der braucht ein Hörgerät. Der hat bisher im Kohlebergwerk in Kattowitz gearbeitet. Jetzt ist er arbeitslos«, klärte Rajco die Situation.

Während der Capo mit seiner Antenne an Dombrowskis Kopf herumfuchtelte, hob sich dieser die Ohren zu, um zu zeigen, dass das vermeintliche Hörgerät einen unsanften Ton von sich gab.

»So, alle wieder einsteigen!«, befahl der Capo.

Nun drängten sich mindestens zehn Leute in den Transporter, in dem zwei Bierbänke standen. An der Frontscheibe befestigte der Fahrer ein Schild mit dem Aufschrieb: »Eilige Arzneimittel«.

Sie hatten also den Umladeplatz gewechselt, wahrscheinlich war die Bande vom Verwalter der Immobilie gewarnt worden. Dann ging die Fahrt los. Dombrowski saß auf dem Boden, das war ihm lieber. Es war ziemlich unbequem in dem Fahrzeug und langsam stanken die billigen Textilien der Männer nach Schweiß. Keiner redete während der Fahrt ein Wort. Diese dauerte etwa zwanzig Minuten, ehe der Transporter langsamer wurde und dann schließlich irgendwo einbog. Nach wiederum langsamer Fahrt stoppte das Fahrzeug und wenig später wurden die beiden Hecktüren geöffnet. Dombrowski musste zuerst die Augen schließen, um sich an das Licht zu gewöhnen. Dann verließ er als Erster das Fahrzeug, da er am nächsten an der Tür saß. Deshalb hatte er auch genügend Zeit sich umzusehen. Täuschte er sich? Die Gegend kannte er doch! Er befand sich tatsächlich auf dem Gelände der ehemaligen Färberei in Reutlingen, keinen Kilometer von der Dienststelle entfernt. War das der neue Umschlagplatz für das Diebesgut? Wenn dem so war, dann waren die Diebe an Dreistigkeit nicht zu überbieten. So weit hinten auf dem Gelände war er noch nie gewesen. Vorne befand sich das Maximilian, dort war er schon öfter zum Essen, auch mit seinen Kollegen. Daneben die legendäre Färberei 4, wo er damals seine Frau kennengelernt hatte. Als alle ausgestiegen waren, drängte der Capo die Männer über eine Rampe in eine leer stehende Halle. Dann telefonierte er draußen ziemlich aufgeregt, es gab wohl ein Problem. Dombrowski betrachtete die Männer, die neben ihm auf die Arbeit warteten. Es waren arme Kreaturen, die bis aufs Blut ausgenutzt wurden. Wahrscheinlich war keiner von ihnen in Deutschland versichert. Einige rauchten eine Zigarette nach der anderen. Langsam machte sich allgemeine Nervosität breit. Dann läutete wieder das Telefon des Capo. Wieder verließ er die Halle, damit keiner mithören konnte. Dombrowski hatte sich von den anderen etwas abgesetzt und schaute sich in der Halle um. Es war zwar kein Licht eingeschaltet, aber durch die Oberlichter kam genug Helligkeit herein. Man sah auf dem Boden Überreste von Fundamenten, auf denen einmal Maschinen gestanden hatten. In einer Ecke befand sich ein großer Stapel mit Kartons, in denen Verbandsmaterial verpackt war. Es handelte sich sicherlich um dieselben Kartons, unter die sein Kollege Gerhard Meininger geraten war. Also hatte die Bande das Lager in Metzingen geräumt. Plötzlich wurde die Tür aufgerissen und der Kerl kam wieder herein.

»Wer von euch hat einen gültigen Lkw-Führerschein?«, rief er in die Menge.

Einer der Männer übersetzte ins Polnische. Dombrowski hob zaghaft die Hand. Dann sah er sich um und bemerkte, dass er als Einziger in der Lage war, ein solches Fahrzeug zu bewegen.

»Hast du die Papiere dabei? Papiere, Passport, Lizenz?«, fragte der Kerl.

»Pravo, Jasdy«, übersetzte wieder einer.

Dombrowski nickte eifrig und tat so, als würde er seinen Führerschein suchen. Dann übergab er das Dokument dem Capo. Der untersuchte es und konnte keine Unregelmäßigkeiten feststellen. Er behielt den Führerschein bei sich und deutete Dombrowski an, ihm zu folgen. Inzwischen war noch ein anderer Mann eingetroffen, der neben dem Transporter wartete. Er hatte ein Basecap auf und trug eine große Sonnenbrille. Sein Gesicht war kaum zu erkennen.

»Der Polacke da hat einen Lkw-Führerschein. Den hab ich hier! Der versteht kaum ein Wort Deutsch. Sieht aber so aus, als wäre er brauchbar!«, sagte der Capo und überreichte dem Mann den Führerschein. Der untersuchte das

Dokument sehr sorgfältig und gab es schließlich an Dombrowski zurück.

»Dzienki«, sagte Dombrowski artig und steckte das Dokument wieder ein.

»Stimmt was nicht?«, fragte der Capo nach.

»Dem sein Gesicht kommt mir bekannt vor. Aber vielleicht täusche ich mich auch!«, sagte der Typ mit der Sonnenbrille.

»Der ist erst seit Kurzem bei uns. Einer von den Jugos sagte, der sei im Bergwerk gewesen!«

»Also gut! Komm, gehen wir!«, sagte der Mann und forderte Dombrowski auf ihm zu folgen.

Sie gingen zu einem alten Pick-up, der beinahe auseinanderfiel. Dombrowski hatte alle Mühe, die Beifahrertür zu schließen.

»Ich bin der Markus!«, sagte der Mann und deutete auf sich.

Dombrowski lächelte und sagte: »Jan!«

»Okay. Du nix Deutsch reden?«

»Malo, wenig!«, antwortete der Kriminalhauptmeister und brachte einen polnischen Akzent ein.

Der Fahrer reichte Dombrowski eine Mütze. Es sollte wohl ein gut gemeintes Geschenk sein. Um seinen Gönner nicht zu enttäuschen, setzte er die Mütze auf. Auf Höhe des Tübinger Tores musste dieser Markus an einer Ampel anhalten. Auf der rechten Spur rollte ein Golf Cabrio vorbei. Carsten Dombrowski erkannte das Auto sofort, ebenso den Fahrer. Es war der Lover seiner Ex-Frau. Diese saß auf dem Beifahrersitz und himmelte ihren Liebhaber an. Dombrowski zog die Mütze tief ins Gesicht. Wenn er jetzt von den beiden erkannt wurde, kam er bei diesem Markus in Erklärungsnot. Dieser machte gerade das Radio lauter, weil im SWR4 Julio Iglesias gespielt wurde.

»Gute deutsche Musik!«, sagte Markus, und streckte den Daumen nach oben.

Was für ein Idiot, dachte Dombrowski. Iglesias war Spanier und sang gerade in Englisch. Er tat so, als würde er nichts verstehen und sagte nur: »Dobrze«, was gut heißen sollte. Er hob dabei den Daumen nach oben. Dabei sah er zu dem Fahrer hinüber, damit er nicht erkannt werden konnte. Endlich schaltete die Ampel auf Grün. Eine ganze Weile fuhr das Liebespaar neben dem Pick-up her, was die Wut Dombrowskis auf den Liebhaber seiner Ex-Frau noch steigerte. Mehrere Mal fuhr er ihr zärtlich durch die Haare. Endlich trennten sich dann die Wege auf Höhe der Stadthalle. Markus fuhr geradeaus in Richtung Tübingen, während diese Turteltauben in die Stadtmitte abbogen. An der Abzweigung zum Industriegebiet Mark West bog der Mann ab und verließ die Bundesstraße. Wenig später ging es wieder links ab, bis der Fahrer vor einem ehemaligen Supermarkt anhielt. Er schaute sich um und fluchte.

»Wo ist denn das verdammte Arschloch? Ich hab dem doch gesagt, der soll hier auf uns warten!«

Dann zückte er sein Handy und wählte eine Nummer.

»Hey, wo bist du denn? Tanken? Ich dachte, das hättest du schon längst erledigt!«

Dann beendete er das Gespräch.

»Alles muss man selber machen! Saustall elender! Idioten, überall Idioten!«, schimpfte er, und tippte sich dabei mit dem Finger an die Stirn.

»No tak, Idiota!«, sagte Dombrowski lachend, was – ja, Idioten – heißen, sollte.

Dann kam ihnen auf der Justus-von-Liebig-Straße ein weißer Lastwagen ohne Anhänger entgegen.

»Da, Lkw! Kannst du fahren?«, fragte Markus nun, und bewegte die Hände wie an einem Lenkrad.

»Ja, ja. Gutt!«, antwortete Dombrowski und nickte eifrig.

Der Zufall meinte es gut mit ihm, denn auf demselben Fahrzeug, einem MAN, hatte er die letzten Tage geübt. Der Fahrer hielt neben dem Pick-up. Sofort stieg dieser Markus aus und ging zum Lastwagen. Dort stieg ebenfalls ein Mann aus und unterhielt sich mit Markus. Dombrowski trat hinzu, denn er wollte wissen, was die beiden zu bereden hatten.

»Also, er fährt das Auto jetzt nach Heimsheim. Ich fahre voraus und schaue, dass der keinen Mist baut. Ich muss jetzt nur noch kurz das Navi programmieren, dann kann der starten.«

»Versteht der uns nicht?«

»Nein, der ist ein Pole. Der versteht kein Wort!«

Dombrowski lächelte und nickte dabei, als habe er verstanden, wo es hingehen soll.

»Jak sie masz?«, fragte der Mann Dombrowski, was – »wie geht es dir« – bedeutete.

»Gutt, särr gutt!«, antwortete dieser freundlich nickend mit deutlichem polnischem Akzent.

Der Mann lächelte nur und wandte sich dann ab, um sich mit dem anderen weiter zu besprechen. Dombrowski drehte sich um und tat so, als würde es ihn nicht interessieren. Trotzdem hörte er jedes Wort, was gesprochen wurde.

»Fährt der auch wieder mit dem Auto zurück?«

»Nein, den lassen wir dort. Den sollen die Bullen

hochnehmen. Wir sagen ihm, er soll auf den Pannendienst warten. Dann rufen wir bei den Bullen an und hetzen die dem auf den Hals.«

»Ja aber der kennt uns ja jetzt! Und der weiß, dass wir uns hier getroffen haben. Die werden eins und eins zusammenzählen und dann stehen die bei uns auf dem Hof!«

»Dann müssen wir eben unsere Jungs fürs Grobe anrufen, die sollen den dann entsorgen!«

Jetzt wusste Kriminalhauptmeister Carsten Dombrowski, was ihm nach der Ankunft in Heimsheim erwartete. Zum Glück trug er noch den als Hörgerät getarnten Peilsender. So konnten die Kollegen jeden Schritt von ihm nachvollziehen. Er hoffte, dass ihm bei der Fahrt nach Heimsheim ein Zivilfahrzeug folgte.

Dieser Markus machte ein Zeichen, dass es losgehen sollte. Also bestieg Dombrowski den Lastwagen und startete den Motor. Markus erklärte im gestenreich, dass er den Anweisungen des Navis unbedingt folgen sollte, und stellte die Systemsprache sogar auf Polnisch ein. Dann ging es endlich los. Das Navi lotste ihn über die B28 nach Tübingen, wo er dann über die B27 in Richtung Stuttgart fahren sollte. Alles klappte so weit gut, er hatte sogar Spaß am Fahren mit einem Lastwagen. Zumal er ja ohne Ladung unterwegs war. Hin und wieder sah er in den Rückspiegel, ob er ein Fahrzeug entdeckte, das als Zivilfahrzeug des Polizeireviers Reutlingen unterwegs war. Aber außer dem alten, klapprigen Pick-up folgte ihm niemand. Dass er kein Handy dabei hatte, machte ihn irgendwie hilflos, denn in einer Krisensituation hatte er keine Chance, Hilfe zu verständigen. Was diese Banditen mit ihm vorhatten, bekam er ja mit. Kurz nach der

Aichtalbrücke war der übliche Feierabendstau. Es ging also nur im Schritttempo voran. Der direkt hinter ihm fahrende Markus schimpfte in seiner alten Karre wie ein Rohrspatz, offenbar hatte er es eilig. Carsten Dombrowski gefiel das, denn nun hatten seine Kollegen Zeit genug ihn einzuholen.

Kriminalhauptkommissar Gerhard Meininger saß an seinem Computer und beobachtete die Peilung des Handys, welches er Carsten Dombrowski mitgegeben hatte. Seit mehr als zwei Stunden bewegte sich der Kriminalhauptmeister demnach nicht von der Stelle. So lange konnte die Verladung in Metzingen doch nicht gedauert haben. Also rief er im Polizeirevier in Metzingen an und bat einen Beamten, doch mal ganz diskret hinüberzugehen, um zu schauen, was da los war. Nach etwa zehn Minuten meldete sich der Kollege mit der Auskunft, dass er auf dem Henning-Areal niemanden ausmachen konnte, vor allem keinen Lkw oder etwa Kleintransporter. Da war sicherlich irgendetwas schiefgelaufen. Also rief er das Handy direkt an. Wie eingestellt kam ein Alarmzeichen, weil der Angerufene nicht den vereinbarten Code eingab. Nun rief er wieder in Metzingen an und bat die Kollegen, nach dem Handy zu suchen. Erst jetzt bemerkte er, dass der Peilsender den Dombrowski als getarntes Hörgerät trug, ebenfalls in Metzingen das letzte Signal abgesetzt hatte. Nun begann Meininger aber zu schwitzen. Er versuchte, Zoran Rajco zu erreichen, dieser ging aber nicht ans Telefon. Jetzt war guter Rat teuer.

Kriminalkommissar Christian Fromm bemerkte die Nervosität seines Kollegen und trat zu ihm.

»Was ist los, was schwitzt du denn so?«, fragte er.

»Ich hab den Kontakt zu Carsten verloren. Weder das Handy, noch der Peilsender tun noch!«

»Scheiße, wie konnte das passieren?«

»Keine Ahnung! Der letzte Kontaktpunkt war in Metzingen. Im Augenblick suchen die Kollegen dort nach dem Handy, das gibt wenigstens noch ein Signal ab.«

Wenig später klingelte das Telefon. Es war ein Beamter aus Metzingen, der berichtete, er habe das Handy Dombrowskis gefunden. Es lag auf einem Sims im Henning-Areal. Also hatte es Dombrowski dort abgelegt.

»Was machen wir jetzt?«, fragte ein sichtlich ratloser Hauptkommissar Meininger.

»Den Peilsender haben die Kollegen nicht gefunden?«

»Nein, offenbar nicht, der muss noch bei Carsten sein. Aber scheinbar funktioniert der nicht. Ich rufe mal die Spezialisten in Esslingen an!«, sagte Meininger.

Der Kriminalhauptkommissar gab den Kollegen den aktuellen Sachverhalt durch. Sofort machte sich ein Spezialist daran, die Analysedaten des Peilsenders auszuwerten. Gleichzeitig wurde landesweit eine Fahndung nach Jan Dombrowski ausgestrahlt. Eine Handyortung von Zoran Rajco war ebenfalls negativ. Dessen Handy war auch abgeschaltet worden.

»Hoffentlich sind die beiden nicht aufgeflogen! Nicht auszudenken, was das für Folgen hätte«, brummte Meininger besorgt.

»Das Blöde ist, dass wir überhaupt keinen Anhaltspunkt haben, wo sich die beiden befinden könnten«, ergänzte Christian Fromm.

»Lässt es sich eigentlich feststellen, wie viele leer stehende Industrieanwesen es im Kreis Reutlingen gibt?«

»Schwer zu sagen. Vielleicht weiß das Liegenschaftsamt Bescheid. Ich ruf mal dort an.«

Kriminalkommissar Christian Fromm telefonierte mit dem Rathaus in Reutlingen. Von dort wurde er auf eine Datenbank im Internet verwiesen, in der alle zur Vermietung oder zum Verkauf anstehenden Gewerbeimmobilien aufgeführt sind. Sofort schaute er sich die Seite im Internet an. Dann veranlasste er, dass alle Streifenwagen, die im Stadtgebiet unterwegs waren, zu den Objekten fahren sollten, um nachzuschauen, ob sich dort verdächtige Personen aufhielten. Sollte ein Besitzer seine Immobilie nicht zur Vermietung oder zum Verkauf anbieten, so hatte die Stadt Reutlingen darauf keinen Zugriff. Die meisten leer stehenden Hallen befanden sich im Industriegebiert Mark West. Somit war der Polizeiposten Betzingen am meisten mit der Aufgabe beschäftigt. Dann schaute er sich bei privaten Immobilienanbietern um, aber auch hier kam er zu einem ähnlichen Ergebnis. Nach und nach meldeten sich die Streifen und übermittelten allesamt, dass keine besonderen Vorkommnisse festzustellen waren. Es wäre auch zu einfach gewesen, wenn die Aktion zu einem positiven Ende gekommen wäre. Gerhard Meiningers Unbehagen stieg von Minute zu Minute. War es nicht seine Idee gewesen, den Kollegen Dombrowski als Undercover in die Bande einzuschleusen? Sollte es schiefgehen, musste er wohl die Konsequenzen tragen. Am liebsten hätte er sich in ein Auto gesetzt und nach dem Kollegen gesucht, nur wo? Dieses untätige Herumsitzen und Warten war ihm ein Gräuel.

Der klapprige Pick-up hatte gerade überholt und sich vor Dombrowski gesetzt. In einem Kilometer kam die Ausfahrt Heimsheim, so stand es jedenfalls auf dem großen blauen Schild am Straßenrand. Offenbar wollte dieser Markus sichergehen, dass Dombrowski auch abbog. Etwa einen Kilometer zuvor hatte er den Parkplatz auf der Gegenspur passiert, auf dem sich der Pannen-Lkw befand. Es war zwar nicht viel los, aber er konnte auf die Schnelle niemanden erkennen, der Hilfe benötigte. Der Pick-up vor ihm setzte den Blinker und Dombrowski tat es im gleich. Er schaute dabei in den Rückspiegel, sah aber auf eine lange Distanz kein Auto, das ihm folgte. Langsam aber sicher machte sich in ihm das Gefühl breit, dass mit seinem Ortungsgerät im Ohr etwas nicht stimmte. Beim Überqueren der Autobahn sah er noch einmal hinunter auf die Abbiegespur. Kein Fahrzeug bog in diesem Augenblick ab.

»Na klasse, das kann ja heiter werden!«, brummte er vor sich hin.

Er bastelte sich schon einen Plan zurecht, wie er den Banditen entkommen konnte. Selten hatte er sich ohne ein Handy so nackt und unbeholfen gefühlt wie jetzt. Zuerst dachte er, dass er einfach mit voller Geschwindigkeit durch den Parkplatz hindurchfahren sollte. Dann würde ihn aber der Pick-up verfolgen. Den könnte er locker von der Straße drängen. Es bestand aber die Gefahr, dass er Unschuldige in die Sache mit hineinziehen könnte, und dass wollte er auf keinen Fall. Inzwischen war er wieder auf der Autobahn in Richtung Stuttgart. Auf dem Parkplatz gab es ein Klohäuschen, vielleicht sollte er sich einfach einschließen. Aber dann traten diese Typen vielleicht die Tür ein, auch kein guter Plan. Seine einzige Chance bestand darin, dass er nicht alleine auf dem Parkplatz war. Fünf Lastwagen standen dort und machten offenbar eine Pause. Die Fahrer standen beieinander und unterhielten sich. Nun erkannte er auch den defekten Lastwagen. Er stand abseits von den anderen und zwei Mann lehnten am Führerhaus. Sie winkten schon aufgeregt, als sie den Pick-up sahen und diesen Markus erkannten. All diese Erkenntnisse konnte Carsten Dombrowski nicht an seine Kollegen übermitteln. Er zupfte sich ein paar Haare vom Kopf und stopfte sie an verschiedene unzugängliche Stellen im Führerhaus. Sie sollten bei einer eventuellen Untersuchung durch den Spurensicherungsdienst dann gefunden werden. Damit hinterließ er eine einwandfrei nachweisbare DNA-Spur. Dombrowski hielt neben dem anderen Lkw und öffnete die Seitenscheibe. Der Fahrer deutete an, dass Dombrowski aussteigen solle. Nun lief ihm der kalte Schweiß den Rücken hinunter.

»Abkoppeln, zack, zack!«, rief ihm dieser Markus zu.

Also hastete Dombrowski zu dem Sattelauflieger hinüber und half dem Beifahrer, diesen abzukoppeln, dabei merkte er sich das Kennzeichen. Der andere Fahrer, den dieser Markus nur Bob nannte, stieg in Dombrowskis Zugmaschine und setzte dies vor den defekten Lastwagen. Markus holte eine Abschleppstange von der Ladefläche seines Pick-up und montierte sie an das jeweilige Zugmaul der beiden Lastwagen. Dann versuchte er, den defekten Lkw wegzuziehen. Dies gelang nicht ganz reibungslos, denn dessen Getriebe blockierte. Mit viel Gas und rauchenden Reifen bewegte sich der Lastwagen dann doch. Dies erregte natürlich die Aufmerksamkeit der anderen Fahrer. Carsten Dombrowski hatte also Glück, denn nun waren sie nicht mehr ohne die Aufmerksamkeit der anderen. Der Fahrer trennte dann die beiden Fahrzeuge und koppelte den Auflieger auf den anderen Lastwagen. Als dies gelungen war, schauten sich die drei Banditen um. Sie sahen, dass die anderen Fahrer zu ihnen herüberschauten.

»Schnell weg, bevor die da die Bullen rufen!«, sagte Markus.

»Und was ist mit dem da?«, fragte Bob, und deutete dabei auf Dombrowski.

»Der wird nachher abgeholt und versorgt.«

Was das zu bedeuten hatte, konnte sich Dombrowski denken. Die beiden, die den defekten Lastwagen gesteuert hatten, fuhren nun davon. Markus blieb noch einen Augenblick da und versuchte Dombrowski zu erklären, dass er auf den herbeigerufenen Pannendienst warten solle.

»Du, hier warten! Klar? Hier bleiben bei Auto!«

Dombrowski nickte eifrig.

»Kommen Mechaniker! Reparatura machen!«, sagte er und deutete auf einen Gabelschlüssel.

»A-Dä-A-Cä?«, fragte Dombrowski mit polnischen Akzent.

»Richtig, okay! Also, du warten!«

Dombrowski nickte wieder eifrig und ging hinüber zu dem Lastwagen. Dann setzte sich Markus in sein Auto und fuhr weg.

»Du kannst mich am Arsch lecken, dass ich auf deine Killer warte«, sagte Dombrowski halblaut vor sich hin.

Er machte sich sofort auf den Weg zu den anderen Fahrern, die ihn misstrauisch beäugten. Es waren sämtlich Russen, er konnte also nicht mit seinem Polnisch glänzen, denn die Russen waren den Polen nicht gerade freundlich gesinnt.

»Hallo!«, grüßte er deswegen auf Deutsch.

Die Männer nickten nur und sahen ihn schweigend an.

»Telefon?«, fragte er und machte eine entsprechende Geste.

Dieses Mal schüttelten sie mit dem Kopf. Dombrowski war also vom Regen in die Traufe geraten. Er blieb trotzdem bei den Männern und versuchte eine Konversation aufzubauen. Bei ihnen fühlte er sich sicherer als da unten am Lkw. Wenn jetzt die Killer auf den Parkplatz kämen, hätten sie Probleme, das richtige Opfer herauszufinden. Er versuchte, den Männern klarzumachen, dass sein Lastwagen defekt sei. Wieder nickten sie nur. Er gab sein Vorhaben auf und entfernte sich wieder. Offenbar waren sie nicht gewillt, mit ihm zu reden. Er sah sich auf dem Gelände um und suchte nach einer Straße, die am Parkplatz vorbeiführte. Er erinnerte sich, dass sich kurz nach der Autobahnabfahrt ein Industriegebiet befand. Wenn er sich beeilte, konnte er in zehn Minuten dort sein, um Hilfe zu holen. Also verließ er den Parkplatz und rannte, als er außer der Sichtweite der Russen war, einen Feldweg entlang in Richtung eines Waldstücks. Sollte er dieses ohne Zwischenfall erreichen, hatte er die Möglichkeit, sich zu verstecken. Also rannte er, so schnell er konnte. Nach ein paar Hundert Metern musste er das Tempo drosseln, weil ihm die Puste ausging. Gerade als er die ersten Bäume und Büsche des Wäldchens erreicht hatte, hörte er das Motorengeräusch eines schnell fahrenden Autos. Sollten die Gangster ihn also doch entdeckt und eingeholt haben? Tausende Gedanken rasten durch den Kopf und jeden Augenblick erwartete er das Knallen eines Schusses. Er lief im Zickzack, damit er nicht so einfach getroffen werden konnte. Das Fahrzeug war nun unmittelbar hinter ihm, also lief er in eine Wiese hinein. Er hörte, wie das Fahrzeug stoppte und die Türen geöffnet wurden.

»Halt! Stehenbleiben! Polizei!«, rief eine Stimme.

Augenblicklich blieb Carsten Dombrowski stehen und drehte sich um. Da standen doch tatsächlich zwei Streifenbeamte mit gezückten Dienstwaffen und zielten auf ihn. Er hob instinktiv die Hände und lächelte. Am liebsten wäre er den beiden um den Hals gefallen, aber er wusste nicht deren Kenntnisstand in seinem Fall. Langsam näherte er sich den Beamten.

»Mein Name ist Dombrowski, Carsten Dombrowski, Kriminalhauptmeister vom Kriminalkommissariat in Reutlingen«, erklärte er.

»Ja, ja, und ich bin der Hannes und des isch der Bürgermeister!«, antwortete einer der beiden.

»Drehen Sie sich um!«, befahl der andere.

»Wir nehmen Sie fest, wegen besonders schwerem Diebstahl und wegen des Verdachts der Tötung eines Fernfahrers«, erklärte einer der beiden.

Dann wurde Dombrowski in den Fond des Streifenwagens verfrachtet.

»Hören Sie zu! Da ist gerade der Lastwagen weggefahren, der die gestohlene Ladung angehängt hat. Die sind auf dem Weg nach Reutlingen, wo das Diebesgut umgeladen werden soll!«

»Ja, ja, jetzt hälschd du erscht amol dai Goscha. Auf em Revier kosch no deine Fersla verzehla!«, sagte der Beamte neben ihm.

»Rufen Sie doch über Funk in Reutlingen an und sagen, dass Sie mich an Bord haben. Oder rufen Sie in Esslingen an. Bei der Soko »LKW«, deren Leiter ist Klaus

Vöhringer. Wir dürfen keine Zeit verlieren!«, schrie Dombrowski, der nicht aufgeben wollte.

Plötzlich wurde im Polizeifunk eine Fahndung durchgegeben.

»Gesucht wird Jan Dombrowski, polnischer Staatsbürger. Personenbeschreibung…«, quakte es im Lautsprecher.

»Das bin ich! Schaut doch in meinen Papieren nach!«, versuchte Dombrowski die beiden zu überzeugen.

»Und mo sind deine Papiere?«, fragte der neben ihm sitzende Beamte gelangweilt.

Erst jetzt bemerkte Dombrowski, dass er in der Eile die Papiere im Lkw vergessen hatte.

»Scheiße, die hab ich im Lkw vergessen!«

»Do habbat mir aber nix gfunda.«

»Ich meine doch im anderen Lkw, der nach Reutlingen unterwegs ist!«

»Ja, ja, dia Russen habet behauptet, sie habet dich gsehn, wie du beim Umlada geholfa hascht. Also bisch du unser Mann, baschda!«

Dombrowski zuckte nur mit den Schultern und gab auf. Immerhin war er noch am Leben und in einer sicheren Umgebung. Sobald er auf dem Revier war, wollte er mit seinen Kollegen Verbindung aufnehmen. Die Streifenbeamten fuhren auf das Polizeirevier in Mühlacker. Dort wurde Dombrowski in ein Verhörzimmer verbracht. Es war alles schön ruhig, dann aber hörte man ein Sondersignal und dann wieder eines. Mit quietschenden Reifen hielten die Fahrzeuge vor dem Gebäude. Draußen konnte man ein Stimmengewirr hören. Dann wurde die Tür aufgestoßen und ein paar Männer kamen herein.

»Haben wir endlich einen von den Ganoven!«, triumphierte einer der Männer.

»Wie heißen Sie?«, fragte Dombrowski den Mann.

»Ja, was der Herr spricht ja Deutsch! Also kein Russe! Ich bin Kriminalrat Krüger vom LKA, wenn's beliebt«, sagte der Mann übertrieben freundlich.

»Mein Name ist Carsten Dombrowski, Kriminalhauptmeister Carsten Dombrowski, Kriminalkommissariat Reutlingen. Ich bin Mitglied der Soko »LKW«. Wenn Sie doch die Güte besäßen, mit dem Leiter der Soko, Kriminalrat Klaus Vöhringer, Verbindung aufzunehmen und ihm bitte sagen, dass ich mich hier auf dem Revier befinde!«

Krüger stutze. Natürlich war er von der Undercover-Aktion unterrichtet worden, aber er dachte, dass die im Raum Reutlingen durchgeführt worden war. Dann nahm er sein Handy und wählte eine Nummer.

»Krüger, hallo! Vor mir sitzt ein Mann der behauptet ein gewisser Carsten Dombrowski zu sein! Wie? Beschreibung? Ja, Dreitagebart …«

Carsten Dombrowski nahm den Peilsender aus dem Ohr und zeigte ihn Krüger.

»Er zeigt mir gerade ein Hörgerät oder was das ist. Ist in Ordnung, ja! Ich übergebe jetzt!«

Damit reichte er sein Handy weiter.

»Ja, Dombrowski hier«, meldete sich der Kriminalhauptmeister, »das Diebesgut wird noch heute Abend in der Färberei in Reutlingen verladen. Das ist der neue Treffpunkt. Ich musste mein Handy zurücklassen und dann wurde ich auch noch mit einer Antenne gefilzt. Dabei ist offenbar der Peilsender kaputtgegangen!«

Der Leiter der Soko »LKW« versprach, dass Dombrowski noch am Abend abgeholt werden sollte, aber mit einem Gefangenentransporter, denn er sollte als Jan

Dombrowski an dem Fall weiter dran bleiben. Die LKA-Beamten zogen wieder ab und nun saß Dombrowski alleine in dem Zimmer. Von den beiden Beamten, die ihn aufgegriffen hatten, war nichts mehr zu sehen. Ein anderer Beamter saß an einem Schreibtisch und tippte etwas in seinen Computer.

»Wisset Se, mir auf dene kleine Reviere kriegat nex von dene große Sacha mit. Mir müssat halt raus, weil mir näher dran sind! Dia Kollege kennat nex dafür.«

»Dann saget Se dem Hannes und dem Bürgermeister einen schönen Gruß«, sagte Dombrowski lachend, und verließ das Zimmer, um nach draußen zu gehen und frische Luft zu schnappen. Am liebsten hätte er jetzt ein Bier getrunken, aber weit und breit war keine Kneippe zu sehen. Der Bahnhof war zwar in unmittelbarer Nähe, aber er wollte sich nicht zu weit vom Revier entfernen. Nach einer halben Stunde traf ein Gefangenentransporter vor dem Revier in Mühlacker ein. Den Fahrer kannte er nicht, aber den Beifahrer. Kriminalhauptkommissar Gerhard Meininger persönlich war es, der da saß und nun ausstieg.

»Heilige Scheiße, was ist da alles schiefgegangen!«, rief er kopfschüttelnd.

»Das kann man wohl sagen! Da hat die polizeiinterne Kommunikation aber voll versagt«, antwortete Carsten Dombrowski.

»Steig hinten ein, damit die in Reutlingen sehen, dass du ein Gefangener bist«, sagte Meininger und schüttelte dem Kollegen dabei kräftig beide Hände.

Während der Fahrt erzählte Dombrowski seine Erlebnisse der letzten Stunden. Bei der Kriminalpolizei in Reutlingen waren noch alle Mitglieder der Soko »LKW«

anwesend, auch der Chef, Kriminalrat Klaus Vöhringer. Dieser hatte zuvor ein intensives Telefongespräch mit dem LKA geführt. Es ging um den Informationsaustausch zwischen den verschiedenen Institutionen im Polizeisystem des Landes Baden-Württemberg. Kriminalhauptmeister Carsten Dombrowski hingegen berichtete ausführlich von der aktuellen Lage.

»Klar könnten wir die ganze Bande in Reutlingen jetzt hochnehmen, aber dann kommen wir wieder nicht an die Hintermänner heran. Vor allen Dingen müssen wir den Informanten in Hamburg dingfest machen. Kollege Dombrowski, du sagtest, du hast die Papiere im Lkw liegen lassen. In welchem?«, fragte Vöhringer.

»In dem aus Reutlingen. Ich habe sie in der Aufregung aus Versehen in die Ablage der Fahrer eingeschoben.«

»Da müssten sie ja auch jetzt noch sein, nehme ich an.«

»Ich denke schon.«

»Das ist unsere Chance. Wenn du bereit bist, das Spiel weiter zu spielen, sehe ich eine große Chance, den Laden hochgehen zu lassen.«

»Wenn die Elektronik besser funktionieren würde, sähe ich da kein Problem.«

»Keine Sorge, das passiert nicht mehr. Ich habe mir Folgendes ausgedacht: Du musst für ein paar Tage aus dem Verkehr gezogen werden. Das heißt, entweder du bleibst die nächsten Tage einfach zu Hause oder was noch besser wäre, du übernachtest hier in einer der Arrestzellen. Das hat folgenden Hintergrund: Falls einer der Täter tatsächlich hier aus Reutlingen kommt, besteht zumindest die Möglichkeit, dass er dich erkennt, wenn wir ihn hier vorladen. Also musst du für den unsichtbar sein, oder aber wir präsentieren dich als Strafgefangenen. Die zweite Möglichkeit ist für uns die optimalere, denn so wird keiner der Täter misstrauisch, wenn du wieder freikommst.«

»Wo ich die nächsten Tage schlafe, ist mir eigentlich egal, zu Hause fällt mir eh die Decke auf den Kopf. Aber was soll ich dann den ganzen Tag tun?«, fragte Dombrowski.

»Das ist kein Problem. Du kannst normal an deinem Arbeitsplatz arbeiten. Sollte jemand zum Verhör kommen, der zum Umfeld der Täter gehört, musst du halt kurz in die Zelle. Wenn wir weitere gesicherte Erkenntnisse haben, kommst du wieder zum Einsatz. Unser Informant Rajco wird uns hoffentlich von dem nächsten Deal informieren. Dann tauchst du dort auf und forderst vom Capo deine Papiere zurück. Wenn wir Glück haben, führt er uns zu dem Chef der Bande oder sogar zu den beiden Killern. Das ist natürlich hochriskant und nur mit deiner Zustimmung zu machen.«

»Jetzt sind wir schon so nah dran, dann machen wir die Sache auch zu Ende«, sagte der Kriminalhauptmeister schulterzuckend.

»Klasse! Die Halterermittlung des Kennzeichens, das du dir gemerkt hast, hat ergeben, dass der Lastwagen, den du gefahren hast, auf eine Spedition Bayer hier in Reutlingen zugelassen ist.«

»Hab ich's mir doch gedacht! Dem Kerl hab ich von Anfang an nicht getraut!«, rief Kriminalhauptkommissar Gerhard Meininger erfreut dazwischen.

»Die Bande hat zum ersten Mal einen Fehler begangen. Ich habe die komplette Kommunikationsüberwachung der Firma beantragt. Sie wird im Augenblick eingerichtet. Wir hören also alles mit, per Handy, per Telefon und auch per Fax. Zusätzlich werden Überwachungskameras in der Nähe der Firma installiert. Außerdem wird ein Bewegungsprofil aller Angestellten und der Fahrzeuge angelegt. Somit haben wir diesen Teil der Ganoven auf jeden Fall auf dem Schirm.«

»Wie viele Fahrzeuge hat die Firma eigentlich?«, fragte Kriminalkommissar Christian Fromm.

»Es sind nur drei Lastwagen angemeldet. Alles Sattelzugmaschinen. Dann ist da noch ein Nissan Pick-up und ein Porsche Cayenne. Anhänger besitzt die Firma nicht, die holen nur die Trailer meistens im Hafen Hamburg ab und bringen sie zu den Kunden. Die Firma selber ist bis jetzt nicht aktenkundig geworden, offenbar haben die es immer geschafft, Spuren rechtzeitig zu verwischen!«

»Oder sie sind noch nicht lange im Geschäft. Das würde auch den Tod des Fahrers Mutschler erklären. Der hat bei der Sache nicht mitgemacht und wurde beseitigt«, fügte Meininger hinzu.

»Ja, das ist eine Möglichkeit! Wir müssen an diesen Bob herankommen, das kann nur der Mörder sein. Er war der Letzte, der diesen Mutschler lebend gesehen hat!«, sagte Klaus Vöhringer.

»Wenn ich gewusst hätte, welche Tragweite das Ganze haben würde, hätte ich den Lastwagenfahrer letztens in Metzingen ebenfalls eingescannt, dann hätten wir wenigsten ein Bild von dem«, ärgerte sich Meininger über die verpasste Chance.

»Der Kollege Dombrowski wird sicherlich noch zum Erstellen von Phantombildern zur Verfügung stehen. Außerdem werden wir ja die Firma Bayer mit unseren Spezialkameras überwachen. Vielleich taucht dieser mysteriöse Bob dort auf. Fürs Erste beschließen wir folgende

Maßnahmen: Der Kollege Dombrowski ist weiterhin unser Mann für den Einsatz bei der Bande. Er wird ein paar Tage abtauchen, bis wir zum einen einen neuen Einsatz und zum Zweiten ein neues zuverlässigeres Überwachungsequipment vom BKA oder auch BND haben. Bis dahin laufen die Ermittlungen den gewohnten Gang«, sagte Kriminalrat Klaus Vöhringer und stand auf, um Feierabend zu machen. Die Kollegen machten es ihm nach und verließen den Raum. Kriminalhauptmeister Carsten Dombrowski breitete sich auf eine Nacht in einer Arrestzelle vor, eine ganz neue Erfahrung für ihn.

Und Sie sind sicher, dass das Ergebnis stimmt?«, fragte Torsten Rempfer den Anrufer noch einmal.

»Ja, ganz sicher!«, antwortete der andere.

»Leck mich doch am Arsch! Jetzt bin ich vollends bedient!«, schimpfte Rempfer laut, »dann danke ich für Ihre Mühen. Schicken Sie mir die Rechnung hierher ins Büro.«

Er legte auf und saß nachdenklich an seinem Schreibtisch. Soeben hatte der beauftragte Anwalt das Ergebnis der DNA-Probe seiner Kinder übermittelt. Es stand zweifelsfrei fest, dass er der Vater seines Sohnes war, aber seine Tochter stammte ganz sicher nicht von ihm. Sie war ihm vor seiner Frau untergeschoben worden, ein Kuckuckskind also. Er begann zu schwitzen, obwohl die Klimaanlage lief. Die Sekretärin kam herein und fragte ihn, ob alles in Ordnung wäre, denn sie hörte ihn laut fluchen. Dann versuchte er, sich zurückzuerinnern. Als seine Tochter zur Welt kam, war es Ende Oktober. Also musste es im Januar oder Februar gewesen sein, als sie gezeugt wurde. Damals war er auf Auslandsmontage und kam nur alle vier Wochen nach Hause. Klar war er zu der Zeit gerade ein Wochenende zu Hause. Seine Frau teilte ihm etwa vier Wochen danach mit, dass sie schwanger sei. Nun konnte man hergehen und irgendwelche Fruchtbarkeitskalender anschauen und ausrechnen, ob das gestimmt hatte. Aber das war sinnlos, denn es war einfach zu lange her. Mit wem hatte sie denn zu der damaligen Zeit Kontakt? Sie wohnten schon in Rietheim, aber noch nicht lange. Der Mutschler war zu dem Zeitpunkt noch nicht zugezogen. Also wer konnte denn dann der rechtmäßige Vater des Mädchens sein? Er hatte keine Ahnung. Vor ihm stand ein Bild seiner Kinder auf dem Schreibtisch. Er nahm es in die Hand und verglich die Gesichter seiner Kinder. Sie hatten die Gesichtszüge ihrer Mutter. Er fand, dass ihm keines der beiden Kinder ähnlich sah. Dies hatte seine Sekretärin und einige Kollegen auch schon geäußert, aber nur im Scherz natürlich. Für ihn war es nun bitterer Ernst geworden. Wie sollte er sich heute Abend, wenn er wieder zu Hause war, verhalten? Einfach ignorieren? Einfach die Wahrheit auf den Tisch legen? Wenn er sich von seiner Frau trennen wollte, war er faktisch pleite. Das Haus und den Baugrund hatte der Schwiegervater ihnen damals zur Hochzeit geschenkt. Er müsste sich hier in Ulm nach einer Wohnung umschauen. Der Wohnungsmarkt war wie leer gefegt und die Mieten waren nicht zu bezahlen. Ganz zu schweigen vom Unterhalt, den er für seine Kinder bezahlen müsste. Eine Lösung musste her, aber welche? Bevor er in die Armut gestürzt würde, machte er Schluss! Und zwar mit allem! In ihm keimte ein wahnwitziger Gedanke. Auf dem Weg zurück nach Rietheim dachte er an nichts anderes. War er schon in den letzten Tagen mies gelaunt nach Hause gekommen, so war er heute übelst drauf. Seine Frau sah ihm seine Laune an und ging sofort in ihr Bügelzimmer und versorgte die Wäsche. Torsten Rempfer saß in der Küche und aß ein Stück Wurstbrot. Er bekam abends kein warmes Essen mehr, da er meist in Ulm zu Mittag aß. Nebenher las er die Tageszeitung. In ihr fand er den Nachruf und die Danksagung auf Karl-Heinz Mutschler. »Mein geliebter Mann unser guter Nachbar…«, stand da geschrieben. Dabei fiel ihm ein Sprichwort seiner Oma ein, das lautete: Es wird selten so viel gelogen, wie auf Beerdigungen. Das traf hier vollkommen zu. Seine Frau kam kurz in die Küche und holte Wasser für das Bügeleisen.

»D'Angelika zieht aus und verkauft ihr Haus. Sie hat gsagt, sie hält's hier oben nimmer aus!«

»Wo will die schon hin? Die kennt doch niemanden«, brummte Rempfer.

»Des könnt täuschen, die hat mir im Vertrauen erzählt, dass sie schon länger an Freund hat. Sie isch mit ihrem Mann nimmer klargekommen, hat sie gesagt!«

»Dann hat es ja grad ganz gut gepasst, dass dem einer den Schädel eingehauen hat!«

»Wie kann man bloß so pietätlos sein? Jetzt isch der Karl-Heinz grad amol eine Woche unter dem Boden und du freuschd dich auch noch drüber!«

»Wieso bloß ich? Seine Witwe und ihr Freund doch auch, oder hab ich da grad was falsch verstanden? Man könnt ja grad meinen, der Mutschler isch dir näher gewesen, als seiner Frau!«

Nun hatte er das ausgesprochen, was ihm schon lange auf der Seele lag.

»Und wenn das so gewesen wäre, dann könntescht du jetzt au nix me macha!«

Langsam stand Torsten Rempfer auf und baute sich vor seiner Frau auf.

»Hascht du was mit dem Mutschler gehabt, ja oder nein?«

»Noi, wann denn? Ich muss doch den ganzen Tag deine Mutter ertragen und dann der ganze Haushalt! Glaubsch du des geht von selber?«, schrie sie ihn an, und ging an ihm vorbei aus der Küche. Er blieb stehen und senkte den Kopf. In dem Augenblick kam seine Tochter herein und holte etwas zum Trinken aus dem Kühlschrank. Sie sah in ängstlich an, denn sie hatte die Auseinandersetzung der Eheleute mitbekommen. Dann huschte sie wieder aus dem Raum hinaus.

»Kuckuckskind!«, murmelte Rempfer vor sich hin.

Wenig später wurde die Haustüre geöffnet. Sein Sohn kam nach Hause, doch der ging erst gar nicht in die Küche, sondern sofort auf sein Zimmer. Sein Sohn! Das war sicher. Aber was hatte er am Ende davon? Er saß wie ein Fremder in seinem eigenen Haus. Alle gingen ihm aus dem Weg, wo sie nur konnten. Dann plötzlich klingelte es an der Haustüre. Roswita Rempfer ging, um die Tür zu öffnen.

»Was willschd denn du scho wieder?«, fragte sie.

»I därf ja wohl au amol noch meim Bua gugga, wenn er scho do isch!«, antwortete die Schwiegermutter.

Dann wurde die Küchentür geöffnet und seine Mutter sah zu ihm herein.

»Ischs recht, Bua?«, fragte sie.

»Jo, no komm halt rein«, antwortete Torsten Rempfer emotionslos.

Sie setzte sich zu ihm an den Küchentisch und streichelte seine Hand.

»Mit dir stemmt doch äbbas ett, des fühl i! Was ischd los?«

»Nix, was soll los sein. I han halt a bissle Stress em Gschäft. Die Fahrerei da ganza Daag.«

»Du kosch mir nix vormacha! Henter ällem schdeggat dui do hussa! I hau derra Schendmär no nia traut«, sagte sie leise und deutete nach draußen.

»Ja, ja, des sagsch mir jetzad schon zehn Johr ond no mehr!«

»Dui dohieba verkauft des Haus von ihrem Mo. Dui hot schau lang oin nebadher. Ond der isch au nebadnaus. Des saget d' Leit em Flegga. Se saget derra do hieba ihr Kerle häb da Mutschler z' Daud gschlaga«, flüsterte sie.

»D' Leit saget viel, wenn dr Daag lang ischd! Beweisa muass mers.«

»Und i woiß nomol äbbas, der Laudaschläger Karle hot gseah, wie de Dai zom Mutschler en da Laschdwaga gschdiega ischd.«

Seine Mutter sah ihm dabei fest in die Augen und hielt ihn mit beiden Händen am Arm fest. Dann traten ihr Tränen in die Augen.

»So eine elende Nutt, so eine verkommene!«, schimpfte sie.

»Was hat der noch gesehen?«, fragte er, und sprach dabei Hochdeutsch, ohne dass er es bemerkte.

»Dess hot er ett gsait.«

»Dem kann man doch nicht glauben, der hat doch schon viel Mist erzählt! Wie oft ist nach dem seinem Geschwätz schon jemand gestorben? Die meisten leben heute noch! Also, lass das und erzähl den Blödsinn ja nicht weiter, hörst du? Es steht auch meine Existenz auf dem Spiel!«

Die Alte wich zurück und kniff die Augen zusammen.

»Du wirschd schon no sea! I hann rechd ghet. Du wirschd sea!«, sagte sie und stand auf. Dann verließ sie wieder grußlos das Haus. Es dauerte nicht lange, da erschien seine Frau im Türrahmen.

»Was hot denn dui scho wieder wella? Mich schlecht macha, gell! Ich sag dir des Eine, die kommt mir nicht mehr da rein. Dui Hex, dui elende. Und ich sags dir nur noch mal zur Erinnerung: Das isch mein Haus, meins! Das hab ich in die Ehe gebracht. Und wenn dui noch einmal vor der Tür steht, fliegt sie hochkantig wieder raus. Und wenn's dir nicht passt, dann kannsch du gleich hinterher!«, schrie sie und schlug die Türe zu.

Torsten Rempfer saß am Küchentisch und überlegte. Aus diesem Haus brachte ihn niemand freiwillig hinaus. Er überlegte kurz, wo die große Axt stand, die er manchmal zum Holzhacken benutzte. Dann stand er auf und ging in die Garage. Trotz intensiver Suche fand er sie nicht. Er ging hinunter in den Keller. In ihm herrschte eine seltsame Ruhe, er war plötzlich überhaupt nicht mehr aufgeregt. Im Hobbyraum lag die Axt auf einem Regal. Er nahm sie herunter und stellte fest, dass der Stiel eingerissen war. Sie war also unbrauchbar. Dann ging er wieder nach oben, zog seine Jacke an und fuhr zurück nach Ulm. Heute würde er mal wieder auf der Liege im Büro übernachten.

Am Abend wollte Doggy wieder zu den Glaubensbrüdern gehen. Er hatte bisher noch keinen Kontakt zu Aleyna herstellen können. Vielleicht war der Zettel auch nur ein Fake, um ihn wieder herzulocken. Er hatte aber gerade noch mehr Sorgen. Am Morgen hatte ihn Arslan angerufen und ihm mitgeteilt, dass der Handy-Dealer hochgegangen sei und bei ihm die Polizei gewesen war. Sie hatten seine Bude durchsucht und das Handy beschlagnahmt. Nun war die ganze Kohle futsch und dieser Rajco war nirgends zu erreichen. Arslan riet Doggy, das Handy nicht zu benutzen, da er sonst von der Polizei geortet werden könnte. Das war eine schöne Scheiße, zuerst musste er das Geld für das Handy seiner Mutter klauen und jetzt konnte er es nicht einmal benutzen. Also fasste er den Entschluss, das Handy seinerseits wieder weiter zu verkaufen. Er wollte es im Ebay unter Kleinanzeigen reinsetzen, gleich morgen früh. Dann überlegte er aber, dass er ja dann zurückverfolgt werden konnte. Also versuchte er, es irgendwo in der Schule oder sonst wo los zu werden. Das würde schon irgendwie klappen. Dann wollte er die Kohle einfach zurück in die Kassette legen und zu Hause war wieder Friede, Freude, Eierkuchen! Er hatte das I-Phone nur deshalb nicht ausprobiert, weil sein Provider die kleine SIM-Karte nicht herbrachte. Vielleicht war das eine Vorsehung. Er hatte in den letzten Tagen kaum etwas gegessen und schon einige Kilo verloren. Er bemerkte es an seiner Hose, denn er musste einige Löcher in seinen Gürtel stechen, damit er wieder passte. Um die Zeit bis zum Abend totzuschlagen, ging er wieder ins Internet und startete das Ballerspiel. Er meldete sich wieder an und plötzlich blinkte es auf seinem Bildschirm: ein Captain Al forderte ihn zum Kampf heraus.

Das war Aleyna! Sein Herz schlug plötzlich in ungeahntem Tempo. Dann fielen auch schon die ersten Schüsse. Er ging hinter einer Mauer in Deckung. Gegenüber befand sich auf dem Bildschirm eine Blechwand. Dort war mit den Projektilen ein Text eingeschossen worden.

»Hallo, bitte hilf mir.« Also schoss sie nicht auf ihn, sondern übermittelte auf diese Weise eine Nachricht. Offenbar wurde ihr E-Mail-Verkehr überwacht. Denn nach dem Spiel war von dem Text nichts mehr zu sehen. Er versuchte zu antworten, das war aber gar nicht so einfach. Er musste sein Sturmgewehr auf Einzelschuss machen, damit er einen lesbaren Buchstaben erzeugen konnte.

»Wie?«, schoss er an die Wand.

»Komm heute«, antwortete sie. Bei ihr dauerte das nicht so lange, sie hatte wohl Erfahrung im Umgang mit dem Spiel.

»Ja«, ballerte er zurück. Nun mussten sie das Terrain wechseln, denn die Blechwand war inzwischen vollkommen durchlöchert. Als er wieder versuchte, einen Buchstaben an einer Wand darzustellen, bemerkte er, dass sein Gegner aufgegeben hatte. Aleyna war nicht mehr online. Enttäuscht beendete er das Spiel. Schade, er hätte noch so viele Fragen an sie gehabt. Er musste sie sehen, sonst wurde er rasend vor Sehnsucht. Er war in kurzer Zeit plötzlich ein völlig anderer Mensch geworden. Was so ein Mädchen alles verändern konnte! Draußen in der Küche hörte er, wie seine Mutter am Kühlschrank zugange war. Doggy nahm nun allen Mut zusammen, um ihr die Wahrheit zu sagen. Also ging er in die Küche. Er ertappte seine Mutter dabei, wie sie aus einer Schnapsflasche einen großen Schluck nahm.

»Sag mal, musst du jetzt schon saufen?«, fragte er entgeistert.

»Was geht denn das dich an? Geh in dein Zimmer und knall ein paar Leute ab! Und gib Ruhe!«, blaffte sie.

Er drehte sich um und verschwand wieder in seinem Zimmer. Dann legte er sich auf sein Bett und dachte nach. Eigentlich führte er ein beschissenes Leben. Seine Mutter war Alkoholikerin, sein Vater war ein Versager, er hatte keine Freunde und das Einzige, was ihn gerade aufbaute, war dieses Mädchen mit den Mandelaugen. Wie konnte er nur mit ihr Kontakt aufnehmen? Sie musste doch zumindest in irgendeine Schule gehen. Vielleicht wurde sie auch als Sklavin gehalten, davon hatte er schon gehört. Wenn dies so wäre, würde er sie befreien, aber wie? Er stand auf, zog sich an und machte sich auf den Weg nach Betzingen. Zuerst ging er auf der linken Seite der Straße, damit er das Haus in der Kaibachstraße von Weitem beobachten konnte. Es war nichts Auffälliges sichtbar. Also ging er weiter und bog in die Buchenstraße ein. Am zweiten Haus blieb er stehen und versuchte durch den Garten hindurch ins angrenzende Grundstück zu schauen. Er sah durch die dichte Bepflanzung nicht hinüber. Außerdem waren sämtliche Fensterläden heruntergelassen, sodass keines der Zimmer Einblick gewährte. Dann ging er die Straße weiter und tat so, als würde er jemanden suchen. Kein Mensch begegnete ihm. Er bog als Nächstes in die Griesingerstraße ein, dann ging er wieder zurück zur Tübinger Straße. Direkt nach Hause ging er nicht, er machte einen Umweg zum Supermarkt in der Emil-Adolf-Straße. Heute war es mächtig warm und er wollte sich eine Cola holen. Im Inneren des Marktes war es durch den Einsatz einer Klimaanlage angenehm kühl. Er ging schnurstracks zum Kühlregal, entnahm eine große Flasche Cola und dann direkt zur Kasse. Dabei kam er auch an der Gemüseabteilung vorbei. Da sah er sie! Das war ganz sicher Aleyna. Sofort kehrte er um und begab sich in die Gemüseabteilung. Er sah sich um, ob sie alleine war. Dies schien offenbar der Fall zu sein, denn er sah weder einen Mann noch eine Frau, die so gekleidet waren wie sie. Aleyna hatte ein buntes Kleid an, das bis zum Boden reichte. Sie hatte ihre Haare hochgesteckt und mit einem Kopftuch bedeckt, das aussah wie ein überdimensionaler Turban. Sie suchte gerade ein paar Salatköpfe zusammen, die sie zum Wiegen auf eine Waage legte. Doggy näherte sich ihr vorsichtig, er wollte sie nicht erschrecken. Dann stand er neben ihr und schaute sie vorsichtig von der Seite an. Sie war es, kein Zweifel.

»Hallo Aleyna«, sagte er halblaut.

Sie drehte sich erschrocken zu ihm um und schaute ihm direkt in die Augen.

»Oh! Du bist auch hier?«, sagte sie.

Dann drehte sie sich um und überzeugte sich davon, dass niemand in der Nähe war.

»Ja! Schön, nicht. Du hast geschrieben, dass du Hilfe brauchst. Wie kann ich dir helfen?«

Sie ging ein paar Meter weg und schaute zwischen den Regalen nach, ob dort jemand stand. Dann kam sie wieder zurück.

»Ich muss schauen, weil meine Tante dabei ist. Weißt du, ich darf nicht mit dir reden. Ich werde in Kürze mit einem Mann verheiratet, der schon drei Frauen hat und den ich nicht einmal kenne. Das möchte ich nicht!«

»Das kann ich gut verstehen. Aber das geht doch bei uns gar nicht. Das ist verboten!«

»Meine Leute achten eure Gesetze nicht. Sie sagen, sie sind vom Teufel gemacht.«

Ihre wunderschönen Augen füllten sich mit Tränen, was Doggy wütend machte.

»Was kann ich für dich tun?«, fragte er voller Tatendrang.

»Hol mich aus dem Haus heraus. Ich werde dort als Sklavin gehalten. Ich bin vorhin heimlich an den Computer gegangen, um dir zu schreiben. Dass machen sie auch so, wenn sie untereinander kommunizieren. Das ist wegen dem Geheimdienst, sagen sie.«

Dann plötzlich drehte sie sich um und lief schnell mit ihrem Einkaufswagen weiter. Doggy tat so, als würde er ein paar Äpfel in eine Tüte einpacken. Dann sah er den Grund für die Flucht von Aleyna. Eine dicke, ältere Frau mit Kopftuch kam zur Gemüseabteilung gelaufen und ging sofort zu Aleyna, um einen großen Waschmittelkarton in den Wagen zu hieven. Dann schoben beide Frauen den Wagen zur Kasse. In sicherem Abstand folgte Doggy und bezahlte seine Cola an einer Kasse neben den Frauen. Aleyna würdigte ihn keines Blickes mehr. Offenbar hatte sie Angst, dass ihre Tante etwas bemerkte. Er nahm sich vor, am Abend die Glaubensgemeinde wieder zu besuchen, vielleicht hatte er dann wieder eine Nachricht im Schuh. Er hoffte es zumindest.

Nach einer unruhigen Nacht stand Kriminalhauptmeister Carsten Dombrowski um sieben Uhr auf und verließ seine Zelle. Er saß nun an seinem Schreibtisch und frühstückte, nachdem er sich aus der Maschine einen Kaffee herausgelassen hatte. Dann dachte er über seinen Undercover-Auftrag nach. Noch einmal durfte es nicht so schlecht mit der Technik laufen wie gestern. Ein netter Kollege von der Nachtschicht hatte ihm ein paar belegte Brötchen gebracht, die er nun mit großem Appetit verspeiste. Nebenher las er eine Tageszeitung. Nachdem er mit dem Frühstück fertig war, schaltete er sein Handy ein und checkte die Nachrichten, die an ihn geschrieben worden waren. Unter anderem las er eine Message bei WhatsApp von seiner Ex-Frau, die ihn aufforderte, sie in die gemeinsame Wohnung zu lassen, um noch ein paar Dinge zu holen. Sofort schrieb er ihr zurück, dass er ein paar Tage nicht zu Hause sein werde. Er wusste genau, wie sie reagieren würde. Wenn sie etwas haben wollte, dann musste das sofort sein, sonst wurde sie ungemütlich. Das war ihm nun eigentlich egal, denn er musste sie und ihre Launen ja nicht mehr ertragen. Er beendete die App und schaltete das Handy wieder ab. Sollte seine Ex-Frau eine Antwort schreiben, dann konnte sie sehen, dass er sie nicht lesen konnte oder wollte. Das würde sie so richtig zur Weißglut bringen. Carsten Dombrowski lächelte bei diesem Gedanken vor sich hin. Seit seine Frau ausgezogen war, hatte er sämtliche Schlösser auswechseln lassen. Damit wollte er verhindern, dass er außer ein paar Kartons nichts mehr besaß. Er lehnte sich in seinem Bürostuhl zurück und legte seine Füße auf den Schreibtisch, dann schlief er ein. Als die Tür geöffnet wurde, erschrak er und setzte sich sofort wieder aufrecht hin. Kriminalhauptmeister Willi Früh war zum Dienst erschienen und grinste seinen Kollegen an.

»So stelle ich mir die Arbeitsmoral eines Polen vor«, sagte er.

»Haha! Schlaf du mal auf so ’ner Pritsche in der Arrestzelle. Dich möchte ich sehen, wie du da morgens aussiehst.«

»So ist das halt, wenn man zum Special-Agent ernannt worden ist. Da muss man leiden!«

»Haha, Special-Agent! Weißt du, wie mir die Düse gegangen ist, als ich auf den Parkplatz gefahren bin? Da bist du ganz klein, ohne Handy, ohne Dienstwaffe und alleine gegen drei Verbrecher. Die wollten sich nur die Hände nicht schmutzig machen, sonst würde ich heute nicht mehr leben. Als ich auf dem Feldweg gerannt bin und ein Auto mich verfolgte, dachte ich, jetzt ist es aus! Da vergeht dir die Lust auf Special-Agent. Ich hoffe ja nur, dass das beim nächsten Einsatz etwas professioneller vonstatten geht!«

Nach und nach kamen die Kollegen zum Dienst. Kriminalhauptkommissar Gerhard Meininger hatte heute seinen Hund dabei. Seine Frau musste sich einer langwierigen Vorsorgeuntersuchung unterziehen, deshalb hatte sie keine Zeit, sich um das Tier zu kümmern. Alle schauten sich verwundert an.

»Nanu, sind wir jetzt im Tierheim?«, fragte Kriminalkommissar Christian Fromm.

»Was soll ich machen? Ich kann den Kleinen doch nicht alleine zu Hause lassen! Der jault mir die ganze Nachbarschaft zusammen«, sagte der Kriminalhauptkommissar entschuldigend.

»Wer sich ein Tier anschafft, der sollte wissen, dass man sich auch darum kümmern muss«, meinte Fromm mit erhobenem Zeigefinger.

Meininger achtete nicht weiter auf die Sticheleien seiner Kollegen. Er las die Berichte des gestrigen Tages und rief seine E-Mails auf dem Computer ab.

»Der Lastwagenfahrer, der gestern überfallen wurde, ist an einer Überdosis der K.-o.-Tropfen gestorben. Jetzt haben wir also noch einen Toten. Es wird langsam Zeit, dass wir den Banditen das Handwerk legen.«

»Da hab ich ja noch mal Glück gehabt, was?«, meldete sich Carsten Dombrowski.

»So wie ich gestern geschwitzt habe, komme ich normalerweise nicht mal aus der Sauna, das kannst du mir glauben. Wir sind die Sache viel zu blauäugig angegangen. Nach dem Mord an dem V-Mann sollten wir eigentlich wissen, wie kaltblütig diese Brüder sind. Eigentlich habe ich mir mehr Unterstützung vom BKA erwartet. Wo sind eigentlich die Herren Holbein und Winter? Die haben doch so einen schönen Vortrag gehalten«, schimpfte Meininger.

Als wollte er es heraufbeschwören, klingelte das Telefon. Besagter Kriminalrat Holbein war in der Leitung und kündigte an, dass er noch am Vormittag in Reutlingen vorbeischauen wolle, um die weiteren Maßnahmen gegen die Diebesbande zu koordinieren. Der Kriminalhauptkommissar verdrehte die Augen, nachdem er aufgelegt hatte.

»Wir bekommen heute hohen Besuch! Als ob die das mitgehört hätten. Der Holbein kommt heute Morgen vorbei«, sagte er, und streichelte seinen Hund, der es sich unter seinem Tisch bequem gemacht hatte.

Offenbar hatte Holbein auch mit den Kollegen in Esslingen telefoniert, denn auch sie kündigten ihr Kommen an. Also hieß es warten, bis die Herren eintrafen. Der große Besprechungssaal wurde vorbereitet, um genügend Platz für die Besprechung zu haben.

Carsten Dombrowski hackte wie wild auf seiner Computertastatur herum. Er verfasste den chronologischen Ablauf des gestrigen Tages, den er den Anwesenden präsentieren wollte. Gegen zehn Uhr traf Kriminalrat Holbein ein und ging sofort in den Konferenzraum. Es folgten die Kollegen aus Esslingen, also konnte die Besprechung beginnen.

»Meine Herren, wir haben gestern großes Glück gehabt, dass wir nicht noch einen toten Kollegen zu beklagen haben. Alle Präventivmaßnahmen, die wir zur Sicherheit des Kollegen Dombrowski eingesetzt haben, haben versagt. Den an diesem Fall eingesetzten Personen ist dahin gehend kein Vorwurf zu machen, da sie nicht ahnen konnten, mit welchen technischen Mitteln die Täter ausgestattet sein würden. Ich möchte aber zunächst gerne aus erster Hand die Vorkommnisse des gestrigen Tages erfahren. Dazu bitte ich den Kollegen Dombrowski um seinen Bericht«, sagte Holbein und machte eine Handbewegung zu Dombrowski, die besagen sollte, dass er mit seinem Bericht beginnen könne.

Dieser begann mit einer gewissen Nervosität, seinen Bericht vorzulesen. Das Ganze dauerte etwa eine halbe Stunde. Nach dem Vortrag Dombrowskis wurde eine Pause verordnet, damit sich die Kollegen untereinander austauschen konnten. Ein großes Stimmengewirr herrschte nun im Raum. Meininger hatte sich davongeschlichen und schaute nach seinem Hund, der unter seinem Schreibtisch selig schlief. Die Umgebung schien dem Tier zu gefallen, denn sonst wäre es schon längst umhergelaufen und hätte unentwegt gebellt. Dies war neulich passiert, als Meininger mit seiner Frau einen Anstandsbesuch bei Sohn und Schwiegertochter gemacht hatten. Als Renate Meininger den Namen ihres Hundes nannte, fasste sich die Schwiegertochter an den Kopf, als wolle sie sagen, die hat sie nicht alle beieinander. Gerhard

Meininger fragte seine Schwiegertochter, warum ihr der Name nicht gefalle. Diese gab dann zur Antwort, dass ein Hund eben Bello zu heißen habe. Er antwortete auf diesen Vorschlag nicht mehr, sonst hätte es wieder nur Streit gegeben. Carsten Dombrowskis Telefon läutete nun schon zum zweiten Mal kurz hintereinander. Meininger hob den Hörer ab und bereute es sofort wieder. Dombrowskis Ex-Frau war am Apparat und verlangte sofort ihren Mann zu sprechen. Er kannte sie und wusste, dass er sie nicht so einfach abschütteln konnte. Also leitete er das Gespräch in den Konferenzraum um. Er freute sich insgeheim, denn dort hob bestimmt der Kriminalrat Holbein ab. Dieser würde sicherlich hoch erfreut sein, wenn er mit den Banalitäten des Alltags der Familie Dombrowski beglückt würde. So kam es auch. Als Meininger wieder zurück in den Konferenzraum ging, sah er, wie Dombrowski mit hochrotem Kopf telefonierte. Dann rief Holbein wieder zu allgemeiner Aufmerksamkeit auf.

»Wie geht es nun weiter?«, begann jetzt Holbein, »nachdem das letzte Raubopfer an einer Überdosis der K.-o.-Tropfen verstorben ist, steigt der Druck der Öffentlichkeit auf uns. Bisher konnten wir im Stillen ermitteln, weil die Medien zurzeit mit anderen Themen beschäftigt sind. Die Bildzeitung hat aber gestern von dem Raub Wind bekommen und wird sicherlich einen Artikel darüber veröffentlichen. Da ja der Kollege Vöhringer gestern schon die Überwachung der Firma Bayer angeordnet hat, ist bis jetzt nach unserem Kenntnisstand noch kein verdächtiges Telefonat geführt worden. Die Erstellung von Phantombildern mithilfe des Kollegen Dombrowski und der Vergleich mit dem Fahndungsregister waren bisher negativ. Die beiden Täter sind also noch nicht polizeilich auffällig gewesen. Der nächste Schritt muss sein, dass wir weiter in diese Organisation vordringen. Wir müssen zuerst die beiden Lkw-Diebe festnehmen, denn sie sind für drei Morde zur Verantwortung zu ziehen. Ich habe vom BND Spezialkleidung geordert, die mehrere sogenannte RFID-Chips enthält. Dabei handelt es sich um gestrickte Unterwäsche, die keine Nähte hat, also sehr angenehm zu tragen ist. Der Chip passt sich der Form total an und kann also nicht abgetastet werden. Er ist nur auf einer sehr eng begrenzten Frequenz zu orten. Alle Handys in der unmittelbaren Nähe, egal welches Betriebssystem sie nutzen, beginnen sofort die Daten des Chips an eine Datenstation zu senden. So sind wir in der Lage, dass wir eine nahezu lückenlose Überwachung gewährleisten können. Diese Geräte sind ganz neu auf dem Markt und nur für Behörden erhältlich. Somit sollte ein weiteres Versagen der Technik nicht mehr möglich sein. Jetzt müssen wir nur noch wissen, wo die nächste Ladung geklaut und umgeladen wird.«

»Der Informant Rajco hat sich heute Morgen gemeldet und berichtet, dass die nächste Ladung mit großer Wahrscheinlichkeit auch wieder in der sogenannten Färberei umgeladen wird. Offenbar sind die Täter nicht misstrauisch geworden«, berichtete Meininger.

»Wir könnten doch inzwischen das Gelände diskret besichtigen und nach Möglichkeiten suchen, wie wir uns dort postieren«, fügte Christian Fromm hinzu.

»Gute Idee, das sollten aber die Kollegen aus Esslingen machen, weil die nicht erkannt werden«, meinte Holbein.

»Leider ist es uns trotzdem nicht möglich, präventiv zu arbeiten, solange wir den Informanten aus Hamburg nicht identifiziert haben. Ich hoffe, dass uns die

Telefonüberwachung weiterbringt«, sagte Kriminalrat Klaus Vöhringer.

»Also gut. Wir müssen den Fall in den nächsten Tagen lösen, deshalb werden wir uns hier in Reutlingen treffen, und zwar jeden Tag, wenn auch inzwischen nichts passiert«, ordnete Holbein an.

Die Kollegen aus Esslingen waren nicht gerade begeistert, denn das bedeutete einen langen und verkehrsreichen Anfahrtsweg für sie. Am Nachmittag traf die Kleidung für den Einsatz ein und Kriminalhauptmeister Carsten Dombrowski probierte diese umgehend an. Dann wurde die Funktion des in der Kleidung integrierten Chips ausgiebig getestet. Tatsächlich übertrugen alle Handys, die die Beamten bei sich trugen, die aktuelle Position von Carsten Dombrowski an die polizeiliche Datenstation. Diese technische Neuerung rief bei allen Beteiligten ein allgemeines Erstaunen hervor. Anschließend war der Konferenzraum von den Kollegen der Streife und der Bereitschaftspolizei belegt. Am Wochenende stand ein Fußballspiel zwischen den Erzrivalen SSV Reutlingen und dem SSV Ulm bevor. Da dieses Spiel durch gewaltbereite Fans auf beiden Seiten als Hochsicherheitsrisiko eingestuft wurde, musste mindestens eine Hundertschaft der Bereitschaftspolizei anrücken. Sollte es die Ermittlungssituation bei der Soko »LKW« zulassen, sollten auch Kripobeamte bei der Veranstaltung eingesetzt werden. Diese Maßnahme stieß bei den Betroffenen natürlich auf wenig Begeisterung.

Beim letzten Besuch im Haus der islamischen Glaubensgemeinschaft hatte Doggy tatsächlich wieder eine Nachricht in seinem Schuh gefunden. Der Abend verlief ziemlich unspektakulär, es waren wieder alle Männer wie immer anwesend. Inzwischen konnte er sich ihre Gesichter ganz gut merken. Aleyna hatte wieder Tee serviert, ihn aber dieses Mal mit keinem Blick gewürdigt. Wahrscheinlich wollte sie kein unnötiges Risiko eingehen. Bevor er seine Schuhe wieder anzog, wandte er einen Trick an. Er tat so, als hätte er den Schnürsenkel mit in den Schuh eingezogen, dabei entnahm er den Zettel, der etwas dicker war als beim letzten Mal. Aleyna schrieb, dass sie sich riesig gefreut hatte, als sie Doggy im Supermarkt traf. Ihre Tante habe aber etwas geahnt und so durfte sie nicht mehr zum Einkaufen mitgehen. Sie schlug als nächsten Treffpunkt das Kreuzeichestadion vor, und zwar am Samstag. Da fand ein Fußballspiel statt, bei dem es auf beiden Seiten zu Raufereien kommen könnte. Sie teilte mit, dass dort keiner von ihren Leuten anzutreffen sei, weil sie sich vor den Hooligans fürchteten. Keine schlechte Idee dachte Doggy, die Frau war echt gerissen. Zum Schluss kam dann noch der Gipfel, sie schrieb, dass sie ihn liebe, und hatte mit dem Mund das Papier geküsst, sodass ein roter Abdruck entstand. Zu allem Glück hatte er endlich die SIM-Karte für sein neues Handy zugeschickt bekommen. So konnte er am Samstag so richtig Eindruck schinden. Dass er dabei eventuell geortet werden konnte, störte ihn nicht, denn bei diesem Menschenauflauf würde ihn niemand finden. Er freute sich schon riesig und konnte es kaum erwarten, bis es Samstag war. Inzwischen war seine Mutter ausgezogen, und zwar Hals über Kopf. Sie hatte wohl irgendeinen Typen bei der Arbeit aufgerissen, der sie überredete, bei ihm einzuziehen. Sein Vater hatte Rotz und Wasser geheult, als er nach Hause kam und die Bescherung sah. Doggy musste schon seit Längerem seine Wäsche selber versorgen. Seine Mutter war nicht mehr in der Lage gewesen, ihren Haushalt ordentlich zu führen. Um nicht gar zu verwahrlosen, hatte er begonnen die Wohnung zu säubern und wenigstens das Geschirr abzuwaschen. Sollte seine Aleyna doch noch einmal zu Besuch kommen, wollte er nicht wie ein Dreckschwein dastehen. Auch sein Zimmer hielt er seit Kurzem peinlich sauber, was früher undenkbar gewesen wäre. Am Abend wollte er zum Friseur gehen und seine Haare kurz schneiden lassen, denn als er sich im Spiegel betrachtete, fand er, dass ihm eine solche Frisur besser stehen würde. Auch die Waage gab ihm eine positive Rückmeldung. Er hatte, seit er dieses Mädchen kennengelernt hatte, mehrere Kilo abgenommen. Nur mit seinen Hosen hatte er jetzt Probleme. Die passten nicht mehr so ganz. Selbst die Jogginghosen, die ja einen Gummizug im Bund hatten, rutschten über die Taille nach unten. Also ging er in die Stadt, um sich eine neue Hose zu kaufen. Das gestaltete sich gar nicht so einfach, denn er wusste nicht, wo er außer einem Sportgeschäft eine solche kaufen konnte. Zuvor war er immer auch in einem Supermarkt gegangen und hatte sich dort eine Jogginghose in XXL gekauft, die passte immer. Nun stand er in der Herrenabteilung der Galeria Kaufhof wie ein Häuflein Elend und schaute sich suchend um. Da kam eine nette ältere Verkäuferin und nahm sich seiner an. Nach weniger als zehn Minuten hatte er was er wollte, und ging an die Kasse, um zu bezahlen. Dann ging er mit seiner »Beute« wieder nach Hause. Dort zog er die Hose wieder an und suchte ein passendes Hemd dazu. Dabei posierte er vor dem Spiegel, um zu sehen, welches die beste Haltung war, um am meisten zu beeindrucken. So konnte der Samstag kommen!

Torsten Rempfer stand zu Hause in Rietheim am Küchenfenster und beobachtete die Nachbarn beim Umzug. Nach ein paar Tagen Abwesenheit von Rietheim war er wieder zurück auf die Alb gefahren. Er hatte sich vorgenommen, nicht kampflos aus diesem Haus auszuziehen. Er war im Augenblick alleine zu Hause, seine Frau und seine Kinder waren wohl weggefahren, denn der Kühlschrank war fast leer. Er hatte zuerst geglaubt, seine Frau sei ausgezogen, weil ihre Schuhe in der Diele fehlten, aber dann sah er im Kleiderschrank nach und bemerkte, dass nur ein paar Kleider fehlten. Ob sie sich schon einen neuen Lover angelacht hatte? Wundern würde ihn das nicht. Die Nachbarin hatte offenbar ein paar Helfer organisiert. Einen von denen hatte er schon einmal gesehen, er war auf einer Grillparty mit den Nachbarn gewesen. Das könnte der Liebhaber von Angelika Mutschler sein. Soweit er sich erinnerte, hatte ihn Mutschler Bob genannt. Ein komischer Kerl, der nicht viel redete und dessen Arme über und über tätowiert waren. Die Möbel und der übrige Hausrat wurden in einen geliehenen Transporter verstaut. Dann hörte er plötzlich Geräusche an der Haustüre. Seine Frau kam mit den Kindern wieder zurück. Sie hatte zwei Reisetaschen dabei, die sie sofort ins Schlafzimmer trug. Torsten Rempfer blieb in der Küche stehen und sah immer noch aus dem Fenster. Dann kam seine Frau wieder in die Küche und sah ihn da stehen.

»So, ischt man auch wieder amol zu Hause!«

»I woiß ett, ob des noch mei Zuhause ischt.«

»Des liegt an dir! Beobachtescht die Angelika, wia se auszieht. Der dort mit seine vermolete Arm, des sich ihr Neuer!«

»Sieht scho a bissle vertrauenserweckend aus, ha? Isch des ett der Typ, der amol beim Grilla dabei war?«

»Ja, des war der, wo so schee Gitarre gschpielt hot. An dem Obend hot se sich en ihn verknallt, sagt se!«

»Wie romantisch!«

»Und deiner Mutter kannsch saga, sie soll net so an Scheißdreck rumverzehla! Der Lautenschlager Karle hot überhaupt nix gsea, gar nix!«

»Hot er des selber gseit?«

»Jo!«

»Zu wem?«

»Zu mir, i hab an nämlich beim Metzger gsea und hab ihn zur Rede gschdellt. Der hot mir glaubhaft versichert, dass er mit deiner Mutter koi Wort geredet hot! Mit derra Beiszang schwätzt doch koiner meh em Flegga!«

Rempfer dachte nach. Wenn sie Recht hatte, war er wieder aus dem Kreis der Verdächtigen heraus. Er wollte diesen Lautenschlager selber fragen. Sicher ist sicher, dachte er. Die Frage war, wo er den Kerl jetzt erreichen konnte, denn der war den ganzen Tag in der Ortschaft unterwegs. Lautenschlager hatte früher eine kleine Landwirtschaft, die gab er aber auf, weil er nicht mehr in der Lage war, sie erträglich zu bewirtschaften. Seitdem war er im Ort mit einem alten Fahrrad unterwegs und hielt überall dort an, wo jemand gerade im Garten arbeitete oder sonst wie beschäftigt war. Beim ein oder anderen bekam er ein Bier zu trinken und so erzählte er die Neuigkeiten im Dorf. Rempfer ging zur Haustür hinaus und an den arbeitenden Nachbarn vorbei. Dabei begegnete er dem Liebhaber seiner Nachbarin, diesem Bob. Der sah schon etwas seltsam aus. Rempfer ging an dem Mann vorbei, ohne ihn zu beachten. Sein Weg führte ihn weiter hinunter in die Dorfmitte, dort traf er aber niemanden an. Dann ging er weiter hinüber in Richtung Friedhof. Kurz vor der Abzweigung zum Friedhof sah er ihn. Lautenschlager hatte sein Fahrrad an einen Zaun gelehnt und saß auf einer Bank vor einem Haus mit einer Bierflasche in der Hand. Er unterhielt sich mit einem buckligen Mann, der schon fast neunzig Jahre alt war. Das der Mann nicht mehr richtig hören konnte, war die Unterhaltung der beiden weithin zu hören. Rempfer hörte, dass sich die beiden über das Wetter unterhielten. Er ging direkt auf die beiden zu und grüßte sie artig.

»Guten Abend, die Herra, wie geht's?«

»Jetzt kommschd du au no«, bemerkte Karl Lautenschläger.

»Warum? War schon jemand vor mir do?«, fragte Rempfer.

»Hajo, dei Weib. Du kosch fei deira Muadr saga, se soll koin so an Lohkäs rausschwätza! I han fei da letschde gar nix gsea. Do be i da ganza Daag beim Eigen dohonna ghoggat. Dui brengt mit deam Leddagschwätz da ganza Flegga durchananander!«

»So send halt dia alde Weiber, wenn se koi Arbed mehr hent!«, versuchte sich Rempfer herauszureden. Das wollte er nur hören! Er blieb aber trotzdem noch eine Weile bei den beiden stehen, um sich über die und das zu unterhalten. Dann machte er sich wieder auf den Heimweg. Als er zu Hause angekommen war, saß seine Frau vor dem Fernseher.

»Die Mudder hot wieder angruafa! Ich geh nicht mehr ans Telefon, wenn die dran isch!«, schimpfte Roswita Rempfer.

Also nahm er das Telefon und rief seiner Mutter an.

»Hallo Mudder!«, sagte er, »was isch denn scho wieder?«

»I hann blos froga wella, ob du no leabsch!«, krächzte die Alte ins Telefon.

»Jetzt hör mir mol zua, Mutter! Lass mich bitte in Ruhe, ja? Und erzähl net immer so an Mist herum! Du hosch doch gar ett mit dem Lautenschläger Karle geredet! Der hots mir selber gsagt! Wenn s dir langweilig ischd und du weiterhin so schpinnscht, dann steck ich dich in ein Seniorenheim, hosch du mich verschdanda?«, schimpfte er.

Ohne ein weiteres Wort gesagt zu haben, legte die Alte auf. Rempfer lehnte am Küchentisch und überlegte, was er tun sollte. Dann ging er in den Keller und reparierte die Axt. Nach einer halben Stunde kam er wieder aus dem Keller und sah, wie seine Frau in der Küche Pudding gekocht hatte. Es standen auf dem Küchentisch vier Schalen. Es roch köstlich nach Vanille.

»Kannsch au einen haben, wenn du einen willschd«, sagte seine Frau aus der Küche, als sie ihn bemerkte.

Er drehte wieder um und nahm sich eine Schale und saß an den Tisch, um den Pudding zu essen.

»Isch der vergiftet?«, fragte er.

»Ja klar, i machs wie d' Angelika. Ich bring dich um und dann verkauf ich den Schuppen und mach mir a schöns Leben!«

»Wenn s nur so einfach wäre! Sag mal, der Kerl von der Angelika heißt doch Bob oder nicht?«

»Weiß ich nicht!«

»Was ist, wenn der den Kalli umgebracht hat und es eben kein Überfall war?«

»Quatsch, warum sollte der das getan haben?«

»Der hat jetzt immerhin a schöns Haus, das er verhökern kann!«

»Das gehört immer noch der Angelika, so einfach isch des net!«

»Was der Kalli wohl saga würd, wenn er des sehen tät?«

Roswita Rempfer ging aus der Küche hinaus und weinte. Er hatte wohl wieder den Nerv getroffen.

»Kuckuckskind«, brummte er vor sich hin.

Drei Tage lang war es ruhig gewesen. Seitdem die Telefone der Spedition Bayer rund um die Uhr abgehört wurden, geschah nichts Auffälliges mehr. Es kam bei den Ermittlern schon die Sorge auf, dass die Ganoven Wind von der Sache bekommen hatten. Es war Samstag, und das Hochrisikospiel der Oberliga Süd zwischen dem SSV Reutlingen und dem SSV Ulm stand an. Am frühen Morgen trafen sich die Einsatzleiter und die Gruppenführer zu einer Einsatzbesprechung. Es waren Polizeikräfte der Bereitschaftspolizei aus Göppingen und auch Kräfte aus Ulm und Reutlingen im Einsatz. Zusätzlich waren auch zivile Kräfte eingesetzt, die sich unter die Fans mischten, um Krawallmacher schon vorzeitig erkennen und festsetzen zu können. Unter diesen Beamten in Zivil waren auch Kriminalkommissar Christian Fromm, Kriminalhauptmeister Willi Früh und Kriminalhauptkommissar Gerhard Meininger. Der sollte sich aber nicht unters Volk mischen, sondern im Bus sitzen, der als Lagezentrum diente. Der Abmarsch der Kräfte zum Stadion war für zehn Uhr geplant. Die Reutlinger Polizei war schon vor Ort, um die Lage zu sondieren. Zu diesem frühen Zeitpunkt befanden sich nur wenige Fans auf dem Stadiongelände. Die Busse und Sonderzüge aus Ulm wurden mit Absicht so getimt, dass sie kurz vor Spielbeginn in Reutlingen ankamen. So war den gewaltbereiten Fans wenig Möglichkeit gegeben, in der Innenstadt zu randalieren. Eine Hundertschaft Bereitschaftspolizisten befand sich am Bahnhof, nahm dort die Ulmer Fans in Empfang und begleitete sie hinaus ins Stadion. Viele waren natürlich auch mit dem Auto die etwa sechzig Kilometer nach Reutlingen gefahren. Die zogen jetzt in Gruppen durch die Innenstadt und grölten ihre Fangesänge. Also mussten auch dort Ordnungskräfte eingesetzt werden, um Konflikte schon im Keim zu ersticken. Um halb elf Uhr war dann Betrieb in der Reutlinger Innenstadt. Ein Einsatzfahrzeug nach dem anderen machte sich auf den Weg zum Kreuzeichestadion. Kriminalhauptkommissar Gerhard Meininger saß schon im Lagezentrum vor Ort und beteiligte sich an der Einweisung der Beamten. Kriminalhauptmeister Carsten Dombrowski tat in der Dienststelle der Kripo Reutlingen Dienst. Er managte die Telefonüberwachung der verdächtigen Spedition Bayer und alles andere, was anfiel und in den Dienstbereich der Kriminalpolizei gehörte. Gegen zwölf Uhr befanden sich alle Einsatzkräfte an ihren Plätzen. Schon jetzt sammelten sich Fans beider Lager vor dem Stadion und besangen einander mit Schmähliedern. Zwischen den Kontrahenten befanden sich die Beamten der Bereitschaftspolizei, die zum Teil mit Hunden ausgestattet waren. Vereinzelt flogen Gegenstände über die Polizisten hinweg in Richtung der jeweiligen Gegner. Dann traten einige der Beamten aus der Reihe, um den vermuteten Werfer festzunehmen und einen Platzverweis zu erteilen. Im Lagezentrum wurden nun je nach Bedarf Beamte an die einzelnen Brennpunkte verlegt, um keine Unterlegenheit gegenüber den Krawallmachern zu riskieren. Dann trafen die ersten Busse vom Bahnhof ein. Die Ulmer Fans wurden durch ein Spalier von Beamten zum Osteingang des Stadions geleitet. Kriminalhauptkommissar Gerhard Meininger war gerade damit beschäftigt, weitere Beamte zum Osteingang zu dirigieren, da erreichte ihn ein Telefonanruf von Carsten Dombrowski. Im Eingangsbereich des Stadions wurde das letzte der bei der illegalen Umladeaktion in Metzingen gestohlene I-Phone geortet. Das passte dem Kriminalhauptkommissar überhaupt nicht, denn wie sollte man in der Masse der Menschen denjenigen erkennen, der ein geklautes Apple-Handy bei sich hatte? Trotzdem wies er die Kollegen Früh und Fromm über Funk an, Ausschau nach einer Person zu halten, die gerade mit einem goldenen Handy telefonierte. Irgendwo da draußen im Getümmel bewegten sich die beiden Kollegen. Zwar waren an Masten Überwachungskameras installiert, doch bei der Anzahl von Menschen war es fast unmöglich, jemanden zu erkennen, der gerade telefonierte oder eine Nachricht schrieb. Trotzdem zoomte Meininger hin und wieder auf eine Person, die ihm verdächtig vorkam. Wieder rief Dombrowski an und gab ein genaueres Ortungsergebnis durch. Eigentlich müsste

Meininger die Person erkennen können, denn sie befand sich etwas außerhalb der Menschenmenge. Also beobachtete er diesen Bereich einmal genauer. Zwischendurch musste er aber auch seinen Einsatzbereich gut im Auge behalten. Zu seinem Glück gab es dort zurzeit keine Probleme, während es am Osteingang inzwischen zu handfesten Auseinandersetzungen zwischen der Polizei und einigen Hooligans kam. Von dort wurden dann auch weitere Beamte nachgefordert. Meininger schickte also zehn Beamte von seinem Bereich an den Osteingang. Inzwischen waren auch die Kräfte eingetroffen, die am Bahnhof eingesetzt worden waren. Auch sie wurden sofort an den Osteingang beordert. Schon sah man vereinzelt in Haft genommene Hooligans, die in spezielle Fahrzeuge gebracht wurden. Meininger nahm sich wieder einen Moment Zeit, um nach dem Handydieb zu schauen. Wiederum fiel ihm zuerst nichts Besonderes auf. Dann aber, etwa hundert Meter von einem Toilettenwagen entfernt, sah er einen Mann, der gerade ein Handy aus der Tasche zog, um zu telefonieren. Meininger fiel der Mann auf, weil er so gar nicht wie ein Fußballfan gekleidet war. Er trug keinerlei Schal oder Mütze, hatte auch keine Abzeichen an der Jacke. Was noch auffiel, war, dass er eine große Damenhandtasche am Arm hatte. Er schaute einigermaßen unsicher um sich, als suche er jemanden. So wie es aussah, wartete er auf seine Freundin, die wohl auf die Toilette gegangen war. Meininger beorderte Fromm und Früh zu dem Mann, um ihn zu überprüfen. Dann widmete er sich wieder seinem Einsatzbereich.

Schon um neun Uhr war Doggy in die Stadt gegangen, denn er konnte nicht mehr schlafen. Er war ziemlich aufgeregt, weil er heute Aleyna treffen würde. Seine Mutter war am Vorabend wieder zu Hause eingezogen und so gab es zwischen seinen Eltern ein großes Versöhnungsbrimborium, welches er sich heute Morgen ersparen wollte. Er strich ziellos durch die Stadt und befand sich jetzt am Marktplatz. Das geschäftige Treiben dort beobachtete er ohne irgendwelches Interesse. Von den angekündigten Krawallmachern aus Ulm war noch nichts zu sehen. Langsam wurde ihm langweilig, also ging er die Wilhelmstraße hinab zum Bahnhof. Dort war ebenfalls schon einiges los. Mehrere Mannschaftstransportfahrzeuge parkten direkt vor dem Bahnhofsgebäude. Die Einsatzkräfte standen vor dem Gebäude und sonnten sich. Sie waren mit Schlagstöcken und Schutzschilden bewaffnet. Doggy ging an ihnen vorbei in das Innere des Bahnhofsgebäudes. Er tat so, als wolle er mit dem Zug wegfahren. An den Fahrkartenautomaten kam er erst gar nicht heran, denn dort hatte sich eine Schlange gebildet. Auf dem Bahnsteig, an dem der Zug nach Tübingen hielt, hatten sich ebenfalls schon viele Polizeibeamte in Schutzkleidung versammelt. Doggy ging den Bahnsteig entlang und setzte sich etwas außerhalb auf eine Bank. Er nahm sein neues Handy aus der Tasche und betrachtete es. Es sah schon edel aus, das Teil. Er hatte es noch nicht mit dem Netz verbunden, weil er befürchtete angepeilt zu werden. Am Nachmittag wollte er sich dann einloggen, um seiner Aleyna zu imponieren. Er genoss die wärmenden Strahlen der Sonne auf seinem Rücken. Er steckte das Handy wieder weg und schloss die Augen. Der Lautsprecher am Bahnsteig kündigte einen Zug aus Stuttgart an. Sofort war Bewegung bei den Bereitschaftspolizisten gegenüber zu sehen. Sie verteilten sich in einzelnen Gruppen, um jeden Ausstieg eines Waggons zu besetzen. Kurz bevor der Zug eintraf, stand plötzlich eine Polizistin neben ihm.

»Mit welchem Zug fahren Sie?«, fragte sie mit militärisch strenger Stimme.

Doggy erschrak, denn er hatte nicht damit gerechnet von ihr angeredet zu werden.

»Mit keinem, warum?«, fragte er entgeistert.

»Kann ich mal Ihre Papiere sehen?«

»Hab ich nie dabei, zu was denn?«

»Sie wissen, dass Sie ausweispflichtig sind! Verlassen Sie sofort das Bahngelände! Ich erteile Ihnen einen Platzverweis!«, sagte die Beamtin und sächselte dabei.

»Sind wir jetzt in der DDR oder was?«, blaffte Doggy zurück, dem diese Polizistin auf den Geist ging.

Inzwischen war auch ein Kollege zu der Beamtin hinzugetreten. Der nahm drohend seinen Schlagstock in die Hand.

Doggy stand auf und verdrückte sich, ehe er noch im Polizeigewahrsam landete. So weit war es also gekommen, dass man als freier, unbescholtener Bürger nicht einmal mehr eine Prügelei zwischen der Polizei und Fußballfans auf dem Bahnhofsgelände beobachten durfte! Na ja, so ganz unbescholten war er nun auch wieder nicht. Er trottete hinüber zur Galeria Kaufhof, die hatte schon um diese Zeit auf. Er öffnete die Eingangstür und ging geradewegs hindurch bis zum hinteren Eingang. Dort verließ er wieder das Gebäude. Vom Bahnhof her hörte man das Geschrei der Ulmer Fußballfans. Doggy überquerte die Karlstraße und ging über den alten Busbahnhof wieder hinüber zur Bahnhofstraße. Mit sicherem Abstand zum Geschehen beobachtete er, wie die Fußballfans in Busse verfrachtet und hinaus zu Stadion gekarrt wurden. Da fiel ihm ein, dass er ja auch dorthin kommen wollte. Also machte er sich auf den Weg zum neuen Busbahnhof am Willy-Brandt-Platz. Mehrere Linien der Reutlinger Verkehrsbetriebe tangierten die Haltestelle am Kreuzeichestadion. Das hatte den Vorteil, dass in kürzester Zeit eine Verbindung dorthin möglich war. Also stieg er in die Linie 5 ein, die gerade abfahrtbereit war. Es war ein Gliederbus, also ein überlanges Fahrzeug. Auch in diesem Bus waren schon Fußballfans unterwegs, wenn auch hier die vom SSV Reutlingen. Einige von denen waren schon grotesk gekleidet. So würde er nie in der Öffentlichkeit herumlaufen! Viele von ihnen waren schon stark betrunken. Dementsprechend stank es auch in dem Bus. Da konnte einem der Busfahrer schon leidtun. Die Fahrt hinaus zum Stadion dauerte zwanzig Minuten, weil der Bus immer wieder anhalten musste, um Fahrgäste aufzunehmen, die aber gleich wieder ausstiegen, weil es im Bus immer übler roch. Doggy stand zum Glück ziemlich weit vorne, somit bekam er den Fahrtwind ab, der durch das geöffnete Seitenfenster des Fahrers herein kam.

An der Haltestelle am Kreuzeichestadion verließen die meisten Fahrgäste den Bus. Auch Doggy stieg aus und hielt sofort Ausschau nach Aleyna. Sie hatten sich bei den Volleyball-Spielfeldern vor dem Stadion verabredet. Dazu musste er die Alteburgstraße überqueren. Einige der Fußballfans konnten das Grün der Fußgängerampel nicht erwarten und liefen einfach über die Straße. Um Unfälle zu vermeiden, griffen Polizisten ein und regelten den Verkehr. Nach ein paar Minuten hatte er den Volleyballplatz erreicht. Etwa zweihundert Meter entfernt wurden die Fans des SSV Ulm von einem riesigen Polizeiaufgebot zum Seiteneingang des Stadions geleitet. Ein unbeschreiblicher Lärm durch Gesänge und Geschrei der Fans beider Lager war zu vernehmen. Einige der Reutlinger versuchten bis zu den Ulmern durchzudringen. Sie wurden aber von einem massiven Polizeiaufgebot davon abgehalten. Ausgerechnet beim ausgemachten Treffpunkt gab es jetzt eine Auseinandersetzung zwischen einigen Unbelehrbaren und der Polizei. Unter diesen Umständen würde sich Aleyna sicherlich nicht dort sehen lassen. Trotzdem hielt Doggy nach ihr Ausschau. Ein leichtes Kribbeln machte sich in seinem Bauch breit. Unter all diesen vielen Menschen war es für ihn sehr schwierig, das Mädchen auszumachen, zumal er nicht wusste, wie sie sich gekleidet hatte. Wenn sie ihr Kopftuch aufhatte, war es ein Leichtes, sie auszumachen, aber eine so gekleidete Frau konnte er nirgends sehen. Dann holte er sein Handy hervor, um zu sehen, wie spät es eigentlich war. Kein Wunder, er hatte in der Aufregung völlig übersehen, dass er noch fast eine Stunde Zeit bis zum Treffen hatte. Und dann musste er noch davon ausgehen, dass sie sich verspätete, weil der Verkehr in der Stadt in Richtung Stadion ständig zunahm. Also beschloss er, zu einem der zahlreichen Imbissstände zu gehen, um eine Wurst und eine Cola zu holen. An keinem war aber ohne längere Wartezeit beizukommen. Da er es nicht eilig hatte, reihte er sich geduldig ein. Nach zwanzig Minuten war er endlich an der Reihe. Er bestellte sich eine Currywurst und trank dazu eine eiskalte Cola. Es war schon einige Zeit her, dass er so etwas zu sich genommen hatte. Langsam ging er wieder zurück zum Treffpunkt. Inzwischen wurden schon die ersten Betrunkenen von der Polizei in Gewahrsam genommen. Immer mehr Zuschauer versammelten sich vor dem Eingang zum Stadion. Der Treffpunkt war keine gute Idee, dachte sich Doggy und wühlte sich durch die Massen. Nach mühevollem Vorwärtskommen erreichte er den vereinbarten Treffpunkt. Jetzt müsste ich eine Leiter haben, dachte er, denn er konnte überhaupt niemanden anderen erkennen vor lauter Fußballfans. Das ging ja wohl voll in die Hose! Doggy dachte schon daran wieder nach Hause zu fahren, da sah er eine kleine Frau mit langen, schwarzen Haaren, die ziemlich verloren zwischen all den Menschen stand und sich ständig umschaute. Das war Aleyna! Sie war schöner als sonst, denn sie trug ihre Haare offen. Ihr Gesicht war schön, wie gemalt. Doggy kämpfte sich bis zu ihr durch und fasste sie etwas unsanft an die Schulter.

»Hallo!«, rief er ihr zu.

Sie drehte sich zu ihm um, und riss die Augen weit auf.

»Hi, wie geht's?«, sagte sie verlegen.

»Wir gehen am besten ein bisschen weiter nach da hinten«, sagte Doggy und nahm sie an der Hand.

Ihre Hand fühlte sich weich und zart an. Er konnte sie noch gar nicht richtig anschauen, weil es der Rummel um sie herum nicht zuließ. Als die beiden am Rand der Menschenansammlung angekommen waren, umarmte Doggy Aleyna und küsste sie zum ersten Mal. Sie lächelte ihn glücklich an und war dabei ein wenig verlegen.

»Was wollen wir heute noch tun?«, fragte Doggy.

»Ich weiß nicht! Ich habe nicht lange Zeit.«

»Sollen wir ein wenig spazieren gehen, hinüber zum Freibad?«, schlug Doggy vor.

»Nein, besser nicht, im Freibad könnten Leute sein, die

mich kennen! Weißt du, ich bin einem anderen Mann versprochen und das möchte ich nicht! Wenn sie mich mit dir erwischen, muss ich zurück in den Libanon und dort werde ich dann gesteinigt.«

»Das ist doch Quatsch! Wir leben hier in einem freien Land, und du bleibst hier bei mir!«, sagte Doggy mit einem Anflug von Heldenmut.

»Wo soll ich dann wohnen, etwa bei dir?«

»Da werden wir schon einen Weg finden. Ich kenne da ein paar Leute, die können dich unterbringen, anonym natürlich!«

»Du bist lieb, danke«, sagte sie und küsste ihn wieder.

Er fasste sie um ihre Hüfte, die ziemlich ausgeprägt war. Auch sie fasste ihn nun ebenfalls an der Hüfte, die ebenfalls ziemlich ausgeprägt war. Nachdem sie so einige Hundert Meter in Richtung Innenstadt zurückgelegt hatten, sagte Aleyna plötzlich:

»Ich sollte irgendwo auf eine Toilette!«

»Da müssten wir entweder ins Freibad oder da vorne ist ein Toilettenwagen, wenn der dir recht ist.«

»Mir egal, es ist halt dringend!«, jammerte Aleyna.

Also gingen sie schneller und kurz vor dem Toilettenwagen hielt Aleyna an und nahm ihre Tasche von der Schulter. Sie übergab sie an Doggy und ging eilends zum Toilettenwagen. Er drehte sich um und beobachtete den Trubel um sich herum. Er wusste, dass es eine Weile dauern würde, bis Aleyna wieder zu ihm zurückkommen würde. Nach ein paar Minuten, die ihm unendlich lange vorkamen, stellte er sich die Frage, warum sie eigentlich ihre Tasche nicht mit auf die Toilette mitgenommen hatte. Das war doch für eine Frau unüblich. Außerdem kam ihm die Tasche ein wenig schwer vor. Er wollte aber nicht so neugierig sein und diese öffnen. Nachdem Aleyna aber nicht wiederkam, öffnete Doggy den Reißverschluss. Zum Vorschein kam eine Sprudelflasche aus Glas. Diese war mit Nägeln gefüllt und am Deckel waren zwei Drähte eingeführt. Doggy lief ein eiskalter Schauer den Rücken hinunter. Man hatte ihn reingelegt. Er sollte als Bombenleger geopfert werden! Sofort riss er die Drähte aus dem Deckel. Dann entdeckte er eine Elektronikschaltung und ein altes Handy. Der Sprengsatz sollte über ein Bluetooth-Modul gezündet werden. Doggy taumelte aus der Menschenmenge hinaus auf die Wiese. Dort setzte er sich nieder und schaltete sein I-Phone ein. Er wollte sofort die Polizei anrufen. In seiner Aufregung bemerkte gar nicht, dass es hier vor lauter Polizei nur so wimmelte. Er konnte es immer noch nicht fassen. Tränen standen ihm in den Augen. Tränen der Wut und der Enttäuschung. Er nahm das alte Handy in die Hand und schaute auf das Display. Vor ein paar Sekunden hätte er in die Luft fliegen sollen, denn es war eine Nummer zu sehen, die angerufen hatte. Ob es Aleyna selber war? Er war nicht fähig, die Notrufnummer zu wählen, denn seine Finger zitterten wie verrückt. Da wurde er plötzlich an die Schulter getippt.

»Hallo, junger Mann! Können wir mal Ihr Handy sehen?«, fragte einer der beiden.

Kriminalkommissar Christian Fromm und Kriminalhauptmeister Früh hatten sich unter die Fußballfans gemischt, um im Vorfeld Personen mit Gewaltbereitschaft und verbotenen Gegenständen herauszufiltern. Es war ihnen gelungen, einige Schläger, die versucht hatten, Unbeteiligte zu provozieren, von der Masse abzutrennen. Damit waren sie gut beschäftigt, denn es gab einige von diesen Personen. Fromm hatte eine Mütze aufgezogen, damit man nicht sofort den Ohrhörer seines Funkgerätes erkannte. Bei dem Lärm, der in der Menge herrschte, war es allerdings sehr schwer die Durchsagen der Einsatzleitstelle zu verstehen. Hin und wieder hob sich deshalb der Kriminalkommissar das andere Ohr zu. So auch jetzt, als Kriminalhauptkommissar Gerhard Meininger eine Durchsage machte. Fromm gab Willi Früh ein Zeichen, dass er ihm folgen solle. Der nickte nur und beide arbeiteten sich durch die Menschenmenge hindurch. Da sie sich in unmittelbarer Nähe der Kassenhäuschen befanden, hatten sie große Mühe, zu den Volleyballplätzen durchzukommen, wo Meininger sie hinbeordert hatte. Als sich die Ansammlung etwas lichtete, informierte Fromm seinen Kollegen Früh. Der nickte wieder nur. Nach ein paar Metern schaute sich Fromm suchend um. Dann gab er seinem Kollegen ein Zeichen, dass er gefunden habe, was er gesucht hatte. Vor den Beamten stand ein junger Mann über sein Handy gebeugt. Er sah etwas seltsam aus, denn er hatte eine Damenhandtasche am Arm hängen. In der Hand hielt er ein neues Apple I-Phone, das er mit zittrigen Fingern zu bedienen versuchte. Die Kriminalbeamten erkannten sofort, dass es sich um das letzte, der in Metzingen abhandengekommenen Handys handelte. Fromm gab Früh ein Zeichen und die beiden gingen von zwei Seiten auf den Mann zu.

»Hallo, junger Mann! Können wir mal Ihr Handy sehen?«, fragte Fromm zu dem Mann.

Der schaute ihn nur mit verweinten Augen an.

»Woher haben Sie das Handy?«, fragte Früh und zeigte seinen Dienstausweis.

»Ich wollte gerade sowieso ...«, jammerte der Mann.

»Stimmt etwas nicht? Was ist los?«

»Die haben mich ausgenutzt! Sie hat mich hereingelegt! Die wollten eine Bombe hochgehen lassen!«, sagte der Mann und zeigte den Inhalt der Handtasche.

Zunächst konnten die beiden Beamten gar nicht fassen, was sie da in der Tasche sahen.

»Hallo, Gerhard, hallo, Einsatzleitung! Wir haben einen Bombenalarm! Ich wiederhole, wir haben einen Bombenalarm! Sprengsatz entdeckt, sind nicht sicher, ob der noch zündfähig ist! Vermutlicher Täter ist festgenommen!«

»Ich hab die Kabel rausgerissen und den Bluetooth-Empfänger unbrauchbar gemacht! Auf dem Handy da ist eine Telefonnummer, die den Sprengsatz auslösen sollte. Sie können doch sicher den Anrufer orten! Diese Schweine haben mich hereingelegt!«

Kriminalhauptmeister Willi Früh nahm das alte Handy von Doggy entgegen und untersuchte es mit Gummihandschuhen an den Händen. Dann schleppte er den vermeintlichen Bombenleger hinüber zur Einsatzleitstelle. Kriminalkommissar Christian Fromm hingegen versuchte, die Menschen vom Fundort des Sprengsatzes wegzubewegen. Einige Idioten zückten ihre Handys und filmten das Geschehen.

Kriminalhauptkommissar Gerhard Meininger fiel fast von seinem Sessel, als er den Funkspruch seines Kollegen Fromm hörte. Er gab die Meldung sofort an den Einsatzleiter weiter. Sofort wurden entsprechende Durchsagen über Lautsprecher an die Zuschauer gemacht, sich vom

Stadionumfeld zu entfernen. Die Tür zur Einsatzzentrale wurde geöffnet und Kriminalhauptmeister Früh kam mit dem Verdächtigen herein.

»Hört mal zu, was der Mann zu sagen hat! Die Hintermänner des Bombenanschlags sind gerade auf der Flucht. Wenn wir schnell sind, können wir sie sicher mit dieser Telefonnummer orten!«

Früh gab dem Einsatzleiter den Zettel mit der Telefonnummer, die den Sprengsatz zünden sollte. Der telefonierte wiederum sofort mit dem LKA und schilderte den Sachverhalt.

»Wie heißen Sie überhaupt? Und dann erzählen Sie uns mal Ihre Geschichte!«, sagte der Einsatzleiter Klaus Vöhringer.

»Ich heiße Robert, Robert Leitner. Ich habe mich mit einem Mädchen verabredet. Wir wollten uns hier treffen, weil sie mit ihren Leuten Schwierigkeiten bekommen hat. Sie ging auf die Toilette, und als sie nicht wiederkam, hab ich in die Tasche geschaut. Da hab ich sofort gesehen, was das ist. Ich hab dann die Kabel rausgerissen und den Empfänger ausgesteckt. Ich wollte Sie anrufen, aber dann waren die beiden schon da!«

»Woher kennen Sie die Frau?«

»Ich habe sie in Betzingen kennengelernt, bei so einer Glaubensgemeinschaft. Sie erzählte mir, dass sie dort gefangen gehalten wird.«

»Waren Sie dort öfter? Haben Sie dort noch andere kennengelernt?«

»Ja, die haben immer gebetet und gegessen. Es waren vier Männer.«

»Würden Sie die vier Männer und das Mädchen wiedererkennen?«

»Ja natürlich.«

Der Einsatzleiter telefonierte nun wieder mit dem LKA.

»Das Telefon konnte tatsächlich geortet werden. Es befindet sich im Augenblick auf der Bundesstraße 27 in Richtung Flughafen. Entweder wollen die über die Autobahn entkommen oder per Flugzeug! Wir müssen sofort alle Abflüge aus Stuttgart stoppen! Außerdem brauchen wir alle Flüge, mit denen die Verdächtigen eventuell über ein Drittland in den Nahen Osten entkommen können. Haben wir einen Helikopter zur Verfügung?«, fragte Vöhringer.

Ein Beamter von der Einsatzleitstelle bestätigte, dass von der Flugbereitschaft der Polizei ein Hubschrauber über der Stadt im Einsatz war, um den Verkehr zu beobachten. Vöhringer beorderte die Maschine sofort zum Stadion.

»Hören Sie zu, wir haben zu wenig Zeit, um Ihre Aussagen zu überprüfen. Wenn Sie uns angelogen haben, verschwinden Sie einige Jahre im Gefängnis. Wir fliegen sofort zum Flughafen, um die Kameras beim Check-in und an der Sicherheitskontrolle zu beobachten. Wenn Sie einen der Leute erkennen, helfen Sie uns sehr! Das wird sich strafmildernd für Sie auswirken! Also gehen wir! Kommst du mit Gerhard?«, sagte er, und tippte Meininger auf die Schulter.

Der nickte nur und folgte dann Vöhringer und Doggy hastig ins Freie. Inzwischen hatte sich der Platz vor dem Stadion fast geleert. Auch auf der Wiese neben dem Volleyballplatz waren keine Menschen mehr zu sehen. Deshalb konnte der Hubschrauber unbehelligt dort landen. Mit eingezogenen Köpfen eilten die drei Männer zum Helikopter und zwängten sich sofort hinein. Unmittelbar danach hob er auch schon ab. Wäre die Situation nicht so brisant gewesen, hätte Doggy diesen Flug glatt genießen können, denn wann hatte er schon mal die Gelegenheit, in einem Helikopter zu fliegen? Kriminalrat Klaus Vöhringer war in ständigem Funkkontakt mit der Leitstelle. Der Flug dauerte etwa zehn Minuten. Normalerweise war der Standort der Flugbereitschaft der Polizei am Südwestende des Fluggeländes in Stuttgart. Da der Flugbetrieb aber komplett eingestellt worden war, setzte der Pilot seine Maschine kurz neben einem der Gates auf, um Vöhringer, Meininger und Doggy aussteigen zu lassen. Dann hob er wieder ab und entfernte sich. An einem Nebeneingang des Gebäudes wartete schon ein Mitarbeiter des Sicherheitsdienstes auf die drei Männer. Sie wurden sofort in ein anderes, flaches Gebäude außerhalb des Flughafengeländes geleitet. Der Sicherheitsmann schloss mehrere schwere Stahltüren auf, bis sie endlich einen Raum mit unzähligen Monitoren erreichten. Auch dort wurden sie schon erwartet. Vöhringer und Meininger schüttelten mehreren Personen die Hände, während Doggy argwöhnisch beäugt wurde.

»So, junger Mann! Das sind die Kameras an den Sicherheitskontrollen. Hier müssen alle Passagiere durch, die abfliegen wollen. Wenn Sie einen der Verdächtigen erkennen, sagen Sie uns bitte sofort Bescheid, klar?«, befahl Vöhringer.

Doggy musste sich zuerst einmal auf den Monitoren zurechtfinden. Sie zeigten den Eingangsbereich der Sicherheitskontrolle, also dort, wo jeder Passagier durch ein Tor gehen musste, nachdem er alle Taschen geleert hatte. Die Mitarbeiter dort waren angewiesen worden, die Untersuchung gründlich vorzunehmen. So hatte der

Mann am Überwachungsmonitor genügend Zeit, die Passagiere genau zu betrachten. Man sah deutlich die Ungeduld einiger, die in der Warteschlange standen.

»Handy der verdächtigen Person wurde in einem Auto auf dem Parkplatz vor dem Abfertigungsgebäude gefunden!«, quäkte es aus einem Funkgerät.

»Also haben die entweder das Fahrzeug gewechselt, oder wir sehen sie gleich in der Halle«, sagte Vöhringer halblaut zu Meininger.

»Dann müssten wir sie eigentlich auch über die Außenkameras erfasst haben!«, antwortete dieser.

»Das ist ein Problem, die Außenkameras decken nicht den gesamten Bereich des Parkplatzes ab. Und die sind gerade dahin gefahren, als ob die das wüssten!«

»Na dann hoffen wir mal das Beste! Auch für unseren jungen Freund hier«, sagte Meininger und deutete auf Doggy, der vorübergebeugt auf die Monitore starrte.

»Da! Da! Da hinten geht einer von ihnen!«, rief Doggy euphorisch.

Er deutete auf einen Monitor, der die Abflughalle zeigte. Einzelne Personen waren dabei schwer zu erkennen und trotzdem wollte Doggy einen der Männer wiedererkannt haben.

»Infrage kommender Flug für die verdächtigen Personen wäre Air Berlin AB neununddreißig achtundsechzig, geplanter Abflug sechzehn Uhr dreißig. Flug wird bis zur Freigabe ausgesetzt«, meldete das Funkgerät wieder.

»Das wäre also in einer halben Stunde. Das könnte passen. Wo findet der Zugriff statt?«, sprach Vöhringer in das Funkgerät.

»Unmittelbar nach der Schleuse. Wir haben genügend Kräfte an jeder Schleuse stationiert.«

»Wurde die Falschmeldung schon auf die Nachrichtenmonitore aufgespielt?«

»Ja, läuft als Nachrichtenband unter dem normalen Bild.«

»Verstanden!«

Vöhringer hatte angeordnet, dass auf den zahlreichen Monitoren, die überall in den Hallen und Korridoren hingen, eine Falschmeldung zum versuchten Bombenanschlag in Reutlingen durchlaufen sollte. Der Text lautete: »Bombenanschlag auf Fußballspiel in Reutlingen, Lage noch unklar!«

Dies sollte die Täter in Sicherheit wiegen, denn der einzige Zeuge sollte ja dabei ums Leben gekommen sein.

»Da ist er wieder, der da, der mit der Sonnenbrille!«, rief Doggy aufgeregt.

Man sah nun sehr deutlich einen Mann, der stehen blieb, um die Nachricht auf einem der Bildschirme in der Abflughalle zu lesen. Man konnte ein leichtes Lächeln in seinem Gesicht sehen.

»Dem vergeht gleich das Lachen!«, sagte Meininger vor sich hin.

»An alle Kräfte! Verdächtige Person befindet sich jetzt an Gate eins. Folgende Beschreibung: Etwa einen Meter achtzig groß, südländischer Typ, helle Jacke, graue Hose«, meldete Vöhringer.

»Ziel erfasst«, meldete sich plötzlich eine Stimme.

»Haben wir auch Sniper im Einsatz?«, fragte Meininger erstaunt.

»Wir wollen kein Risiko eingehen«, antwortete Vöhringer ruhig. »Die wollen offenbar testen, ob wir an ihnen dran sind, deshalb kommen die anderen später.«

Nun sah man den Mann deutlich an der Sicherheitsschleuse stehen. Er legte seine Jacke seelenruhig in einen der schwarzen Kunststoffkästen. Dann entledigte er sich seiner Geldbörse, seines Handys und seines Gürtels.

»Hoffentlich macht die Frau am Röntgengerät keinen Fehler!«, sagte Vöhringer leise.

»Sind die nicht instruiert worden?«, fragte Meininger.

»Nein, zu risikoreich!«

Doch es schien alles glattzugehen. Der Mann kam ohne Probleme durch die Schleuse. Was danach geschah, wurde von keiner Kamera aufgezeichnet.

»Person fest!«, meldete sich das Funkgerät.

»Irgendwelche Auffälligkeiten?«, fragte Vöhringer.

»Keine besonderen Vorkommnisse! Person ist gesichert verwahrt. Kaum Aufmerksamkeit!«

»Danke, gute Arbeit! Dann warten wir mal auf die anderen!«

Es dauerte eine ganze Weile, dann erschienen nacheinander die drei anderen. Sie teilten sich auf die Schleusen eins und zwei auf. Sie machten keinen so gefassten Eindruck, wie der erste Täter. Doggy hatte sie wiedererkannt und dies sofort gemeldet.

»An alle Kräfte! Drei weitere Täter, folgende Beschreibung …«, Vöhringer gab wieder die Beschreibung der Männer durch.

»Alle fest!«, meldete sich wieder das Funkgerät.

Dann schlug Doggy seine Hände vors Gesicht. Eine Schwarzhaarige tippelte auf hohen Schuhen zu der Sicherheitsschleuse. Sie hatte sich umgezogen, denn nun trug sie ein rotes eng anliegendes T-Shirt, das ihre üppige Figur mehr als betonte. Auch sie hatte eine Sonnenbrille aufgezogen.

»Da ist sie!«, sagte er mit zittriger Stimme.

»Ganz ruhig, Junge!«, sagte Meininger und fasste Doggy an die Schulter.

Der war völlig nass geschwitzt. So sah keiner aus, der unschuldige Menschen mit in den Tod reißen wollte.

»Achtung! Weibliche Person, rotes T-Shirt, untersetzt, korpulent. An Gate eins!«, gab Vöhringer durch.

Aleyna machte einen nervösen Eindruck, als sie durch die Röntgenschleuse ging. Sie ließ sich sehr viel Zeit beim Einsammeln ihrer Habseligkeiten, als ahnte sie, was sie gleich erwarten würde. Vielleicht war das die weibliche Intuition. Wenig später kam dann die Meldung: »Fest, mit erheblichem Widerstand!«

»So, junger Mann, die Aktion war ein Erfolg! Wir bleiben noch eine Weile vor Ort, falls noch mehr von den Herren auftauchen. Vielleicht haben da noch andere kalte Füße bekommen!«, sagte Vöhringer. Doggy musste sich auf einen Stuhl setzen, denn er war völlig fertig.

»Soeben kommt eine Meldung, dass in Reutlingen ein Haus brennt!«, meldete Kriminalhauptkommissar Gerhard Meininger.

»Wo haben Sie sich mit den Extremisten getroffen?«, fragte Vöhringer.

»Die Straße weiß ich nicht, aber es war gleich hinter der Firma Bosch!«, antwortete Doggy müde.

»Das könnte passen! Der Brand ist in der Kaibachstraße. Die ist unmittelbar hinter der Firma Bosch. Also wollten die Terroristen keine Spuren hinterlassen. Tja, da haben sie aber Pech gehabt«, meinte Gerhard Meininger.

»Okay, dann schauen wir, wie wir wieder zurückkommen. Für Sie, junger Mann bedeutet das, dass sie vorerst in Untersuchungshaft genommen werden, bis die genauen

Umstände geklärt sind. Auf jeden Fall müssen Sie sich wegen Hehlerei verantworten, denn Sie wussten, dass das Handy geklaut ist. Alles andere wird Ihnen Ihr Anwalt dann sagen. Ich danke Ihnen trotzdem für Ihren Mut, Sie haben durch Ihr kompetentes Eingreifen viele Menschen vor unsäglichem Leid bewahrt. Das wird Ihnen sicherlich bei Ihrem Verfahren angerechnet werden. Ich hoffe, dass ich Sie nie wieder sehen muss, beruflich wenigstens!«, sagte Kriminalhauptkommissar Gerhard Meininger und gab dem jungen Mann die Hand. Der hatte den Kopf gesenkt und Tränen in den Augen. Meininger und Vöhringer wurden mit einem Streifenwagen der Stuttgarter Polizei nach Reutlingen zurückgefahren. Am Abend gab es noch eine große Pressekonferenz zum Thema versuchter Bombenanschlag auf ein Heimspiel des SSV Reutlingen. Kriminalhauptkommissar Gerhard Meininger lag zu der Zeit zu Hause auf seinem Sofa und schaute die Nachrichten im Fernsehen an. Auf seinem Schoß lag friedlich dösend Bärbel, sein kleiner Hund.

Am Montagmorgen traf sich die Ermittlungsgruppe der Soko »LKW« zu einer Besprechung. Kriminalrat Klaus Vöhringer war wieder da und wirkte etwas übermüdet. Er hatte am Wochenende mehrere Presse- und Fernsehtermine gehabt und so keine Zeit gefunden, sich zu entspannen.

»Wir hatten am Samstag großes Glück, dass es nicht zu einer Katastrophe gekommen ist. Einen großen Teil zum glimpflichen Ausgang haben die Kollegen Fromm und Früh beigetragen. Das sahen auch der Herr Innenminister und der Ministerpräsident so. Ich soll euch beiden beste Grüße ausrichten. So negativ dieses Ereignis war, haben wir doch im Augenblick wieder Ruhe vor den Medien in unserem anderen Fall. Was mich beunruhigt, ist die Tatsache, dass die verdächtige Spedition Bayer keinerlei Telefonate geführt hat, die uns weiterbringen könnten. Es besteht der Verdacht, dass die ihre illegalen Geschäfte über Prepaidhandys abwickeln. Diese zu orten und Gespräche mitzuhören ist mit unseren Mitteln fast unmöglich. Das amerikanische FBI hat angeboten, uns mit ihrem Know-how zu unterstützen. Um an die Diebe der I-Phone-Handys heranzukommen, hat die amerikanische Bundespolizei einen Fake-Container nach Hamburg bringen lassen. Er soll mit sehr hochwertigen Elektronikgeräten und Musikinstrumenten beladen sein. Tatsächlich aber ist er mit einem Sender ausgestattet, der mit einem Satelliten geortet werden kann. Die Amerikaner haben die Möglichkeit, eine Funkzelle komplett zu überwachen und die Handygespräche herauszufiltern, die von Verdächtigen geführt werden. Nach Rücksprache mit der Staatsanwaltschaft und dem Untersuchungsrichter haben wir das Angebot angenommen. Das heißt also, dass wir ab sofort von den Amerikanern Informationen bekommen, wenn sich etwas bei der Spedition Bayer tut. Als nächste Maßnahme sollte der Kollege Dombrowski noch mal zum Gelände der Färberei gehen, um dort nach den Leuten zu fragen, die das Diebesgut verladen haben. Er sucht ja immer noch nach seinen Papieren. Wir haben eine Story konstruiert, die besagt, dass er ein paar Tage in Haft war, dann aber wieder freigelassen wurde, weil ihm nichts bewiesen werden konnte. Wir erhoffen so, dass er eventuell die Möglichkeit bekommt, bei diesem Beutezug dabei zu sein. Unser Einsatz an Material und an Personal wird immens sein. Ich hoffe, dass die Sache von Erfolg gekrönt sein wird. Sind noch Fragen?«

»Wie bekommen wir die Infos von den Amis?«, fragte Kriminalkommissar Christian Fromm.

»Telefonisch. Aber auch per WhatsApp.«

»Was für ein Risiko gehe ich dieses Mal ein?«, meldete sich Carsten Dombrowski.

»Das können wir jetzt noch nicht beantworten. Wir ergreifen weitere Maßnahmen erst, nach dem du bei der Spedition warst. Du bist allerdings immer mit uns über einen Sender verbunden. Das heißt, alles, was in deiner Nähe gesprochen wird, können wir mithören. Somit sind wir in der Lage, sehr schnell einzugreifen.«

»Wann startet die Aktion?«, fragte Dombrowski.

»Wenn möglich sofort. Du wirst von einem Polizeifahrzeug zum Bahnhof gefahren und in einen Zug gesetzt, den du umgehend wieder verlässt. Es soll der Eindruck entstehen, als wolltest du wieder illegal arbeiten.«

Also stand Dombrowski auf und ging ins Büro hinüber, um sich auf den Einsatz vorzubereiten. Er zog sich die Spezialunterwäsche mit dem RFID-Sender an. Dann wurde die Funktion getestet. Anschließend setzte er sich in einen Streifenwagen und wurde zum Hauptbahnhof gefahren. Die beiden Streifenbeamten geleiteten ihn zum Bahnsteig und warteten, bis der Zug ankam. Dann erklärten sie ihm gestenreich, dass er bis Stuttgart sitzen bleiben solle. Dombrowski nickte eifrig und stieg in den geraden eingefahrenen Zug ein. Er durchquerte zwei Wagen und stieg dann hinter den beiden Beamten wieder aus und lief hinauf in die Innenstadt. Die Streifenpolizisten taten so, als hätten sie dies nicht bemerkt. Christian Dombrowski schlenderte die Wilhelmstraße hinauf und beobachtete dabei die Menschen, die ihm begegneten. Er überquerte die Lederstraße und folgte der Albstraße bis zum Ziegelweg. Nun wurde es spannend, denn am Ende des Ziegelwegs befand sich die Halle, in der die letzte Lieferung umgeladen wurde. Vor dem Gebäude gab es eine Laderampe. Er erklomm diese über eine Eisentreppe. Dann rüttelte er an einer Stahltür, die ins Innere der Halle führte. Die Tür war abgeschlossen. Er horchte, ob er von drinnen etwas hörte. Täuschte er sich oder hörte er tatsächlich ein paar Stimmen? Dann rüttelte er nochmals.

»Hallo!«, rief er, »Andrej hier!«

Dann wurde ein Schlüssel in das Schloss gesteckt. Mit einem metallischen Knarren öffnete sich die Tür.

»Was willst du?«, fragte ihn ein Kerl in Arbeitshosen.

»Papiere, Führerschein!«, stammelte Dombrowski.

»Moment!«, sagte der Mann und ging ins Innere.

Dann nahm er sein Handy aus der Tasche und wählte eine Nummer.

»Ja? Chef? Da ist ein Pole vor der Tür. Der redet etwas von Papieren und Führerschein!«

Der Mann hörte nun seinem Gesprächspartner zu und nickte dabei.

»Wie heißt du?«, fragte er, »Name? Dein Name?«

»Andrej Dombrowski!«, antwortete der Kriminalhauptmeister, und machte dabei mit den Händen eine Bewegung, als fahre er im Lastwagen.

»Ja! Das wird der dann schon sein! Okay!«

Er beendete das Gespräch und kam wieder ins Freie.

»Du hier warten! Chef kommen gleich!«, gab der Mann Anweisung.

Dombrowski nickte nur und setzte sich auf die Rampe. Eigentlich müssten die Amerikaner jetzt bei den Kollegen anrufen, denn das Codewort »Andrej Dombrowski« sollte herausgefiltert worden sein. Somit müsste eigentlich der Einstieg in die Überwachung von allen anderen Telefonen, die mit der Spedition Kontakt aufgenommen hatten, gelingen. Er war gespannt, wer von der Spedition kommen würde. In einem weißen Sprinter, der unauffällig in Reichweite geparkt worden war, befand sich ein Einsatzkommando, das im Notfall eingreifen konnte, falls etwas schieflaufen sollte. Etwa fünfzehn Minuten später fuhr der klapprige Pick-up in den Ziegelweg ein. Darin saßen der Capo und ein polnischer Arbeiter. Als die beiden ausgestiegen waren, fragte der Pole Dombrowski, wo er herkomme. Der Kriminalhauptmeister erzählte seine Story von seiner Festnahme und der Flucht, und dass er unbedingt seine Papiere benötigte, die er im Lastwagen vergessen hatte. Der Capo lächelte und ließ übersetzen, dass er einen Job für Dombrowski hätte. Dann forderte er Dombrowski auf, in den Pick-up einzusteigen. Er setzte sich auf die Rücksitzbank und blickte verstohlen auf den weißen Transporter mit den Kollegen vom SEK. Als sie auf die Bundesstraße 312 einbogen, blickte sich Dombrowski um und sah erleichtert, dass der Transporter in sicherem Abstand folgte. Der Pole holte sein Handy heraus und begann zu telefonieren. Er rief wohl bei der Spedition an und meldete, dass sie auf dem Rückweg seien. Wenig später bog der Fahrer in den Hof der Spedition ein und fuhr direkt in eine Halle hinein, damit er von außen nicht gesehen werden konnte. Jetzt wurde es brenzlig, denn nun war niemand von den Kollegen in unmittelbarer Nähe. Wenn jetzt einer von den Kerlen eine Waffe zog, war es vorbei. Eine Tür ging auf und der Typ, der Dombrowski zu dem Lkw gefahren hatte, kam in die Halle.

»Da bist du ja wieder!«, sagte er freudig, und übergab Dombrowski seine Papiere.

»Wenn schon Bob ausgefallen ist, kann er doch nach Hamburg fahren und die Ladung holen!«

Der Pole übersetzte dies und Dombrowski zuckte dabei mit der Achsel.

»Frag ihn, ob er schon mal im Hamburger Hafen war und Container abgeholt hat!«, wies der Mann den Polen an zu übersetzen.

»Ja, ja! Gutt!«, antwortete Dombrowski eifrig.

»Das ist ja prima, dann bekommst du die Ladepapiere und dann nichts wie weg!«, sagte der Mann und legte dabei seinen Arm auf Dombrowskis Schulter.

»Das gibt Arbeit für dich!«, sagte der Capo zu dem Polen.

Eine Stunde später saß Dombrowski hinter dem Steuer eines Lastwagens und fuhr vom Hof der Spedition. Von den Ladepapieren hatte er keine Ahnung, er wusste auch nicht, wie er in den Hamburger Hafen fahren sollte. Also fuhr einfach drauflos zunächst in Richtung Autobahn.

Die Überwachung von Carsten Dombrowski hatte optimal geklappt. Selbst die Handys des Pick-up-Fahrers und seines Beifahrers gaben ständig unbemerkt die Koordinaten an die Computer in der Dienststelle durch. Dies gab dem Einsatzkommando die Gelegenheit, dem Pick-up unauffällig zu folgen. Wenig später meldeten sich die Amerikaner und lösten ihr Versprechen ein, die Ermittlungsbehörden in diesem Fall zu unterstützen. Plötzlich flutete eine Unmenge von Daten die Computer. Nachdem der Name Andrej Dombrowski in einem Gespräch gefallen war, wurden alle Kontakte, die in dem verwendeten Telefon gespeichert waren ausgelesen und abgescannt. Dann, wurden Bewegungsprofile aller Handys gemacht, die im Kontakt zu diesem Telefon standen. Dort, wo es möglich war, wurden Namen und Adressen und der aktuelle Standort der Teilnehmer zugefügt. Darunter waren einige Prepaidhandys, deren SIM-Karten mit falschen Adressangaben erworben worden waren. Natürlich waren eine Menge harmloser Adressaten, wie zum Beispiel ein Pizza-Lieferservice darunter. Nun galt es, in möglichst kurzer Zeit die für den Fall relevanten Handybesitzer herauszufinden. Dafür teilten sich die Beamten auf und jeder Einzelne übernahm einen Datensatz mit zehn Kontakten. Sobald ein Treffer zu verzeichnen war, wurde dieser gespeichert und an eine zentrale Sammelstelle weitergeleitet. Es dauerte nicht lange, da meldete ein Beamter einen Treffer in Hamburg. Nun hatten die Ermittler endlich den Informanten enttarnt, der die Bande mit den Informationen zu Containern oder der Ware versorgte. Das erstellte Bewegungsprofil des Handynutzers zeigte eindeutig, dass der Mann zurzeit im Hamburger Containerhafen, und zwar bei der HHLA Altenwerder GmbH tätig war. Rief man das Bewegungsprofil der gestrigen Tage auf, so erhielt man sogar die Wohnadresse des Mannes. Diese Daten wurden der Kriminalpolizei in Hamburg weitergeleitet, mit der Bitte, den Mann zu verhaften. Die Hamburger Behörden forderten daraufhin

Akteneinsicht, also wurden alle aktuellen Ermittlungsergebnisse weitergeleitet. Wenig später kam dann das Okay. Eine Streife machte sich auf den Weg zum Containerterminal nach Altenwerder, um den Mann noch am Arbeitsplatz festzunehmen. Nach und nach ergab sich aus dem Puzzle ein Gesamtbild. So bestätigte sich der Verdacht, dass die Firma Bayer in den Fall verwickelt war. Vom Gelände der Spedition waren Telefongespräche mit dem Mann aus Hamburg geführt worden, und zwar genau an den Tagen, an denen Überfälle auf Lastwagenfahrer begangen wurden.

Auch kurz vor dem Tag, an dem Karl-Heinz Mutschler ermordet wurde. Das Problem war, dass man zwar die Verbindungsnachweise hatte, aber nicht wusste, was dabei gesprochen worden war. Die Kerle mussten also auf frischer Tat ertappt werden. Nach etwa einer Stunde waren alle Beteiligten der Bande herausgefiltert. Es handelte sich im Wesentlichen um fünf Personen. Welcher der Angestellten der Spedition in die kriminellen Machenschaften verwickelt war, konnte nicht mit hundertprozentiger Sicherheit festgestellt werden. Unter Generalverdacht geriet aber der Sohn des Inhabers, Markus Bayer. Er war es gewesen, der Carsten Dombrowski bei seinem ersten Job zum Lastwagen gefahren hatte. Drei weitere Handys konnten zwar als Kontakt der Spedition zugeordnet werden, aber konkrete Namen und Adressen waren keine zu ermitteln, da sie immer nur kurzzeitig betrieben worden waren. Jeder der Telefonnummern wurde zur schnelleren Wiedererkennung eine Nummer zugeordnet. So wurde der Spedition die Nummer eins vergeben. Die Zwei war die am häufigsten kontaktierte Nummer. Dann gab es noch die Drei, Vier und Fünf. Zudem waren die Handys gecrackt worden, sodass die eingebauten Kameras bei einem Telefonat Bilder übermittelten. So konnte man den Nutzer und eventuell auch Begleitpersonen erkennen. Sollte ein Handy benutzt werden, wurden die Aufnahmen auf den Beamer projiziert, sodass alle anwesenden Ermittler diese begutachten konnten. Ebenfalls wurde eine Streife losgeschickt, um Carsten Dombrowski vor Erreichen der Autobahn einer fiktiven Verkehrskontrolle zu unterziehen. Dabei wurde ihm ein Smartphone und seine Dienstwaffe übergeben. Die RFID-Sender seiner Kleidung gaben regelmäßig den aktuellen Standort durch. Während seiner Fahrt nach Hamburg und zurück waren ständig Polizeibeamte in der Nähe, um bei Gefahr rechtzeitig eingreifen zu können. Logistisch war dies ein immenser Aufwand, der vom BKA organisiert worden war.

Im Tagungsraum der Reutlinger Kripo sah es aus wie in einem Nachrichtenzentrum bei einer Zeitung. Überall standen Computer und Telefone, der Beamer an der Decke projizierte ein Testbild an die Wand. Eine ganze Weile war nichts geschehen, sodass sich Langeweile unter den Beamten breitgemacht hatte. Dies war das Unangenehmste an der ganzen Sache, denn die Zeit wollte nicht vergehen. Der ein oder andere sah in kurzen Abständen auf die Uhr, die an der Wand hing. Dann kurz vor fünf Uhr am Nachmittag meldete sich Handy Nummer eins. Der zuständige Beamte gab sofort den anderen Bescheid und schaltete seinen Monitor auf den Beamer. Gleichzeitig wurde das Gespräch aufgezeichnet. Zunächst hörte man nur das Rufzeichen. Doch dann erschienen auf der Leinwand die Bilder der beiden Kameras des Handys. Eine der Kameras zeigte den Rand eines Ohrs, die andere abwechselnd ein großes Stahltor und dann ein paar

Bäume. Die Ortung ergab, dass vom Gelände der Spedition Bayer angerufen wurde.

»Warum geht denn das Arschloch nicht ran!«, schimpfte der Anrufer.

Dann nahm er das Telefon vom Ohr, um die Verbindung zu trennen. Da im Hintergrund die Sonne stand, konnte man zunächst nicht erkennen, wer der Anrufer war. Dann aber tat er den Beamten den Gefallen und drehte sich wieder um, sodass das Gesicht des Mannes eindeutig zu erkennen war. Kriminalrat Klaus Vöhringer übernahm persönlich die Koordination der eingehenden Meldungen. Er machte einen sogenannten Screenshot und schickte dann das Bild sofort zu Carsten Dombrowski, damit dieser den Mann identifizieren konnte. Wenig später kam die Meldung, dass er nun auf Höhe vom Weinsberger Kreuz sei und dass es sich bei dem Mann um Markus Bayer, den Sohn des Spediteurs handelte. Also war die Nummer eins identifiziert. Wenige Minuten später rief Bayer erneut die vorher gewählte Nummer an.

»Nummer eins telefoniert!«, gab der Beamte durch.

»Jetzt geh doch endlich ran, du Depp!«, hörte man Bayer schimpfen.

Dann unterbrach Bayer wieder die Verbindung. Wenig später wählte er eine andere Nummer. Auch diese Verbindung kam nicht zustande. Dann kehrte wieder Ruhe ein. Einer der Beamten ging in die Kantine, um eine große Kanne Kaffee und ein paar belegte Brote zu holen. Es konnte ein langer Abend und ebenso eine lange Nacht werden, denn es wurde rund um die Uhr Überwachung angeordnet. Um zehn Uhr abends war ein Schichtwechsel geplant. Jeder Schicht sollte ein Beamter von der

Reutlinger Kripo zugeordnet sein, der die Kollegen aus Esslingen und nun auch aus Stuttgart mit seinen Ortskenntnissen unterstützte. Zur Überbrückung der Wartezeit rief der Beamte, der das Handy von Markus Mayer überwachte, dessen Bewegungsprofil der letzten Tage auf. Er war danach mehrmals auf das Gelände der ehemaligen Färberei im Ziegelweg gefahren. Ein paar Tage zuvor führte ihn sein Weg nach Metzingen. Der Zeitpunkt deckte sich mit dem Überfall und der Ermordung von Karl-Heinz Mutschler. Also war er beim Umladen der gestohlenen I-Phones auf dem Henning-Areal anwesend.

»Nummer eins telefoniert!«, kam wieder die Meldung.

Dieses Mal wählte er wieder eine andere Nummer.

»Hallo Tony, bist du es?«, fragte Bayer.

»Ja, was ist?«, antwortete der Angerufene knapp.

Vöhringer hatte sofort den Monitor auf die Kamera dieses Tony umgestellt. Aufgrund der Dunkelheit konnte man die Umgebung aber nur verschwommen wahrnehmen. Die Umgebungsgeräusche deuteten aber darauf hin, dass der Mann sich in einer Kneipe aufhielt.

»Ich erreiche Bob schon eine geraume Zeit nicht mehr. Ich hab den in den letzten Tagen mindestens zwanzig Mal angerufen, weißt du, wo er ist?«

»Nö!«

»Dann solltest du morgen eine Lieferung fahren, morgen Abend! Die genaue Uhrzeit teile ich dir noch mit! Das geht es um eine große Sache. Zehn Riesen sind drin! Anlieferung wieder Metzingen, nicht Reutlingen. Ich hab das Gefühl, dass die Bullen da rumschnüffeln.«

»Okay, bis morgen!«, sagte der andere und legte sofort auf.

Ein Bild des Mannes konnte nicht übermittelt werden, da es in seiner Umgebung zu dunkel war. Aber der Name Tony wurde an Dombrowski weitergegeben. Der konnte sich nicht an diesen Namen erinnern, weil die beiden Fahrer, die seinen Lastwagen in Heimsheim übernommen hatten, wenig miteinander gesprochen hatten und schon gar keine Namen verwendeten. Wenigstens wurde er geortet, obwohl er direkt nach dem Anruf sein Handy abschaltete. Er befand sich in einer Kneipe in der Innenstadt von Metzingen. Der Beamte, der Bayer überwachte, suchte nun in den Verbindungsnachweisen von Bayer nach einer Telefonnummer, die in den vergangenen Tagen mehrmals erfolglos angerufen worden war. Es war die Nummer vier, also konnte dieser Nummer der Name Bob zugeordnet werden. Das Bewegungsprofil zeigte, dass dieser Bob ebenfalls in Metzingen, in Heimsheim und in Reutlingen dabei war. Des Weiteren konnte festgestellt werden, dass er es war, der den Lkw vom Parkplatz in der Nähe von Rietheim übernommen und nach Metzingen gefahren hatte. Er konnte also nur der Mörder von Karl-Heinz Mutschler sein. Vor wenigen Tagen war er wieder online, und zwar seltsamerweise in Rietheim selber. Nach genauer Recherche stellte sich heraus, dass sich dieser Bob im oder am Haus des Ermordeten aufgehalten hatte. Wenig später dann endete die Ortung. Die letzte Einwahl des Handys war etwa hundert Meter außerhalb von Rietheim in Richtung Münsingen. Vöhringer veranlasste, dass eine Streife des Reviers in Münsingen nach Rietheim fahren sollte, um sich zu erkundigen, was der Mann bei der Witwe Mutschler zu suchen hatte. Nach einer Viertelstunde meldete die Streife, dass das Haus der Familie Mutschler inzwischen unbewohnt sei und sich die Beamten nun auf die Suche nach dem Handy machten. Da es inzwischen Nacht geworden war, gaben die Beamten die Suche schließlich auf.

Kriminalhauptmeister Carsten Dombrowski legte seine Pause an der Raststätte Großenmoor Ost nördlich von Fulda ein. Er parkte den Lkw so, dass er jederzeit die Umgebung im Blickfeld hatte. Dann ging er in die Raststätte hinein und besorgte sich etwas zu essen. Er setzte sich an ein Fenster, von dem er aus das Fahrzeug immer im Blick hatte. Es war relativ wenig los in der Raststätte, vielleicht auch, weil es kurz nach neun Uhr abends war. Eigentlich war das nicht seine Zeit, um etwas zu essen, aber die besonderen Umstände und der aufkommende Hunger zwangen ihn dazu. Damit er nicht ermüdete, aß er einen Salatteller und ein wenig gegrilltes Putenfleisch. Während des Essens bemerkte er zwei Männer, die an einem Tisch saßen und ihn über die Spiegelung der Scheibe beobachteten. Zum Glück war er nun nicht mehr wehrlos, denn er hatte seine Dienstwaffe unter dem Hemd in den Hosenbund geschoben. Als er sein Tablett in den Ablagewagen stellte, standen die beiden Männer ebenfalls auf und folgten ihm. Dombrowski verließ das Restaurant nicht, sondern ging in einen Kiosk, um sich nach einer Zeitschrift umzuschauen. Die Männer folgten ihm und sprachen ihn schließlich leise an.

»Kriminalhauptmeister Dombrowski? Sind Sie das?«, fragte einer der Männer.

»Ähm, ja!«, antwortete Dombrowski verdutzt.

»Dann ist es ja gut. Kriminalrat Winter vom BKA«, sagte der Mann und zeigte seinen Dienstausweis.

»Wir haben noch was für Sie! Können wir das draußen besprechen?«

»Ja klar!«, antwortete Dombrowski.

Nun kam auch der andere Mann hinzu und stellte sich als Kriminalrat Teuner vor. Beim Verlassen des Gebäudes achteten die drei darauf, dass ihnen keiner folgte und sich auch niemand in der unmittelbaren Nähe aufhielt. Dann öffnete Winter eine Tasche und übergab Dombrowski einen Ohrhörer und ein dazugehöriges Gerät.

»Das ist ein Funkgerät, mit dem sind Sie immer mit uns oder einer nächstgelegenen Dienststelle verbunden. Das Gerät sendet auf einem Sonderkanal, der nicht mitgehört werden kann. Es kann an der Bordsteckdose eingesteckt werden. Das war es eigentlich, was wir von Ihnen wollten. Dann noch viel Glück!«, sagte Winter und verabschiedete sich von Dombrowski.

Die beiden BKA-Beamten stiegen in einen grauen Daimler mit getönten Scheiben ein und brausten davon. Carsten Dombrowski ging zum Lastwagen und beobachtete dabei sorgsam seine Umgebung. Niemand war zu sehen. Dann stieg er in das Führerhaus und startete sofort den Motor. Er fuhr ein paar Meter vom Parkplatz weg und schaute in alle Spiegel, ob ihm jemand folgte. Als dies nicht der Fall war, hielt er wieder an und betrachtete das Funkgerät. Es sah aus wie ein Handy, hatte aber ein anderes Display. Auf dem Gehäuse war der Rufname eingraviert. Er lautete »Fulda 4«. Dombrowski steckte das mitgelieferte Stromkabel in die Bordspannungsbuchse ein und verband es mit dem Sender. Dann setzte er den Ohrhörer auf und schaltete das Gerät ein.

»Hier Fulda 4, dies ist ein Funktionstest!«

»Hier Rhön 4. Fulda 4 kommen!«, meldete sich sofort eine Stimme.

»Hier Fulda 4, ich habe den Sender gerade in Betrieb genommen. Wie können Sie mich aufnehmen?«

»Klar und deutlich, Fulda 4!«

»Danke, Ende!«

Das schien ja hervorragend zu klappen, völlig anders als noch vor ein paar Tagen. Carsten Dombrowski hatte jetzt richtig Spaß an seiner Mission. Er setzte seine Fahrt fort in Richtung Hamburg. Nach weiteren vier Stunden erreichte er endlich die Stadtgrenze von Hamburg. Eigentlich war das noch nicht Hamburg selber, denn die A7 führte direkt zu den Containerterminals Altenwerder und Waltershof. Die beiden Anlagen lagen weit entfernt von der Innenstadt. Auf den großen Straßentafeln stand schon der Zielort von Dombrowskis Reise angeschrieben: Der Containerterminal Altenwerder. Dazu musste er die Autobahn verlassen und an zwei riesigen Windkraftanlagen vorbeifahren. Er drosselte seine Geschwindigkeit, um die richtige Ausfahrt nicht zu verpassen. Das Navi an Bord plärrte schon ewig lange, dass er sich rechts einordnen solle. Dann endlich ein Schild, das auf den Containerterminal hinwies. Er verließ die Autobahn und fuhr eine vierspurige Straße in westliche Richtung. Einige Lastwagen waren zu dieser Zeit, es war nach ein Uhr, ebenfalls noch unterwegs. Dann folgte er der Straße scharf links und fuhr in entgegengesetzter Richtung wieder zurück. Auf der linken Seite erblickte er eine Tankstelle und ein Schild »Truckertreff«. Sollte er auf dem Rückweg wieder daran vorbeikommen, dann wollte er dort anhalten. Er unterquerte die A7 und sah dann schon den hell erleuchteten Containerhafen. Er folgte der Straße vorbei an einem riesigen Kohle- und Erzlager, dann noch eine Kurve scharf rechts und er war am Ziel. Er holte seine Frachtpapiere aus einer Mappe und sortierte daraus den Liefer- und den Empfangsschein heraus. An einer Sperre musste er warten, denn es waren zu dieser Zeit nicht alle Abfertigungshäuschen besetzt. Dann kam er an die Reihe. Er zeigte die beiden Dokumente, von denen der Mann im Häuschen eines an sich nahm und etwas in den Computer eintippte. Dann bekam er seinen Ladeplatz zugewiesen. Da das Gelände sehr übersichtlich war, fand er die Stelle schnell. Er musste nun in eine Box einfahren und dort warten, weil eine Ampel Rot zeigte. Dann rumpelte es hinter ihm auf der Ladefläche. Der Container war geladen. Die Ampel zeigte Grün und Carsten Dombrowski startete den Motor. Dann fuhr er wieder in Richtung Ausfahrt. An einem Abfertigungsgebäude musste er den Empfangsschein unterschreiben und bekam seinen Lieferschein wieder zurück. Nun trat er wieder die Rückreise an. Schade eigentlich dachte er, das ging ihm doch ein bisschen zu schnell. Aber im Frachtgeschäft ist Zeit gleich Geld, da gibt es keinen Platz für Romantik. Zu seiner Enttäuschung hatte der »Truckertreff« zu dieser Zeit geschlossen. Aber er fuhr trotzdem auf den Parkplatz, denn er musste seine Pause einlegen. Also parkte er seinen Lkw neben einem anderen und bereitete sich für die Nacht vor. Vorher meldete er sich als Fulda 4 bei der Zentrale ab.

Im großen Besprechungsraum der Reutlinger Kriminalkommissariats fand am nächsten Morgen eine Sitzung zur aktuellen Lage statt. In der Nacht hatte sich nichts wesentlich Neues ergeben. Die Kollegen vom Revier in Münsingen hatten sich schon am frühen Morgen auf die Suche nach dem Handy gemacht. Sie waren auf dem Weg nach Rietheim. Für den Mittag war Regen vorausgesagt, vielleicht konnte man das Gerät noch retten, vorausgesetzt, es wurde gefunden. Auf allen überwachten Handys herrschte noch Funkstille. Carsten Dombrowski hatte sich in der Frühe schon wieder angemeldet. Kriminalrat Klaus Vöhringer kam etwas später hinzu und brachte Luftbilder vom Henning-Areal mit und pinnte diese an eine Wand. Alle setzten sich an den großen Tisch, wo schon die Kollegen der Handyüberwachung saßen.

»Das ist das mögliche Einsatzgelände von heute Abend, wenn unsere Planungen stimmen. Es ist von außen sehr schwer einsehbar, der Kollege Meininger kennt sich ja dort schon ein wenig aus. Die Einsatzkräfte dort verdeckt unterzubringen ist sehr schwer. Der Verwalter des Geländes wirkt nicht besonders vertrauensvoll, sonst würden wir uns in eine der Hallen zurückziehen. Es bleibt also nichts anderes übrig, als weiträumig die Kräfte zu verteilen, sodass keine Flucht über die abgehenden Straßen und Wege möglich ist. Ich schlage vor, dass wir mit dem Aufmarsch in Metzingen in einer Stunde beginnen. Der Kollege Dombrowski wird in Kürze in Hamburg starten und bei seiner ersten Pause einen Beamten vom SEK bei sich im Führerhaus aufnehmen. Wir werden dann alle Raststätten von Karlsruhe und von Heilbronn her überwachen.«

»Nummer eins telefoniert!«, unterbrach einer der Beamten Klaus Vöhringer.

Sofort kehrte Stille ein. Der Anrufer hustete ziemlich stark.

»Tak?«, meldete sich Dombrowski, was »ja« bedeutete.

»Du schon weg von Hamburg?«, fragte Markus Bayer.

»Tak, ja!«

»Du machen Pause heute Abend im Sindelfinger Wald! Verstanden?«

»Ja, ja! Sindelfinger Wald, ja!«, antwortete Dombrowski mit starkem polnischem Akzent.

»Du anrufen, wenn dort, verstanden?«

»Ja! Ja, ich anrufen!«

Die Beamten mussten lachen, weil Dombrowski sich so verstellen konnte.

»Also werden wir auf der Raststätte Sindelfinger Wald präsent sein«, sagte Vöhringer.

Er ließ eine Satellitenaufnahme von der Raststätte über den Beamer an die Wand projizieren.

»Der untere Bereich wird komplett abgesperrt. Da parken wir heute Nachmittag ein paar Sattelzüge, die kurz vor dem Eintreffen des Kollegen Dombrowski wegfahren, um Platz zu machen. Diesen Einsatz übernehmen die Kollegen vom LKA.«

»Nummer eins telefoniert wieder!«

»Bist du es?«, fragte Bayer.

»Höre ich mich wie eine Frau an?«, knurrte der andere.

»Heute Abend, Sindelfinger Wald. Ich schätze mal um Sieben! Ihr fahrt das Auto weg in Richtung Singen!«

»Klar!«, war die kurze Antwort.

Dann wurde aufgelegt.

»Das war Nummer drei!«, meldete der abhörende Beamte.

»Hm, der geht immer sehr schnell vom Netz. Das ist ein Profi!«, sagte Vöhringer nachdenklich.

Dann telefonierte die Nummer eins erneut.

»Hallo, heute Abend gibt's wieder Arbeit für euch! In Metzingen!«

»In Metzingen?«, fragte der Angerufene nach.

»Ja, Metzingen! Sag den anderen Bescheid!«

Wieder wurde aufgelegt. Die angerufene Nummer war vorher nur einmal gewählt und deshalb als nicht relevant eingestuft worden. Deshalb wurde der Angerufene als Nummer fünf markiert. Dann wurde vom Handy Bayers nicht mehr telefoniert. Wenig später klingelte aber das Telefon von Kriminalhauptkommissar Gerhard Meininger. Zoran Rajco meldete sich pflichtgemäß und teilte mit, dass am Abend in Metzingen eine Verladeaktion geplant sei. Rajcos Telefonnummer war dieselbe, die auch Bayer angerufen hatte, also war Rajco die Nummer fünf. Die Vorbereitungen für den Einsatz am Abend liefen nun auf Hochtouren. Die Beamten vom Revier in Metzingen fuhren mehrmals am Henning-Areal vorbei, um zu sehen, ob schon Verdächtige vor Ort waren, um den Deal vorzubereiten. Die Einteilung der Kräfte zur Blockade der Fluchtwege ging sehr rasch vor sich. Es wurden Kollegen aus Esslingen, Göppingen und Stuttgart hinzugezogen. Das LKA und das BKA übernahmen die Überwachung des Rastplatzes Sindelfinger Wald. Insgesamt waren bei der Aktion mehr als hundert Beamte im Einsatz. Kriminalrat Klaus Vöhringer strahlte Zuversicht aus, was den Erfolg des Unternehmens anbelangte. Der Erfolg war aber auch bitter nötig, denn die Lorbeeren für den erfolgreichen Einsatz gegen die Bombenleger vom Kreuzeichestadion waren bereits verbraucht. Alle Beteiligten fieberten nun dem Abend entgegen. Den Zeitpunkt zum Start des Einsatzes bestimmte nun Kriminalhauptmeister Carsten Dombrowski.

Die Nacht war kurz und einen erholsamen Schlaf hatte Carsten Dombrowski bei Weitem nicht. Da sich rings um das Gelände des »Truckertreff« viel befahrene Straßen befanden, war der Lärmpegel entsprechend hoch. Außerdem war die Schlafkoje des Führerhauses ziemlich eng, sodass er Kreuzschmerzen hatte, als er aufstand. Wenigstens schien die Sonne und so saß Carsten Dombrowski eine Weile auf dem Fahrersitz und genoss die Wärme der Strahlen. Dann machte er sich auf den Weg in die Gaststätte, um zu frühstücken. Vor dem Lokal gab es einige Tische, an denen schon die anderen Fahrer saßen und sich lebhaft unterhielten. Dombrowski ging hinein und schaute sich zunächst um. Der Gastraum war recht rustikal eingerichtet. An einer L-förmigen Bar standen schwere Barhocker aus Holz. Der Raum war dunkel gehalten und verströmte den Charme eines Westernsaloons. Auch hier waren die Tische gut besetzt. Eigentlich wollte Dombrowski alleine an einem Tisch sitzen, das war aber nicht möglich. Er konnte am frühen Morgen noch nicht so viel Unterhaltung vertragen. Nachdem er sich umgesehen hatte, setzte er sich zu einem Fahrer, der alleine an einem Tisch saß. Dann überlegte er, ob er die Polennummer abziehen sollte. Er entschied sich dagegen, denn dann musste er nicht jedes Wort überlegen, das er sprach. Er fragte den Mann höflich, ob er sich zu ihm setzen könne. Der brummte nur zustimmend. Offenbar war er derselben Ansicht wie Dombrowski, was die Morgenkonversation betraf. Wenig später kam eine Bedienung und fragte nach Dombrowskis Wunsch, was das Frühstück betraf. Er bestellte einen Kaffee und eine Portion gebratenen Speck mit Ei. So etwas hatte er schon ewige Zeiten nicht mehr gegessen. Am Nebentisch wurde über Lagerpersonal, Disponenten und Staplerfahrer hergezogen. Dann kamen die Chefs und deren Sekretärinnen an die Reihe. Das Niveau der Unterhaltung sank von Satz zu Satz, der gesprochen wurde. Wenig später brachte die Bedienung Dombrowskis Frühstück. Sein Gegenüber wünschte ihm einen guten Appetit. Jetzt erst bemerkte er, dass der Mann Franzose war. Das Frühstück war nicht schlecht, genauso wie der Kaffee. Einmal konnte man so etwas essen, auf Dauer war das nichts für den Kriminalhauptmeister. Während er aß, beobachtete er die anderen Fahrer am Nebentisch. Irgendwie sahen die alle gleich aus, zumindest was das Schuhwerk betraf. Alle liefen mit Clogs herum. Einer hatte sogar welche aus Kuhfell. So würde Dombrowski niemals unter die Leute gehen! Offenbar störte dies aber keinen der Anwesenden hier. Der Franzose stand auf und nickte Dombrowski zum Abschied zu. Wenig später setzte sich der Nächste an den Tisch. Der fing sofort an zu quasseln.

»Na, wo fährst du heute noch hin?«, fragte er.

»München«, antwortete Dombrowski einsilbig.

»Ist auch meine Richtung. Ich muss nach Salzburg. Mein Alter hat mir gesagt, ich muss da heute noch abladen, sonst muss er eine Strafe zahlen. Das heißt für mich durchfahren, ohne Pause. Scheiße elende!«

»Und wenn du angehalten wirst?«

»Die kriegen mich schon nicht! Die Bullen haben vornehmlich ein Auge auf die Polen und die Russen. Die lassen uns zurzeit in Ruhe.«

»Aha«, sagte Dombrowski gelangweilt und dachte sich, wenn der wüsste, wer da bei ihm am Tisch sitzt.

»Was hast du denn geladen?«, fragte der Kerl weiter.

»Container, irgendwelches Elektronikgelumpe!«

»Kann man da was von gebrauchen?«

»Wie meinst du denn das?«

»Na ja, manchmal fällt doch was von der Ladefläche!«

»Bei mir nicht! Das ist Diebstahl, das mache ich nicht!«

»Uhhh, der Herr ist gläubig! Du sollst nicht stehlen!«

»Genau, richtig erkannt!«, sagte Dombrowski und stand auf.

Der Kerl ging im mächtig auf den Geist. Er stellte das Geschirr auf die Theke und bezahlte seine Rechnung. Dann ging er hinaus ins Freie, um noch etwas die Morgensonne zu genießen. Erst jetzt bemerkte er, dass er seine Dienstwaffe in die Hose gesteckt hatte. Hoffentlich hatte das niemand bemerkt, sonst bekam er am Ende noch Probleme mit den Hamburger Kollegen. Bei denen wollte er sich sowieso über Funk anmelden. Nach ein paar Minuten stand er auf und ging zum Lastwagen, um sich reisefertig zu machen. Er war gerade in das Führerhaus eingestiegen, da klingelte das Handy des Spediteurs Bayer. Dombrowski hatte Mühe, wieder in die Rolle des Polen zu schlüpfen. Er erhielt die Anweisung, bis zur Raststätte Sindelfinger Wald zu fahren und dort Pause zu machen. Da war also der Überfall auf ihn geplant. Bevor er nun losfuhr, meldete er sich über das Funkgerät bei der nächsten Zentrale an.

»Fulda 4 mit Anfrage.«

»Hier Rhön 4. Zentrale hört!«

»Sie können mich verstehen?«

»Klar und deutlich!«

»Verstanden! Ende Fulda 4.«

Dann kontaktierte er die Kollegen in der Heimat, um ihnen mitzuteilen, dass er am Abend die Raststätte Sindelfinger Wald ansteuern würde. Er startete den Motor des Lkw und fuhr vom Parkplatz hinaus in Richtung Autobahn, der Sonne entgegen. Es war eigentlich ein optimaler Tag, der Verkehr lief reibungslos, das Wetter war schön und im Radio lief Countrymusik. Carsten Dombrowski hatte die Seitenscheibe geöffnet und ließ sich den Fahrtwind um die Nase wehen. Lässig saß er hinter dem Lenkrad und summte eine im Radio gespielte Melodie mit. So um die Mittagszeit traf er dann auf der Raststätte Großenmoor Ost nördlich von Fulda ein. Er machte die vorgeschriebene Pause und döste dabei vor sich hin. Hunger hatte er keinen, denn der Speck vom Frühstück lag ihm noch schwer im Magen. Nach einer halben Stunde fuhr er weiter, der Heimat entgegen. Es machte sich zunehmend ein mulmiges Gefühl in ihm breit, denn der nächste Halt war die Raststätte Sindelfinger Wald. Hoffentlich klappte dieses Mal alles, er wollte nicht noch einmal ein Querfeldeinrennen. Auf der Höhe von Würzburg bildete sich ein Stau. Im Radio wurde gemeldet, dass es einen Auffahrunfall gegeben hatte und mit einer Zeitverzögerung von einer halben Stunde zu rechnen war. Es war inzwischen Nachmittag geworden und dementsprechend dicht war der Feierabendverkehr.

»Fulda 4 mit Mitteilung!«

»Zentrale hört!«

»Verspäte mich um etwa eine halbe Stunde!«

»Verstanden, wird weitergeleitet!«

»Danke. Fulda 4 Ende!«

Einige der Kollegen waren sicherlich schon auf dem Weg zu ihren Einsatzorten. Alles hing nun von ihm ab. In gut zwei Stunden sollte die Aktion beginnen. Er fühlte sich heute sicherer, weil er Sprechfunk und seine Dienstwaffe hatte. Wenigstens konnte er sich dann im Notfall verteidigen. Um Stuttgart herum staute sich wieder der Verkehr. Je näher Dombrowski der Raststätte kam, desto höher ging sein Puls. Immer wieder schaute er in den Rückspiegel, ob er verfolgt wurde. Bei dem dichten Verkehr konnte er aber nichts feststellen. Nach dem Engelbergtunnel meldete er sich wieder bei der Zentrale.

»Fulda 4 passiert den Engelbergtunnel!«

»Verstanden Fulda 4! Sie fahren in den Rasthof ein und benutzen den linken Teil des Parkplatzes. Fahren Sie ganz nach hinten durch! Dort wird ein Platz für Sie freigemacht, sobald Sie in Sichtweite kommen. Bleiben Sie im Fahrzeug sitzen!«

»Fulda 4. Verstanden!«

Jetzt waren es noch etwa drei Kilometer bis zur Raststätte. Dombrowski begann zu schwitzen, sogar seine Handflächen wurden feucht. Dann kam die Einfädelspur zur Raststätte. Wieder schaute er in den Rückspiegel, aber niemand folgte ihm. Also warteten die Ganoven schon auf ihn.

»Fulda 4 fährt jetzt in den Rasthof ein!«

»Verstanden! Weiter geradeaus!«

Dombrowski fuhr langsam an der Tankstelle vorbei.

Geradeaus kam er wieder auf die Autobahn. Also umfuhr er eine halbrunde Verkehrsinsel, um in die erste Reihe des Parkplatzes zu kommen. Der Parkplatz war voll belegt. Er tat so, als suche er eine freie Stelle. Dann sah er, wie ganz am Ende gerade ein Platz frei wurde, weil ein Lastwagen auf die Autobahn hinausfuhr.

»Fulda 4 kommen!«

»Fulda 4 hört!«

»Sie sehen den freien Parkplatz?«

»Ja, ich fahre dort hin!«

»Fulda 4 im Fahrzeug bleiben! Ab jetzt kein Funkverkehr mehr!«

»Fulda 4. Verstanden!«

Dombrowski musste schlucken. Jetzt wurde es ernst. Er nahm seine Dienstwaffe aus der Hose und entsicherte sie. Er wusste, dass der Angreifer von der Beifahrertür her zu erwarten war. Also legte er die Waffe rechts neben sich auf die Ablage. Langsam bog er in die Parklücke ein. Noch sah er niemanden in der Nähe, auch keine Einsatzkräfte. Dann stellte er den Motor ab und wartete. Immer wieder sah er in die Spiegel, um zu sehen, ob sich jemand an das Fahrzeug heranschleicht. Dann gab es plötzlich ein Geschrei.

»Da bist du ja endlich, du Dreckspolacke!«, schrie ein Mann.

Er erkannte ihn sofort wieder. Es war der Capo, der die Leute beim Umladen der gestohlenen Ware beaufsichtigt hatte. Dombrowski sah aber nicht zu ihm hinüber, denn er wusste, dass der andere sich an die Beifahrertür schlich. Also richtete er seine Dienstwaffe auf die Beifahrertür, die jeden Augenblick aufgerissen werden konnte. Dann sah er im Augenwinkel, wie der Capo plötzlich zu Boden gerissen wurde. Im Seitenspiegel der Beifahrertür sah er dann, wie mehrere Männer einen anderen zu Boden rangen und ihn mit Rasterbändern stillsetzten. Das waren die Männer vom LKA. Dombrowski lehnte sich im Fahrersitz zurück und atmete zuerst einmal durch.

»Fulda 4 kommen!«, meldete sich die Stimme im Ohrhörer.

»Fulda 4 hört!«

»Zugriff erfolgreich beendet! Koppeln Sie so schnell wie möglich ab und fahren Sie weiter!«

»Fulda 4 verstanden!«

Er öffnete die Fahrertür und stieg aus dem Führerhaus, um die Zugmaschine vom Auflieger abzukoppeln. Jetzt erst bemerkte er, dass er weiche Knie hatte. Von den Einsatzkräften war niemand mehr zu sehen. Er arbeitete unter Hochdruck, um nicht dem anderen Fahrer, der den Auflieger nach Metzingen bringen sollte, zu begegnen. Nach zwanzig Minuten war die Zugmaschine abgekoppelt und Carsten Dombrowski fuhr wieder vom Rastplatz auf die Autobahn. Wenig später meldete sich wieder die Zentrale. Es wurde ihm mitgeteilt, dass er am Autobahnkreuz Stuttgart auf die A81 wechseln, danach die Ausfahrt Sindelfingen Ost nehmen und nach Schönaich weiter fahren solle. Über Schönaich ging es dann weiter nach Weil im Schönbuch und von dort auf die B464. Gegenüber der Einmündung der Kreisstraße 1058 in die B464 befand sich ein großer Waldparkplatz. Dort sollte Carsten Dombrowski den Lastwagen abstellen und auf weitere Anweisungen warten. Dombrowski speicherte die Zieladresse in das Navi ein und fuhr einfach los. Er schaute immer wieder auf die Gegenfahrbahn, ob ihm eine Zugmaschine ohne Anhänger entgegenkam. Die war aber bis zum Autobahnkreuz Stuttgart nicht der Fall. Nach einer guten halben Stunde parkte er den Lkw auf dem angeordneten Parkplatz und stellte den Motor ab. Dabei wurde er argwöhnisch von ein paar Wanderern beobachtet. Langsam wurde er müde, es war doch ein langer und ereignisreicher Tag gewesen. Er machte es sich im Fahrersitz bequem, so gut es ging und schlief dann auch sofort ein.

Auf den Parkplätzen gegenüber der Tankstelle vor dem Henning-Areal in Metzingen waren mehrere Kleintransporter abgestellt worden. Sie trugen zur Tarnung verschiedene Werbeaufschriften. Im Inneren der Fahrzeuge warteten SEK-Beamte auf ihren Einsatz. Das Einsatzleitfahrzeug wurde dieses Mal auf dem Parkplatz des Bowlingcenters in unmittelbarer Nachbarschaft zum Polizeirevier Metzingen geparkt. Von dort aus übersah man die Einfahrt zum Henning-Areal sehr gut. Im Fahrzeug waren Kriminalrat Klaus Vöhringer, Kriminalhauptkommissar Gerhard Meininger und der Einsatzleiter des SEK- Kommandos Herbert Döbel. Es war wieder allerlei Technik im Einsatz. Die Aktion war schon am Nachmittag angelaufen, um nicht unnötig aufzufallen.

In der Nähe des von Carsten Dombrowski abgestellten Sattelaufliegers in der Raststätte Sindelfinger Wald wartete eine Zivilstreife auf den Fahrer der Spedition Bayer. Eine halbe Stunde, nachdem Dombrowski per Funk durchgab, dass er wieder unterwegs war, meldete die Streife die Ankunft eines Lkw, der den Anhänger ankoppelte. Einer der Beamten, der den Telefonverkehr der Spedition Bayer abhörte, übermittelte die Nachricht, dass auch Markus Bayer auf dem Weg nach Metzingen war. Er sollte in ein paar Minuten dort eintreffen. Einsatzleiter Vöhringer beorderte nun alle eingesetzten Fahrzeuge an ihren vorgesehenen Standort.

»Verdächtiger Lkw erreicht nun Ausfahrt Metzingen-Süd. Eintreffen am Ziel in wenigen Minuten«, gab eine Streife durch.

Wie zufällig fuhren nun auch drei Sprinter auf den Parkplatz vor dem Henning-Areal. Allesamt hatten polnische Kennzeichen. Dann wurde von einem Mann das Schiebetor geöffnet. Meininger erkannte ihn sofort wieder, es war der Hausmeister. Der steckte also auch unter einer Decke mit den Ganoven! Nun fuhren die Sprinter nacheinander rückwärts in den Hof hinein, der einst als Materiallager gedient hatte. Wenig später tauchte der Lastwagen auf.

»An alle Kräfte! Es ist in kurzer Zeit mit dem Zugriff zu rechnen! Bitte bereitmachen«, gab Vöhringer durch.

Der Fahrer des Lkw hatte einige Mühe, in den schmalen Hof rückwärts hineinzufahren. Er brauchte einige Versuche und die Mithilfe der Umstehenden, um die richtige Position zu finden.

»Am Eingang Tankstelle sind mehrere Personen, die das Gelände betreten!«, meldete der dortige Posten.

Es trafen also die Hilfskräfte ein. Einer aber fehlte noch und auf den warteten jetzt alle, sowohl die Arbeiter als auch die Polizei. Im Verkaufsraum der Tankstelle war von den Gangstern ein Wachposten stationiert worden, der unauffällig einen Kaffee trank. Zu ihm gesellten sich zwei Beamte in Zivil und zogen ihn aus dem

Verkehr. Dann kam er endlich. Markus Bayer fuhr mit seinem Porsche Cayenne vor die Einfahrt bei der Tankstelle. Dann wendete er und fuhr ebenfalls rückwärts auf das Gelände. Er ließ sogar die Fahrertür offen stehen. Als er außer Sichtweite war, besetzten SEK-Leute alle wichtigen Ausgänge, während der Rest Bayer auf das Gelände folgte. Als Bayer bei den Hilfskräften eingetroffen war und die Öffnung des Containers anordnete, gab Kriminalrat Klaus Vöhringer den Befehl zum Zugriff. Sofort wurden alle Ausfahrten des Geländes blockiert. Die Arbeiter versuchten, in verschiedene Gebäude einzudringen, um sich zu verstecken. Dies gelang aber nicht, weil die Einsatzkräfte rechtzeitig den Weg dorthin versperrten. Bayer nutzte das kurze Durcheinander zur Flucht und wollte gerade in sein Auto einsteigen, um wegzufahren. Er hatte aber Pech, denn auf dem Rücksitz saß schon ein SEK-Mann und zwang ihn, wieder auszusteigen. Die ganze Aktion dauerte keine zehn Minuten. Nun rollten Gefangenentransportfahrzeuge an, um die Gangster abzutransportieren. Ein großer Teil wurde nach Esslingen verbracht, die Hauptbeschuldigten aber nach Reutlingen.

Die Staatsanwaltschaft wurde von der erfolgreichen Mission unterrichtet. Diese wiederum gab eine Meldung an die Medien weiter, sodass am Abend eine Pressekonferenz einberufen werden konnte. Kriminalhauptmeister Carsten Dombrowski wurde unsanft von Kollegen des Reviers in Tübingen aus seinen Träumen geweckt und nach Reutlingen zu seiner Dienstelle zurückgefahren. Alle Beteiligten gratulierten sich gegenseitig zur guten Zusammenarbeit, sie wussten aber, dass es eine lange Nacht werden würde, bis alle Personalien der

Tatverdächtigen aufgenommen und erste Verhöre geführt worden waren.

Schon in der Nacht wurden die ersten Festgenommenen wieder entlassen. Es handelte sich ausschließlich um die Hilfskräfte, die meist aus osteuropäischen Ländern stammten. Gegen die Hauptverdächtigen aber wurde Haftbefehl erlassen. Sie sollten am nächsten Morgen dem Haftrichter vorgeführt werden. Wie erwartet, gab es am Abend eine Pressekonferenz, an der Kriminalrat Klaus Vöhringer und der leitende Staatsanwalt teilnahmen. Ausdrücklich wurde dabei die hervorragende Zusammenarbeit zwischen den Ermittlern aus Reutlingen, Esslingen und dem LKA hervorgehoben. Auch das BKA wurde lobend erwähnt, welches durch die Festnahme des Informanten bei der Hamburger Hafen und Logistik AG drei weitere Speditionen ermitteln konnte, die in den Raub von Ladegut verwickelt waren. Die Identität des als Capo bekannten Mannes wurde mithilfe einer Gesichtserkennungssoftware, die vom FBI stammte, herausgefunden. Sein richtiger Name war Herbert Kleiner. Er wurde per Haftbefehl in Sachsen, Sachsen-Anhalt und Thüringen wegen schwerer Körperverletzung und Mordversuch gesucht. Auf die gleiche Weise wurde auch sein Begleiter identifiziert. Sein Name war Pjotr Watschinksy. Er wurde mit internationalem Haftbefehl wegen Mordes, Mordversuchs und Kriegsverbrechen gesucht. Offenbar war er Söldner im Tschetschenienkrieg gewesen und soll an der Ermordung von mehreren Zivilisten beteiligt gewesen sein. Damit gingen also zwei dicke Fische ins Netz der Polizei. Watschinsky und Kleiner machten von ihrem Recht der Aussageverweigerung Gebrauch.

Der Aushilfsfahrer Toni hieß in Wirklichkeit Anton

Bühler und stammte aus Nordrhein-Westfalen. Er war vorbestraft wegen Hehlerei und Diebstahl. Bühler war der Einzige, der eine Aussage zur Sache machte. So belastete er seinen bisherigen Partner, der nur Bob genannt wurde und noch flüchtig war, schwer. Er behauptete, dass dieser Bob dem Lastwagenfahrer bei ihrem letzten gemeinsamen Raubzug die tödliche Dosis der K.-o.-Tropfen verabreicht habe. Er selber habe nur die Aufgabe gehabt, den ahnungslosen Fahrer abzulenken. Bei den Morden an Karl-Heinz Mutschler und an dem V-Mann Jacky Dehner sei er nicht zugegen gewesen, da er noch nicht bei der Spedition Bayer tätig war. Als Auftraggeber nannte er in allen Fällen Markus Bayer. Bühler war auch bereit, als Zeuge gegen diesen auszusagen. Auch der Spediteur Bayer verweigerte jegliche Aussage, was von dem von ihm zugezogenen Anwalt ausdrücklich unterstützt wurde. Die Beweislast war aber so erdrückend, dass Bayer trotzdem in Untersuchungshaft genommen wurde. Ihm wurde die Anstiftung zum Mord und schwerer Raub zur Last gelegt. Es fehlte also nur noch dieser Bob, dann war die Bande komplett in Haft. Inzwischen hatten die Kollegen vom Revier in Münsingen mithilfe eines Metalldetektors das Handy von Bob gefunden. Es war noch völlig funktionstüchtig und wurde von Spezialisten des LKA untersucht. Eine Analyse der Schusswaffe, die bei der Festnahme von Pjotr Watschinsky sichergestellt worden war, lag noch nicht vor. Die Ermittler waren sich aber ziemlich sicher, dass Watschinsky für den Tod des V-Mannes Dehner verantwortlich war.

Bereits um acht Uhr am nächsten Morgen begannen die Verhöre der Hauptverdächtigen. Kriminalrat Klaus Vöhringer und Kriminalhauptkommissar Gerhard Meininger befassten sich mit Markus Bayer, dem Spediteur. Die anderen Kollegen beschäftigten sich mit Watschinsky und Kleiner. Anton Bühler musste noch auf seine Vernehmung warten. Das Verhör von Bayer verzögerte sich, weil es sein Anwalt nicht gewohnt war, so früh zu arbeiten. Das war pure Absicht, denn dann war der nicht warmgelaufen, wie Meininger zu sagen pflegte. Dann aber, mit einer halben Stunde Verspätung, traf er ein. Markus Bayer ließen die beiden Kriminalbeamten währenddessen im Vernehmungsraum schmoren.

»Meine Herren, ich möchte gegen die unverhältnismäßig lange Wartezeit meines Klienten aufs Heftigste protestieren!«, sagte der Anwalt, Doktor Klein.

»Sind wir zu spät dran oder Sie?«, fragte Vöhringer zurück.

»Lassen wir das! Sie haben mir die Unterlagen der Anklage übergeben. Ich kann aber nirgendwo einen Beweis für die Schuld meines Klienten finden. Die Rechtmäßigkeit der abgehörten Telefonate zweifle ich doch stark an, meine Herren! Ich glaube kaum, dass die vor Gericht Bestand haben werden. Ich glaube auch kaum, dass sie jemanden finden werden, der gegen meinen Mandanten aussagt. Also wird Ihnen nichts anderes übrig bleiben, als ihn sofort auf freien Fuß zu setzen!«

»Ja, würden wir ja gerne machen. Aber Sie sagen, wir haben niemanden, der gegen Herrn Bayer aussagt?«, sagte Vöhringer.

Dann stand Kriminalhauptkommissar Gerhard Meininger auf und ging hinaus.

»Wir haben Ihren Lastwagen gefunden, das ist der, den Sie vorgestern nach Hamburg geschickt haben, um den Container zu holen. Wir haben in Ihren Papieren den offiziellen Auftrag dazu gefunden!«

»Na und, ist das verboten?«, fragte der Anwalt zickig.

»Warum haben Sie Ihren Fahrer angewiesen, auf dem Rastplatz Sindelfingen Ost anzuhalten?«

»Das hab ich nicht getan! Der hatte die Anweisung bis München zu fahren!«, blaffte Bayer dazwischen.

Sein Anwalt machte eine beschwichtigende Geste zu seinem Klienten und zeigte ihm an, dass er schweigen sollte.

»Der Lastwagen, den wir gefunden haben, ist nicht ausgebrannt und es befindet sich auch keine verkohlte Leiche drin, so wie sie es Kleiner und Watchinsky angegeben haben. Die beiden haben übrigens gesungen!«, log Vöhringer.

Bayer wurde zunehmend nervöser und schwitzte. Man sah deutlich die Schweißperlen auf der Stirn.

»Die beiden Killer sollten doch den polnischen Fahrer, den Sie als Ersatz für einen gewissen Bob angeheuert hatten, auf dem Parkplatz der Raststätte töten«, sagte Vöhringer ruhig.

»Wo bitte ist der Beweis für diese Behauptung?«, schrie der Anwalt und schlug dabei auf den Tisch.

»Wir haben einen Ohrenzeugen!«, behauptete Vöhringer und hob die Hand.

In diesem Augenblick trat Meininger in Begleitung von Carsten Dombrowski den Raum. Als Bayer den vermeintlichen Polen sah, lachte er nur.

»Was wollen Sie denn mit dem? Der versteht doch kein Wort!«, sagte Bayer belustigt.

»Ich verstehe Sie ganz gut, ich habe alles verstanden, was Sie zu mir gesagt haben. Ich habe nur auf Polnisch geantwortet!«, meinte Dombrowski grinsend.

»Schon wieder so eine Ratte, so war doch schon mal einer da!«, presste Bayer hervor.

»Ja, und den hat Watschinsky in Dasing erschossen. Und zwar auf Ihre Weisung, so behauptet der wenigstens!«

»Man sollte sich einfach nicht mit diesem Gesockse einlassen! Ich hätte dich gleich am ersten Tag killen sollen!«, schrie Bayer und versuchte, sich auf Dombrowski zu stürzen.

Doktor Klein stand auf, um seinen Klienten zu beruhigen, dabei fing er sich einen Haken von Bayer ein, der eigentlich Dombrowski gegolten hatte, und ging benommen zu Boden. Während Bayer mit den vereinten Kräften von Vöhringer und Dombrowski mit Kabelbindern fixiert wurde, leerte Meininger mit großem Vergnügen dem Anwalt Wasser ins Gesicht, das sich in einem Glas auf dem Tisch befand. Der kam wieder zu sich und schaute sich verdutzt um. An seinem linken Auge war eine deutliche Rötung zu sehen, das würde ein schönes Veilchen geben. Nachdem sich die Lage wieder beruhigt hatte, fragte Kriminalhauptkommissar Gerhard Meininger den Spediteur: »Wo ist eigentlich Ihr Fahrer, dieser Bob, abgeblieben?«

»Woher soll ich das wissen? Wenn der nicht abgetaucht wäre, hätte ich ja den da nicht gebraucht!«, schimpfte Bayer.

»Meine Herren, ich sehe mich außerstande, länger der Vernehmung beizuwohnen! Ich muss mich in ärztliche Behandlung begeben!«, sagte der Anwalt, der immer noch benommen wirkte.

Dann stand er auf und verließ den Verhörraum. Markus Bayer wurde wieder in Untersuchungshaft überführt. Im Büro lagen inzwischen mehrere Ergebnisse von Untersuchungen vor. Als Erstes übersandte das BKA den Befund der Waffe von Watschinsky. Es war eindeutig die Tatwaffe, mit der der V-Mann Jacky Dehner in Dasing erschossen wurde. Des Weiteren ergab die Analyse des gefundenen Handys in Rietheim, dass von diesem Gerät aus mehrmals die Festnetznummer des Opfers Karl-Heinz Mutschler angerufen worden war, und zwar schon Tage vor seinem Tod. Das konnte also nur bedeuten, dass Mutschler mit seinem Chef und diesem Bob unter einer Decke steckte. Warum wurde er dann erschlagen? Und was wollte Bob dann nach dem Tod von Mutschler noch von dessen Frau? Das fragten sich die Ermittler der Kriminalpolizei in Reutlingen. Die Antworten auf diese Fragen sollte nun die Witwe den Ermittlern geben. Da diese inzwischen aus Rietheim verzogen war, musste sie zuerst einmal wieder gefunden werden. Auf dem Verbindungsnachweis des Handys waren mehrere Nummern angewählt worden, die auf ein Mobiltelefon schließen ließen. Deshalb ließ Kriminalrat Klaus Vöhringer eine Ortung aller Nummern durchführen. Innerhalb kürzester Zeit stellte sich heraus, dass nur eine der Nummern im Moment aktiv war. Diese befand sich in Bad Urach und war auf Angelika Mutschler angemeldet. Mutschlers Witwe Angelika arbeitete als Krankenschwester im Klinikum Bad Urach. Die Ortung des Handys ergab aber einen anderen Standort innerhalb der Stadt, und zwar in der Mörikestraße. Da der Handyempfang durch das enge Ermstal in Bad Urach nicht optimal war, bestand die Möglichkeit, dass die Ortung fehlerhaft war. Deshalb beschloss der Kriminalrat einfach die Nummer anzurufen. Nach wenigen Sekunden wurde auf der Gegenseite geantwortet.

»Mutschler!«, sagte eine Männerstimme.

»Ja, hallo! Hier ist die Deutsche Telekom, Vogel mein Name! Wir hätten ein paar Fragen zu Ihrem Handyvertrag!«, log Vöhringer.

Die andere Seite legte sofort auf.

»Das ist er!«, jubilierte Vöhringer, »wir fahren sofort nach Bad Urach und observieren die Gegend um die Mörikestraße. Gerhard kannst du auf dem Einwohnermeldeamt anrufen, ob sich die Frau Mutschler schon angemeldet hat?«

Der nahm den Telefonhörer in die Hand und suchte währenddessen die Telefonnummer am Computer heraus. Wenig später stellte es sich heraus, dass Angelika Mutschler noch nicht dort gemeldet war. Dann hatte Dombrowski eine Idee.

»Wo gehst du hin, wenn du zu Hause ausziehst und so schnell keine andere Wohnung findest?«, fragte er euphorisch.

»Zu deinen Eltern oder zu deinen Schwiegereltern!«, antwortete Meininger und suchte im Einwohnermelderegister nach dem Namen Mutschler. Aber auch das war negativ.

»Wie heißt die Mutschler mit Mädchennamen?«, fragte Dombrowski weiter.

»Ich schau mal in der Akte nach!«, antwortete Meininger, »Frank, Angelika Mutschler, geborene Frank!«

»Na also! Ernst und Anneliese Frank, Bad Urach, Mörikestraße«, stellte Meininger fest.

»Nichts wie hin, denn holen wir uns!«, befahl Kriminalrat Klaus Vöhringer.

Wenig später starteten zwei Fahrzeuge nach Bad Urach. Um die Mittagszeit herum bogen sie in die Mörikestraße ein. Das Vordere fuhr an der Zieladresse vorbei und das Nachfolgende parkte kurz davor. Dann stiegen vier Beamten aus und gingen auf das Haus zu. Zwei von ihnen sicherten den Hintereingang, der in den Keller führte. Kriminalrat Klaus Vöhringer öffnete eine quietschende Gartentür, während ihm Kriminalhauptkommissar Gerhard Meininger folgte. An der Haustür befanden sich zwei Klingeln, eine mit dem Namen Frank und eine mit dem Namen Mutschler. Die Letztere war mit einem Kugelschreiber notdürftig markiert. Vöhringer betätigte den Knopf, der den Namen Mutschler trug. Nichts geschah. Die beiden Beamten sahen sich an. Dann versuchte es Vöhringer mit der anderen Klingel. Einige Augenblicke später wurde eine Tür im Inneren geöffnet, dann die Haustür. Ein älterer Mann kam heraus und sah die beiden Beamten verwundert an.

»Ja, was ist?«, fragte er.

»Guten Tag, wir sind von der Kriminalpolizei! Wir suchen einem Mann, den man Bob nennt. Ist er da?«, fragte Vöhringer und zeigte seinen Dienstausweis.

Der Mann drehte sich um und rief hinter sich in den Gang: »Robert, komm a mol do send a baar Biddl. Dia wellat äbbas von dir!«

Niemand antwortete. Dann kamen Carsten Dombrowski und Christian Fromm mit einem Mann um das Haus herumgelaufen, den sie mit Kabelbindern gesichert hatten.

»Der Herr wollte gerade den Hinterausgang nehmen«, sagte Fromm belustigt, »Wir haben ihn dann liebevoll in Empfang genommen!«

»Wie heißen sie richtig?«, fragte Vöhringer den Mann.
»Robert Heim«, sagte der mit gesenktem Kopf.
»Also gut, Herr Heim. Ich verhafte Sie wegen Mordes an einem Fernfahrer und der Beihilfe zum Mord!«, teilte ihm Vöhringer mit.
»Was? I han niemand umbrocht?«, brüllte der Mann mit weit aufgerissenen Augen.
Dann wurde er in eines der Fahrzeuge verfrachtet und zur Dienststelle nach Reutlingen verbracht.
Eine Stunde später saß Heim im Vernehmungsraum. Er hatte das Gesicht in die Hände gelegt und schüttelte dauernd mit dem Kopf.
»Sieht nicht gerade wie ein Mörder aus, oder?«, fragte Meininger den neben ihm stehenden Klaus Vöhringer.
»Es gab auch schon manchen grandiosen Schauspieler«, antwortete der Kriminalrat.
Dann betraten beide den Vernehmungsraum.
»So, Herr Heim, nun erzählen Sie uns mal Ihre Seite der Geschichte«, sagte Vöhringer.
Der Verhaftete wurde zuvor auf seine Rechte hingewiesen. Er verzichtete auf einen Anwalt, weil er der Ansicht war, nicht schuldig an den ihm zur Last gelegten Verbrechen zu sein.
»Der Bayer ist mit mir zur Schule gegangen. Ich bin bei dem früher gefahren. Aber nachdem der die Firma den Bach runter gehen ließ, bin ich zum Koch nach Metzingen gegangen. Dort bin ich auch schon einige Jahre. Vor ein paar Wochen rief mich der Bayer an, ob ich ihm nicht aushelfen könne. Er zahle auch gut. Ich sollte eine Fuhre von einem Fahrer übernehmen, der während der Fahrt säuft. Wir sollten den betäuben oder vollends abfüllen und dann seinen Lastwagen übernehmen. Das klang

sofort unglaubwürdig. Bayer bot mir für die erste Fahrt fünf Riesen. Das ist eine Menge Geld. Ich muss von meinem Lohn jeden Monat für meine geschiedene Frau und zwei Kinder aufkommen.

Wir haben also die Fahrt gemacht. Wir, soll heißen, ich hab einen Beifahrer zugeteilt bekommen, der die Betäubung des betreffenden Fahrers übernehmen sollte. Der Mann hieß Jacky. Seinen richtigen Namen kannte ich nicht, war mir auch egal. Jacky fuhr mit der Zugmaschine weiter und ich übernahm den Anhänger und brachte ihn nach Metzingen. Dort wurde dann entladen. Ich fuhr weiter und stellte den Lkw auf einem Rastplatz auf der Alb ab. Bayer ließ mich dann mit einem Pick-up abholen. Ich war mir dabei nicht so sicher, ob ich lebend wieder nach Hause kommen würde«, erzählte Heim.

»War das dieser Mann da?«, fragte Vöhringer und zeigte ihm das Bild des Capos, Herbert Kleiner.

»Ja, der war das. Die Verbrechervisage vergisst man nie! Bayer gab mir das Geld auf die Hand. Sie glauben nicht, wie sich das anfühlt, wenn man fünftausend Euro in der Tasche hat, auf denen niemand die Finger drauf hat!«

»Das war schmutziges Geld!«, warf Meininger ein.

»Das war mir in dem Augenblick egal. Dann kam die Sache mit Mutschler. Ich hab die Angelika auf dem Hof von Bayer kennengelernt, als sie auf ihren Mann wartete. Das ist schon ein paar Wochen her. Wir unterhielten uns belanglos und verabredeten uns auf Facebook. Daraus ist unsere Freundschaft eigentlich entstanden. Als mir Bayer erneut anrief, um einen Deal zu machen, hab ich abgelehnt. Mir war die Sache zu heiß. Dann hat er mich erpresst, er drohte mir, entweder ich fahre oder er hetzt mir seine Killer auf den Hals. Da blieb mir keine andere Wahl. Die Sache mit Mutschler lief völlig aus dem Ruder. Zuerst fuhr der einfach an der vereinbarten Raststätte vorbei. Er wusste von dem Raub, deshalb sollte er nur so tun, als wäre er überfallen worden. Dann fuhr er nicht mehr auf der Autobahn weiter, sondern auf der Bundesstraße. Wir konnten ihm bei dem dichten Verkehr kaum folgen. Als wir zehn Minuten auf ihn verloren hatten, glaubten wir schon, die Sache abblasen zu müssen. Dann sahen wir ihn auf dem Parkplatz oberhalb von Seeburg stehen. Also wollten wir die Sache durchziehen, aber auf dem Parkplatz standen noch zwei andere Fahrzeuge. Wir fuhren vorbei und bogen nach Rietheim ab. Wir wendeten in der dortigen Ortsmitte und fuhren wieder zurück. Kurz nach dem Ortsausgang hielten wir an und beobachteten den Parkplatz. Mutschler stand immer noch da. Zuerst verließ nach kurzer Zeit das eine Auto den Parkplatz und wenig später das andere. Dann fuhren wir hinunter. Zu unserer Überraschung war Mutschler verschwunden. Der Lastwagen stand offen da. Also nahmen wir an, dass der kalte Füße bekommen hat und mit dem grauen Auto abgehauen war. Jetzt war die Sache einfach. Jacky übernahm die Zugmaschine von Mutschler und ich fuhr mit dem Anhänger nach Metzingen, wo er entladen wurde.«

»Wann haben Sie erfahren, dass Mutschler getötet wurde?«, fragte Meininger.

»Am anderen Tag. Mich hat schier der Blitz getroffen, als Angelika mir die Nachricht schrieb!«

»Haben Sie ihr gesagt, dass Sie auf dem Parkplatz waren?«

»Nein, ich hab's nicht übers Herz gebracht«, sagte Heim mit gesenktem Kopf.

»Und Sie glauben, dass wir Ihnen die Geschichte abnehmen?«, fragte Vöhringer dazwischen.

»Ich hab den Kalli nicht erschlagen! Mit was denn und warum?«

»Sie sind immerhin der Liebhaber seiner Frau!«

»Ach, die hatten doch schon ewig nichts mehr miteinander. Der Kalli hat doch alles geschnappt, was einen Rock anhatte. Fragen Sie doch seine Kollegen!«

»Wir werden das überprüfen. Wie war das dann bei dem Überfall auf der Raststätte Pforzheim, wer verabreichte dem Opfer die K.-o.-Tropfen?«

»Das war der Toni. Der Mann ging kurz raus, um eine Zeitung zu holen, dann hab ich mich mit den anderen Fahrern unterhalten. Einer von denen fuhr einen Jumbo, das ist so ein überlanger Zug, den die Behörden jetzt auf den Straßen zulassen wollen. Den können Sie fragen, der kann das bezeugen!«

»Von welcher Spedition war der Fahrer?«

»Das war Schenker, Spedition Schenker!«

»Sie sagten, Sie haben zwei Autos auf dem Parkplatz von Rietheim gesehen?«

»Ja, ein grauer Lieferwagen, ein Caddy oder so ähnlich. Mit fiel der auf, weil er ein Warndreieck in der Frontscheibe hatte. Das weist eigentlich darauf hin, dass der eine Panne hatte. Das Auto war aber noch ziemlich neu. Und dann der rote Kleinwagen, das war so ein Nissan Micra, wie die Nachbarin von Mutschlers einen hat. Der stand genau neben dem Führerhaus. Der Lieferwagen hatte eine Ulmer Zulassung, der Micra eine Reutlinger.«

»Gut, dann war es das für heute. Wir werden Ihre Angaben überprüfen, Sie bleiben aber bis auf Weiteres in Untersuchungshaft«, sagte Vöhringer und stand auf.

Kriminalhauptkommissar Gerhard Meininger blieb noch eine Weile sitzen und überlegte. Dann verließ auch er den Raum und begab sich hinüber zum Büro. Dort saßen die Kollegen zusammen und diskutierten über den soeben abgeschlossenen Fall.

»Gute Arbeit, Leute!«, lobte Kriminalrat Vöhringer die Anwesenden.

»Für mich ist die Sache noch nicht abgeschlossen!«, brummte Meininger.

»Und warum nicht? Glaubst du etwa die Geschichte von dem Heim oder Bob, wie man ihn nennt?«

»Ja. Und wisst ihr warum?«

»Du wirst es uns sagen!«

»Weil wir immer noch nicht die Frau haben, mit der Mutschler Sex hatte. Der Heim sagte was von einem roten Kleinwagen und dass die Nachbarin von Mutschler ein solches Auto habe. Ich fahre heute Mittag nach Rietheim und schau mir die Frau mal an«, sagte er und nickte dabei bedächtig.

»Tu, was du nicht lassen kannst! Für die Ermittlungen in unserem Fall ist das meiner Meinung nach nicht relevant«, sagte Kriminalrat Vöhringer und packte seine Akten zusammen, um zurück nach Esslingen zu fahren.

Torsten Rempfer saß auf einer Bank am Gleis sechs des Ulmer Hauptbahnhofes mit einer Flasche Bier in der Hand. Ihm war soeben gekündigt worden. Um seine Aufregung zu dämpfen, brauchte er die betäubende Wirkung des Alkohols. Er durfte nur seine persönlichen Gegenstände einpacken und musste sofort die Firma in Begleitung eines Kollegen verlassen. Also musste er mit der Bahn nach Münsingen fahren, denn ein Privatauto hatte er schon Jahre nicht mehr. Wie hatte das alles passieren können? Sein Chef war ihm auf die Schliche gekommen, dass er unerlaubterweise die grauen Lieferwagen für seine Nachtausflüge in Ulm benutze. Irgend so ein Idiot von seinen Kollegen hatte das Fahrzeug in einem Parkhaus in der Innenstadt gesehen und diese Beobachtung seinem Chef mitgeteilt. Daraufhin ließ der eine Überwachungskamera installieren. Rempfer hatte das nicht bemerkt und war prompt in die Falle gegangen. Die Fahrten mit dem Auto waren nicht so schlimm, aber der auf ihn angesetzte Privatdetektiv verfolgte ihn bis zu einem Bordell. Das war dann doch des Guten zu viel. In beiderseitigem Einvernehmen trennte man sich, und zwar sofort. Sein Gehalt wurde ihm bis zu seinem endgültigen Kündigungstermin weiterbezahlt. Er war geliefert, denn so schnell würde er in seinem Alter keinen Job dieser Art mehr bekommen. Und vor allem, was sollte er seiner Frau erzählen? Er wusste, dass dies auch sein letzter Tag in seinem Haus sein dürfte. Die Vorstellung, wieder zu seiner Mutter ziehen zu müssen, machte ihn wahnsinnig. Es blieb ihm allerdings nichts anderes übrig. Langsam reifte in ihm ein furchtbarer Gedanke. Warum sollte er nicht einfach Schluss machen, einfach Schluss und aus! Aber alleine wollte er nicht gehen. Er war so in Gedanken, dass er beinahe den einfahrenden Zug verpasste. Noch blieb ihm etwa eine Stunde Zeit, um nachzudenken. Er setzte sich in eine Ecke, wo er nicht sofort gesehen werden konnte. Der Zug war um diese Zeit, es war kurz vor eins, ohnehin spärlich besetzt. Nur ein paar Schüler unterhielten sich über die neuesten Ereignisse des Dschungelcamps. Rempfer war so in Gedanken, dass er die schöne Landschaft, die draußen vorbeizog, nicht wahrnahm. Er musste durch den Keller in das Haus, sonst klappte sein

Plan nicht. Im Keller hatte er die Axt deponiert. Dort lag auch ein Strick, den er für alle Fälle aufgehoben hatte. Viel zu schnell war die Stunde vergangen, denn der Zug hielt plötzlich am Bahnhof Münsingen. Von dort sollte ein Bus nach Rietheim fahren, aber erst eineinhalb Stunden später. Also beschloss er, den Rückweg zu Fuß zurückzulegen. Für die sechs Kilometer würde er mehr als eine Stunde brauchen. Zunächst steuerte er einen Supermarkt in der Lichtensteinstraße an. Dort kaufte er eine kleine Flasche Weinbrand. Vor dem Geschäft nahm er schon den ersten Schluck. Der Alkohol brannte in seinem Rachen. Danach folgte Rempfer der alten Bundesstraße, von der aus das neue Industriegebiet Münsingens gut zu überblicken war. Aber auch für das hatte er kein Auge mehr. Unweit von einem Aussiedlerhof überquerte er die Bundesstraße 465. Ein Landwirtschaftsweg führte hinter diesem Hof vorbei. Er machte kurz halt und nahm einen weiteren Schluck aus dem Fläschchen. Über ein weites Feld gelang er schließlich nach einer Stunde an den Ortsrand von Rietheim. Er ging nicht direkt zu seinem Haus, sondern über einen weiteren Feldweg zum Ortsrand. Er wusste, wie er zwischen den Gärten hindurch an den Kellereingang seines Hauses kam. Vorsichtig schlich er an der Fassade entlang in Richtung Kellereingang. Durch ein Fenster sah er in das Innere des Hauses. Im Wohnzimmer stand seine Frau, die sich mit jemandem unterhielt. Sie rieb sich, während sie redete, ständig die Augen. Wer die andere Person wohl war? Hatte sie etwa schon wieder einen Liebhaber? In so kurzer Zeit? Durch den Alkohol konnte er keinen vernünftigen Gedanken mehr fassen. Wieder stieg dieser unendliche Hass in ihm auf. Er ging die Kellertreppe hinab und öffnete vorsichtig die Tür. Er trank zunächst das Fläschchen mit dem Weinbrand leer. Dann nahm er die Axt und ging hinaus auf den Flur, der nach oben führte. Er hörte, wie seine Frau sich mit einem Mann unterhielt.

Am Nachmittag fuhren Christian Fromm und Gerhard Meininger nach Rietheim auf die Alb. Das Mordopfer Karl-Heinz Mutschler wohnte im Schlehenweg. Langsam fuhr Meininger am Haus vorbei. Gegenüber stand in einer Hofeinfahrt tatsächlich ein roter Nissan Micra. Am Ende der Straße wendete der Kriminalhauptkommissar und parkte wenige Meter vom roten Auto entfernt. Zunächst blieben die beiden Beamten sitzen und beobachteten das Haus. Nichts regte sich. Dann stiegen beide aus und gingen zum Hauseingang, um zu klingeln. Wenig später wurde die Haustür ziemlich ruckartig geöffnet. Eine Frau, die zwischen dreißig und vierzig Jahren alt sein mochte, schaute die beiden überrascht an.

»Guten Tag! Mein Name ist Meininger und das ist mein Kollege Fromm. Wir sind von der Reutlinger Kriminalpolizei. Dürfen wir Sie kurz sprechen? Sie sind doch die Frau Rempfer, oder?«

»Ja! Ja! Um was geht es denn?«

»Das würden wir gerne drinnen mit Ihnen besprechen!«

»Ja, kommen Sie doch herein!«, sagte die Frau ziemlich aufgeregt.

Sie führte die beiden Beamten in das Wohnzimmer. Sie war wohl gerade am Fensterputzen, denn es standen eine

Haushaltsleiter und ein Wassereimer an einem der Fenster.

»Stören wir Sie beim Putzen?«, fragte Meininger.

»Ja, aber das macht nichts!«, sagte sie und bemühte sich, Hochdeutsch zu reden.

»Frau Rempfer, wir sind gekommen, um Ihnen ein paar Fragen zu stellen«, begann der Kriminalhauptkommissar.

Roswita Rempfer ahnte, was nun kommen würde. Sie verlor augenblicklich die Fassung, und es standen ihr die Tränen in den Augen.

»Frau Rempfer, ganz frei heraus gefragt: Hatten Sie ein Verhältnis mit Karl-Heinz Mutschler?«

Sie senkte den Kopf und nickte stumm.

»Waren Sie es, die Mutschler in seinem Lastwagen besuchte?«

»Ja.«

»Dann waren Sie auch intim mit ihm.«

»Ja. Und ich schäme mich dafür. Ich weiß gar nicht, wie das passieren konnte. Ich bin nicht so, wie Sie vielleicht denken.«

»Wir denken gar nichts, wir haben einen Mord aufzuklären. Sie waren also die Letzte, die Karl-Heinz Mutschler lebend gesehen hat! Fiel Ihnen etwas Besonderes auf, als Sie zu Mutschler in den Lkw stiegen? Ich meine in der Umgebung.«

»Nein. Ich war so aufgeregt. Doch! Da stand ein grauer Lieferwagen, der eine Panne hatte. Ein Warndreieck war an der Scheibe angebracht.«

»Haben Sie die Autonummer erkannt?«

»Nein, ich war zu nervös!«

»Was geschah danach, also, nachdem Sie den Lastwagen wieder verlassen haben?«

»Ich bin nach Hause gefahren.«

»Weiß Ihr Mann von der Affäre?«

»Nein, ich glaube nicht.«

»Wo arbeitet Ihr Mann?«

»In Ulm, er ist im Außendienst bei einem Werkzeugfachhandel«

»Da hat er doch sicher ein Dienstfahrzeug.«

»Ja, die sind grell Rot mit der Firmenaufschrift.«

»Wo ist Ihr Mann jetzt?«

»Ich denke, er ist in Ulm, der kommt immer ziemlich spät abends nach Hause, wenn überhaupt.«

»Das heißt, er bleibt auch manchmal in Ulm über Nacht. Wo war er am Todestag von Karl-Heinz Mutschler?«

»Auch in Ulm! Sie glauben doch nicht etwa ...?«

Roswita Rempfer sah Meininger mit weit aufgerissenen Augen an. Kriminalkommissar Christian Fromm lehnte am Türrahmen, während Gerhard Meininger in einem Sessel saß.

Am Treppenabsatz konnte Torsten Rempfer die Unterhaltung seiner Frau mit den Fremden mithören. Es waren also Kriminalbeamte und sie waren ihm auf die Schliche gekommen. Er drehte sich um, ging zurück in den Keller und stellte die Axt beiseite. Eine Weile stand er ruhig da. Er schwankte leicht, denn er spürte nun die Wirkung des Alkohols deutlich. Dann sah er an die Decke, wo sich ein Haken befand, an dem er immer die Fahrräder mit einem Seil zur Reparatur aufgehängt hatte. In der Ecke lag ein Strick, den er zur Hand nahm ...